DE LAATSTE NACHT

MARTIN ÖSTERDAHL

De laatste nacht

Uit het Zweeds vertaald door Neeltje Wiersma

DE GEUS

MIX
Papier | Ondersteunt verantwoord bosbeheer
FSC® C004472

Oorspronkelijke titel *Parmiddagen*, verschenen bij Bookmark Förlag
Published by agreement with Salomonsson Agency

Omslagontwerp Studio Jan de Boer
Omslagbeeld © Arcangel
Typografie binnenwerk Crius, Hulshout, België
ISBN 978 90 445 4867 9
NUR 330

Proloog

Lillängen, Nacka,
de nacht van oudejaarsavond op nieuwjaarsdag

Het prachtige uitzicht op het meer is op dit moment een blinde vlek, opgeslokt door de duisternis, aan de verkeerde kant van het verblindende, witte licht van de koplampen. Technisch rechercheurs in witte overalls en met plastic hoezen over hun schoenen kijken gehurkt in het zwembad.

Een zwembad dat zich uitstrekt van het huis tot aan de erfgrens, waar een steile helling naar het strand van het Järlasjönmeer leidt. Het zwembad is zo aangelegd dat het wateroppervlak een perfecte lijn vormt met het water beneden bij het meer, om een illusie van eindeloos stromend water te creëren. Maar er stroomt geen water. Het zwembad is leeg en afgedekt voor de winter.

De lichamen op de bodem zijn naakt. Ze liggen half in elkaar verstrengeld op het harde stenen mozaïek, als slapende geliefden. In het felle licht glinsteren glasscherven in een plas roze gekleurd, modderig water dat hen omringt. Hun huid is blauw geworden. Verkleuringen ontsieren hun bovenlichaam. Hun buik en borst zijn opengesneden. Hun ledematen zijn slap en gedraaid in posities waartoe het menselijk lichaam niet in staat zou moeten zijn.

Grote sneeuwvlokken dwarrelen neer uit de nachtelijke zwarte hemel, als confetti op een podium na afloop van de voorstelling. De waterkou gaat dwars door de vingerhandschoenen, donsjassen en uniformen heen, tot op het bot.

De twee politieassistenten die als eerste ter plaatse waren wisselen kort een blik met elkaar. Zoiets hebben ze nog nooit gezien.

In het huis achter hen zijn hoge panoramaramen geplaatst voor het uitzicht. Het dak en de goten zijn van glanzend koper, de gevelbekleding is van onbehandeld cederhout. Het ziet er onafgewerkt en armoedig uit, maar het is duidelijk dat het, zoals alles hier, een lieve duit heeft gekost.

Binnen is de vloer van de gang bedekt met mooie zwartwitte keramische tegels. Tegen een muur staat een exclusieve groen metalen kast. Op de deurtjes zijn handgeschreven briefjes geplakt met de namen van de gezinsleden.

Lisa, Mikael, Ebba.

Achter het deurtje met de naam Ebba, staat een paar witte, lage stoffen schoenen, maat 39.

Het huis, dat relatief nieuw is, heeft de indeling van de belendende jarenvijftighuizen nagebootst, met de keuken, de slaapkamer en de woonkamer op de bovenverdieping. Ze besluiten om naar boven te gaan. Aan het plafond op de bovenverdieping zitten inbouwspotjes met dimmers die zorgen voor een warm licht en een rustige sfeer. Maar rust betekent geen vrede, integendeel. In de badkamer bevinden zich een regendouche met glazen wanden, een bubbelbad, en dubbele wastafels van bijpassend wit marmer. Het tweepersoonsbed in de ouderslaapkamer is opgemaakt met een sprei. Een deken ligt opgerold aan het voeteneind. Een kleine doucheruimte met toilet grenst aan de slaapkamer. Op plankjes in de ruimte staan verschillende medicijnen.

In Ebba's kamer is een muur bedekt met uitgeprinte foto's. Ebba als kind. Ebba met vriendinnetjes. Ebba in de stal. Ebba met een knappe, donkerharige jongen met een piercing in zijn onderlip en zwarte eyeliner rond zijn ogen. Op de tegenoverliggende muur hangen oude film- en muziekposters. Daarboven, net onder het plafond, hangt een spandoek met een Engelse tekst: BRIDE TO BE.

Op het bureau ligt een laptop. De rest van het bureaublad is bedekt met een ontzaglijke bende papieren en spullen.

In de woonkamer staan een paar chique banken met bijpassende licht lederen leunstoelen rond een lage salontafel. In het gedeelte van de kamer dat een paar treden hoger ligt, staat een eettafel glanzend van zwarte pianolak. Wijnglazen, champagneglazen, cognacglazen en lege flessen, stoelen die uitgeschoven staan, scheef staan.

'Wat is hier verdomme gebeurd?' vraagt een van de politieagenten, een man van in de dertig.

Zijn collega, een vrouw, schudt haar hoofd.

'Toen we hier gisteravond waren was Lisa zichtbaar ongerust. Maar dit?' zegt ze.

Ze kijken elkaar aan, zijn sprakeloos. Ze waren hier gisteravond om met de vrouw des huizes te praten. Het is nu duidelijk dat ze hadden moeten blijven, dat ze met iedereen hadden moeten praten.

Zes mensen waren hier bij een nieuwjaarsdiner aanwezig. Het lijkt alsof ze daarna gewoon zijn opgestaan en alles hebben achtergelaten, alsof ze voor een dreigende ramp zijn gevlucht.

Een van de schuifdeuren naar het terras staat op een kier, waardoor een koude tocht en waterkou naar binnen komen. Het heeft de hele nacht gesneeuwd en het sneeuwt nog steeds, alsof een of andere hogere macht de gebeurtenissen van de nacht met een witte deken wil bedekken, om te vergeten en te vergeven. De sporen op het terras vervagen. Met elke seconde wordt het verhaal van wat er is gebeurd onverbiddelijk verder uitgewist.

Bovenaan, bij de reling om het terras, eindigen de sporen. De voetafdrukken van twee paar voeten die dicht bij elkaar staan, zijn nog duidelijk zichtbaar. Misschien hielden ze elkaars hand vast toen ze sprongen.

Van bovenaf is het tafereel zo mogelijk nog macaberder. De naakte lichamen, als afgedankte etalagepoppen. Twee levens die te vroeg gedoofd zijn.

DE UITNODIGING

1

Lillängen, Nacka,
de nacht voor oudejaarsavond

Ebba en Marlon liggen in elkaar verstrengeld op de bank in de tv-kamer in het souterrain en zien de eindeloze aftiteling van de miniserie *It* over het grote tv-scherm rollen. Ebba ligt met haar hoofd op Marlons schouder. Zijn lange, donkere haar hangt over zijn schouders en zijn zwarte shirt. Ebba heeft haar hand onder het shirt en speelt met zijn borsthaar.

Ze weet niet wat ze het spannendst vond, The Loser's Club of het monster vermomd als clown dat af en toe wakker werd en kinderen verminkte. Misschien was het gewoon Marlons lichaam. Tijdens de miniserie lag ze in zijn armen en drukte zich tegen hem aan. Aan het einde van de laatste aflevering kuste ze hem weer.

Een paar uur geleden was hij door de souterraindeur naar binnen geslopen. Toen haar moeder naar bed was gegaan, had Ebba hem een bericht gestuurd. Ze wist dat hij zo snel mogelijk zou komen.

Marlons hand glijdt onder haar shirt en streelt haar borsten. Ze laat hem zijn gang gaan, ondanks het risico dat er plotseling iemand de trap af kan komen. Wanneer hij haar aanraakt is het alsof haar hele lichaam warm wordt en haar hart uit haar borstkas wil springen. Zijn handen zijn zacht en glad. Wanneer zijn mond dichterbij komt streelt zijn adem haar wangen en kin, als een zomerbriesje. Elke fysieke aanraking brengt haar in een staat waarnaar ze verlangd heeft. Ze wist alleen niet hoe sterk en hoelang ze dit verlangen al had.

Ze zijn nu twee maanden samen en ze vraagt zich af of het altijd zo zal voelen, of het zelfs mogelijk is meer te voelen dan dit.

Ze kan het zich niet voorstellen.

Toen ze hem voor het eerst irl zag, was het alsof ze elkaar al hun hele leven kenden. Alsof ze gewoon op hem had gewacht zonder het te weten. Marlon begreep het meteen, alsof hij een vampier was die haar diepste gedachten kon horen.

Het was bijna pijnlijk.

Als haar vader of moeder naar de tv-kamer zouden komen, zou dat niet zo erg zijn. Ze is niet van plan om hem geheim te houden, heeft er geen problemen mee in hun aanwezigheid openlijk haar gevoelens te uiten.

Marlon is niet alleen drummer. Hij heeft goede cijfers en is vermoedelijk de knapste drummer van heel Stockholm. Haar moeder maakt zich waarschijnlijk zorgen dat hij te knap is. Omdat hij anders is en haar hart zal breken.

Maar ze begrijpt niet hoe lief hij is. Hij zou haar nooit pijn doen.

Ze zegt dat je niet kunt vertrouwen op romances die online ontstaan. Alsof zij er iets van afweet. Ze zegt ook dat je als je jong bent gemakkelijk je gevoelens verkeerd kunt interpreteren. Maar het maakt niet uit hoe oud je bent. Als je het weet, weet je het.

Morgenavond, wanneer Marlon en zijn ouders oud en nieuw komen vieren en ze als volwassen stellen bij elkaar zullen zijn, zullen ze het snappen. Ze zullen hun relatie accepteren, ze moeten wel, ze hebben geen keus, dit is geen bevlieging.

Marlons hand beweegt langzaam verder naar beneden, naar de elastische tailleband van haar joggingbroek. Hun kussen worden steeds intenser, hun harten gaan steeds sneller kloppen. Zijn lippiercing is koud, kietelt haar tong, windt haar nog meer op.

Het is zij tweeën tegen de wereld, en misschien hoeft ze zich geen zorgen te maken over wat haar ouders van hun relatie vinden. Ze komen immers niet uit Italiaanse, adellijke families die met elkaar in de clinch liggen.

Toen Julia wakker werd en zag dat Romeo zichzelf van het leven had beroofd, pakte ze zijn dolk en stak die in haar borst. Dat is precies hoe het is. Ware liefde kent geen grenzen.

Ze sluit haar ogen. Marlons ademhaling wordt sneller. En dan gebeurt het weer. De angst komt terug. Ze verstijft. Het is alsof haar hele lichaam bevriest. Net als alle andere keren. Ze wringt zich voorzichtig los uit zijn greep, opent haar ogen en kijkt hem aan.

'Onthoud wat we hebben besloten,' zegt ze.

Hij kijkt haar diep in de ogen. Een verlangende glimlach.

Ze kan zichzelf verliezen in zijn groenbruine ogen. Ze veranderen van kleur en hebben een diepte die peilloos lijkt, ze zijn perfect omlijst met zijn lange donkere haar, zijn lichte, bleke huid, zijn knappe kin en zijn kaakbeen. Als ze lang kijkt kan ze alle veranderingen in zijn ogen zien, alle emoties die er in zijn lichaam borrelen, alleen voor haar.

Ze kust hem opnieuw. Op de tv verschijnt het menu van de dvd-speler. Het is twee minuten over twee en Marlon moet bijna naar huis.

Plotseling klinkt er buiten een doffe klap en Ebba schiet overeind.

'Wat was dat?' vraagt ze.

'Ik weet het niet,' zegt Marlon. 'Misschien een vastgevroren autoportier?'

Dan klinkt er nog een klap, luider, alsof er iets kapotgaat.

Ebba springt op van de bank, rent naar het raam en kijkt naar buiten.

'Marlon, je moet opschieten. Mijn ouders worden misschien wakker en komen dan naar beneden. Ze mogen je hier niet zien, niet nu. Dat zou alles voor morgenavond verpesten.'

'Oké, oké!'

Marlon staat op, doet zijn riem goed en trekt zijn shirt recht.

Ze lacht om zijn vreemde gezichtsuitdrukking.

Hij pakt zijn leren jas en stevige, zwarte kistjes, opent de deur aan de achterkant van het huis. Hij toont zijn scheve glimlach, haar favoriete lach, knipoogt en zegt: 'Tot morgen dan.'

In de deuropening werpt hij haar een kushandje toe, draait zich abrupt om en stapt naar buiten.

Ze loopt snel naar het raam bij de deur aan de achterkant van het huis. Als ze hem daar ziet, hinkend op één been terwijl hij probeert de andere schoen aan te trekken, begint ze weer te giechelen. Zijn shirt zit scheef, zijn jas heeft hij over zijn schouder gegooid, en hij heeft moeite om rechtop te blijven staan en zijn evenwicht te bewaren. Het is alsof hij een dans voor haar opvoert waarvan hij niet weet dat zij die ziet. Ze begint te stralen, haar lichaam wordt helemaal warm vanbinnen.

Het liefst wil ze met de afstandsbediening de tijd vooruitspoelen. Dat het vanavond oudejaarsavond is. Dat het nog maar enkele minuten duurt tot middernacht.

2

Storängen, Nacka,
oudejaarsavond

Lisa Kjellvander staat op de ladder in de tuin van Maria Regina en probeert het uiteinde van een lichtsnoer aan een van de bovenste takken van de appelboom te bevestigen. De tak is bedekt met een dun laagje ijs. Door de vingerhandschoenen is ze wat klunzig. Het duurt langer dan ze gedacht had. Ze kijkt naar de kas en hoopt dat ze klaar is voordat de man die zich daarbinnen bevindt weer naar buiten komt.

Wanneer het lichtsnoer eindelijk op zijn plaats hangt, kijkt ze uit over de tuin van het hospice. In de zomer is die helemaal groen. De geplaveide paden zijn omzoomd met weelderige seringen en rododendrons, voor kinderen en kleinkinderen die op bezoek komen perfecte schuilplaatsen bij verstoppertje spelen. Het is een mooie, vertrouwde plek, niet alleen omdat Lisa er nu bijna twintig jaar werkt, maar ook omdat het haar doet denken aan haar ouderlijk huis in Lyckeby, Blekinge. Toen Ebba klein was, was ze hier graag. Lisa's moeder Ann-Christin had het hier ook fijn gevonden, ze hield ervan om het haar eigen tuin te mogen noemen. Het had haar blij gemaakt om bij het krieken van de dag op te staan, haar oude versleten ochtendjas en klompen aan te trekken, naar buiten te gaan en de bloemtrossen van de seringen af te knippen om er sap van te maken. Wat als ze iets langer had geleefd en Ebba hier samen met haar grootmoeder had kunnen zijn? Dat zou mooi geweest zijn.

Maar de zomer voelt ver weg. Met het dikke wolkendek en het zwakke decemberlicht lijkt de plek ingedut. De zon, die daar ergens achter de wolken zit, gaat onder en het zal al snel helemaal donker zijn. Het hospice ligt ingeklemd tussen de grote villa's van Storängen, die rond de eeuwwisseling zijn gebouwd, als een paleis genesteld tussen de huizen van de bourgeoisie, als een kerk in het centrum van het dorp. Op een zonnige dag schitteren de gevels van de villa's in hun heldere kleuren: rood, geel en groen. Nu, onder de grijze ring van schemerlicht, zijn de kleuren vervaagd. Ze voelt zich een gelukkig mens dat ze hier woont, slechts een paar kilometer van het kloppend hart Södermalm en de smalle met kinderkopjes geplaveide straatjes van Gamla Stan, in een buitenwijk net zo uniek en kleurrijk als Jeruzalem.

Ze heeft de heilige stad nooit bezocht, maar ze heeft de directeur van het hospice die horen beschrijven na een reis met de raad van bestuur en de vertegenwoordigers van de Zusters van Onze Lieve Vrouw, die Maria Regina hebben gesticht. Hoewel Lisa het geloof van de nonnen niet deelt, zijn het hospice en de tuin heilige plaatsen voor haar geworden.

Iemand die een leven redt, wordt een held genoemd.

Iemand die er honderd redt, wordt verpleegkundige genoemd.

Ze weet nog wat haar leidinggevende zei tijdens het eerste werkoverleg, toen ze terug was van haar ziekteverlof. Ze werd herinnerd aan de kernwaarden van de organisatie: familie, plicht, devotie. Het is nu veertien jaar geleden dat ze terugkwam. Ze had een tweede kans gekregen. Een kans waar ze heel dankbaar voor was. En nu is men het erover eens dat Lisa het van haar leidinggevende zal overnemen wanneer die over een paar jaar met pensioen gaat. Zelf kan ze het maar moeilijk geloven.

Op dit moment is het rustig in de buurt, maar het is een bedrieglijke rust. Straks komen de taxi's uit Stockholm en de omliggende voorsteden aanrijden, zal de hemel exploderen in felle kleuren en zal de lucht gevuld worden met nieuwjaarswensen, goede voornemens en beloftes. Daarna begint het tellen opnieuw en heeft iedereen twaalf nieuwe maanden om zijn leven op orde te krijgen.

Een deur slaat dicht. Tom Abrahamsson, een bevriende collega van Lisa en de arts van Maria Regina, verlaat de kas en kijkt verbaasd naar haar op.

'Is daar een stopcontact?' roept Lisa.

Hij knikt en steekt zijn duim omhoog.

'Wil je de stekker er even in steken!'

Tom hurkt neer bij het stopcontact in de buitenmuur van het gebouw.

Wanneer het lichtsnoer aangaat komt het donkere terras tot leven. Onder een zeildoek staat een lange, gedekte tafel. Op de twee banken aan weerszijden liggen schapenvachten. De plaats aan het einde van de tafel is gereserveerd voor de patiënt in de rolstoel. Een eerste sneeuwvlok dwarrelt uit de lucht en smelt op een van de gloeilampen.

'Daar komt de sneeuw!' roept ze. 'Het wordt perfect!'

Tom is nu bij haar. Hij leunt met zijn hoofd achterover en kijkt omhoog naar de wolken.

'Ik hoop dat het doek het houdt,' zegt hij.

Lisa komt van de ladder af en loopt naar hem toe.

'Bedankt voor je hulp,' zegt Tom.

'We zijn hier niet bepaald overbezet, dus we moeten elkaar helpen,' zegt Lisa. 'Het was fijn om er even uit te zijn. Om mijn gedachten een beetje te verzetten.'

'Ben je gestrest?'

'De ouders van Ebba's vriendje komen vanavond voor het eerst, om kennis te maken. Ik denk dat ik gewoon moeilijk kan accepteren dat Ebba binnenkort volwassen is.'

'Je wordt verondersteld om samen oud en nieuw te vieren, niet om een bruiloft te plannen, toch? Ebba en haar vriend zijn tenslotte net, wat is het, zeventien, bijna achttien jaar oud?'

Ze haalt haar schouders op.

'Ja, je zult wel gelijk hebben.'

'Wat weten jullie over ze, de ouders?'

Wat weten we over Marlon? denkt Lisa. Niet veel meer dan dat hij van muziek houdt, altijd zwarte kleren draagt en iets droevigs in zijn ogen heeft, zelfs als ze niet opgemaakt zijn met zwarte eyeliner. Hij heeft tenminste de moed om zijn eigen stijl te hebben en zijn eigen weg te gaan. Dat is meer dan je tegenwoordig kunt zeggen van de meeste jonge mensen, die doen alleen maar hun best om zoveel mogelijk op elkaar te lijken. Je kunt niet ontkennen dat Marlon er goed uitziet, want dat doet hij echt wel, en hij en Ebba zijn op een of andere manier best een leuk stel. Maar dat heeft ze nooit tegen haar dochter gezegd.

'We weten eigenlijk niets over ze,' zegt Lisa.

'En wat zegt Mikael?' vraagt Tom.

Lisa snuift, haalt haar schouders op. Tom weet hoe Mikael is.

'Hij hoopt dat het niet van die Groenen zijn.'

Tom moet hartelijk lachen.

'Wat is er mis met Groenen?'

'Dat ze niet denken zoals Mikael, vermoed ik. Dat ze veganisten zijn en bij de Zweedse radio werken.'

'Zijn ze veganisten? Wat gaan jullie dan eten?'

'Nee, het zijn geen veganisten en ze hebben geen allergieën, dat is het enige wat ik uit Ebba heb kunnen krijgen.'

Ze probeert Toms vragende gezichtsuitdrukking te lezen.

'We zijn niet goed wijs, hè?'

'Onbekende bezoekers zijn meestal de beste gasten. Is dat niet wat ze zeggen?'

Tom glimlacht terwijl hij zijn wenkbrauwen fronst. Bij zijn mondhoeken en op zijn voorhoofd verschijnen rimpels. Maar verder ziet hij er hetzelfde uit als altijd. Zijn bruine, pas geknipte haar zit perfect, hij vertoont geen enkel teken van grijs haar of beginnende kaalheid. Zijn kaak is markant en zijn lichaam, dat nog steeds goed in vorm is, getuigt van de sportcarrière die hij voortijdig moest beëindigen. Toen ze elkaar voor het eerst ontmoetten, deed hij haar denken aan een jonge dokter in een Amerikaanse tv-serie op wie ze verliefd was geweest. Hij had zich die Amerikaanse stijl aangemeten toen hij in de VS studeerde.

Soms draagt hij nog steeds zijn favoriete paarse hoody met het logo van de universiteit. Hij is specialist palliatieve zorg. Het is niet te geloven dat hij al vijftig is.

'Eet die gast uit kamer vijf hier?' vraagt Lisa.

'Ja, Albrektsson, de ICA-man. Groot nieuwjaarsdiner, zoals in de Vikingtijd,' zegt Tom. 'Hij heeft zelfs zijn Porsche-dealer met diens gezin uitgenodigd.'

Lisa lacht en stelt zich voor hoe de avond zal zijn. Maria Regina doet haar reputatie eer aan. Hier krijgt iedereen de laatste maaltijd precies zoals zij of hij het wil. Het voelt goed om te lachen, de spanning in haar nek wordt minder.

'Ik hoop dat je geen offer aan de oude goden hebt voorbereid?' zegt ze.

Tom glimlacht.

'Wat heb je zelf voorbereid?'

'We geven onze nieuwjaarscadeaus. Dit jaar heb ik mijn best gedaan. Ik hoop echt dat het leuk wordt.'

'Waarom is dat zo belangrijk? Die cadeaus. Ik bedoel, jullie hebben toch alles al, of niet?'

Lisa voelt zich een beetje overrompeld door de vraag en weet niet wat ze moet zeggen.

'Ik wil gewoon dat we een gezellige avond hebben,' antwoordt ze. 'Ik moest maar eens die kant op. Is er nog iets wat ik moet weten voordat ik ga?'

'We hebben misschien te maken met een dode in kamer drie,' zegt Tom. 'De tumor op wervel vier is gegroeid. Doorbraakpijn. De voedingsopname lijkt grotendeels te zijn gestopt. Het zal niet lang meer duren.'

'De verpleegkundigen die vanavond dienst hebben zijn een beetje onervaren, vind je niet?' zegt Lisa. 'Ik had de verloven beter moeten plannen.'

'Maak je daar maar geen zorgen over. Ik ga wel even met ze praten.'

Tom heeft een gave om te luisteren, om steun en vertrouwen te geven. Niet veel mensen kunnen hem weerstaan, met zijn charme en zijn natuurlijk gezag.

'En de pijnstilling? Hebben we genoeg om het weekend door te komen?'

'Ik geloof dat we zowel methadon als oxycodon hebben. En ook nog wat Instanyl,' zegt Tom.

Drie krachtige pijnstillers die op verschillende manieren worden toegediend.

'Maar dat weet je wel,' gaat hij verder. 'Jij hebt de inventarisatie toch gedaan?'

Het besef raakt haar als een stomp in haar maag.

O, shit.

Ze kijkt op haar horloge. Ze is het straal vergeten. Het systeem moet worden bijgewerkt voordat ze de maand en het jaar afsluiten. Als verantwoordelijk hoofdverpleegkundige is dat haar taak.

Hoe ziet het er thuis nu uit? Hebben Mikael en Ebba opgeruimd en zijn ze al begonnen met de voorbereidingen voor de avond? Ze weet nog niet eens wat ze zelf zal aantrekken.

'Kun je alsjeblieft de inventaris voor me doen?' vraagt ze. 'Of moet je ook snel weg?'

'Zoals Dean Martin zei: *New Year's Eve is for amateurs*. Je weet dat ik geen oud en nieuw vier.'

Ze lacht weer. Ze herinnert zich dat hij dat al eens gezegd heeft.

'Dus jij kunt het doen?'

'Geen probleem,' antwoordt hij. 'Als jij je benen even moet strekken tijdens het eten zit ik thuis tv te kijken.'

'Ben je nu niet een beetje heel erg saai?'

'Saai? Purple en ik hebben grote plannen.'

Purple, de buldog waar Tom zijn leven mee deelt, ligt zich thuis waarschijnlijk al op te laden en zich te verheugen op de schoot van zijn baasje, om daar te liggen en met cheddar bedekte popcorn te eten, voor de tv.

Zijn hond en zijn enorme belangstelling voor Amerikaanse sporten vormen een deel van Toms persoonlijkheid en charme. Hij lijkt te denken dat het helemaal oké is om ouder te worden, maar hij laat zijn jeugd en de dingen waar hij als kind van hield nooit los. Dat is prima. Maar aan de andere kant... Dat hij in een tweekamerappartement woont in het grote voormalige gerechtsgebouw dat verbouwd is tot appartementen, op een paar honderd meter van zijn werk en dicht bij Lisa's huis. Dat hij voor zijn eenzaamheid gekozen heeft... Dat zijn dingen die Lisa nooit echt begrepen heeft.

'Bedankt,' zegt ze. 'Ik waardeer het echt.'

'Zoals je al zei: we moeten elkaar helpen. Ga naar huis, ik regel dit wel.'

Als Tom het hospice weer binnengelopen is, kijkt Lisa op haar horloge. Ze realiseert zich dat ze onbewust aan de trouwring om haar vinger heeft gedraaid, een slechte gewoonte waar ze maar moeilijk mee kan stoppen. Het aftellen is begonnen. De zwarte cijfers van het digitale horloge blijven in een rap tempo doortellen, steeds maar vooruit.

Nog twee uur en acht minuten tot de gasten arriveren.

3

Lillängen, Nacka,
oudejaarsavond

Ebba draait de kraan dicht, raapt de handdoek op van de badkamervloer en droogt zich af. Ze heeft haar intieme zone geschoren en er daarna een verkoelende crème op gesmeerd, om rode bultjes te voorkomen, zoals aanbevolen op de website die ze heeft gevonden. Ze voelt met haar vingers waar ze zich geschoren heeft. Ze probeert zich Marlons reactie voor te stellen wanneer zijn vingers haar daar aanraken.

Wat is hij nu aan het doen? Hij moet toch ook bezig zijn met zich klaarmaken voor de avond. Staat hij thuis onder de douche aan haar te denken?

Op de wastafel ziet ze haar telefoon liggen. Ze laat de handdoek vallen, pakt haar mobiel en maakt een foto. Ze bekijkt haar werk. Het wazige schijnsel van het plafondlicht door de beslagen spiegel en de waterdruppels op haar naakte huid, haar lange, natte haar dat vastgeplakt op haar hoofd en in haar nek zit. Een arm die tussen haar benen naar beneden reikt en haar borsten tegen elkaar drukt. Een hand die strategisch de v-zone bedekt. De mond en lippen pruilend in een kus voor haar liefste.

'Binnenkort is het wachten voorbij.'

Ze stuurt de foto.

Het antwoord laat niet lang op zich wachten en Ebba barst in lachen uit wanneer ze het ziet. Een foto van Marlon die met grote ogen op een tikkende tijdbom zit, en de tekst: *OMG!!!*

Het lachen doet wonderen voor haar. Binnenkort zal deze periode waar geen einde aan lijkt te komen, de dagen van alleen maar wachten en verlangen, voorbij zijn.

Toen Ebba het voorstel deed, was haar moeder bijna in de stress geschoten. Haar moeder vond het ongemakkelijk om Marlons ouders uit te nodigen voor oudejaarsavond, mensen die ze niet kende. Ze zei dat ze Marlon nog maar nauwelijks kende, ook al had ze hem minstens vijf keer gezien.

Voor één keer was haar vader voor haar opgekomen zonder haar lastige vragen te stellen. Misschien wilde hij er graag achter komen of Marlons familie genoeg geld had of zoiets. Marlons ouders vonden het blijkbaar prima dat het zo geregeld werd, ze leken überhaupt veel minder gespannen.

Dat Ebba en Marlon van plan waren om rond middernacht naar het feest in Storängen te gaan, hadden ze maar niet verteld. Het moest een verrassing zijn. Maar dat was het beste deel van het hele plan: dat de ouders thuisbleven, wijn dronken tot de sfeer er goed in zat, en goede vrienden werden. Was dat niet wat er altijd gebeurde bij etentjes met andere stellen?

Haar moeder had gezegd dat ze het met Ebba over seks wilde hebben. Ze had nog nooit zoiets gênants gehoord. Ebba had gezegd dat het niet nodig was, maar Lisa had voet bij stuk gehouden en had verteld dat zij het gesprek over de bloemetjes en de bijtjes met haar eigen moeder had gehad, en dat elke moeder en dochter dat zouden moeten hebben. Het feit dat er sindsdien honderd jaar waren verstreken en dat het internet was uitgevonden, leek geen verschil te maken. Ebba had ermee ingestemd, vooral om haar moeder de kans te geven te zeggen wat ze voor haar gevoel moest zeggen, als moeder tegen een dochter. Dat seks gebaseerd is op vertrouwen en wederzijdse instemming. Dit herhaalde ze als een soort van mantra, zo vaak dat Ebba het nooit zou vergeten. Seks hebben betekent wederzijds vertrouwen, je kwetsbaar durven opstellen, intiem zijn. Iets wat alleen mogelijk is tussen twee individuen die heel veel respect voor elkaar hebben. Als dat niet het geval is, kan het gevaarlijk zijn en je zwaar beschadigen. De woorden stonden voor altijd in haar hersenen geprent.

Ze begreep dat haar moeder moeite had met seks, zoveel was duidelijk, ook al hadden haar vader en moeder dat nooit echt uitgesproken. Je hoefde geen genie te zijn om dat te begrijpen. Elke keer dat ze een film keken met een liefdesscène erin raakte haar moeder zo gespannen als een snaar.

Ebba haat het idee dat ze van haar moeder misschien een probleem met seks heeft geërfd. Is een trauma erfelijk?

Ze ontdekte het toen ze met Marlon begon om te gaan. Ze houdt van hem, dat weet ze. Dus waarom is ze dan zo bang? Waarom is ze zo gespannen?

Ze heeft online hulp gezocht, door seksuele voorlichting en liefdeshoroscopen te bekijken tijdens eindeloze nachtelijke zoektochten naar antwoorden. Ze weet waarom ze het moeilijk vindt om iemand volledig te vertrouwen, om zich volledig te durven overgeven aan iemand. Ze weet dat dit met haar geschiedenis te maken heeft, dat dit iets is wat zich diep in haar onderbewustzijn bevindt. Het heeft te maken met iets wat lang geleden is gebeurd.

Dat mag morgen niet in de weg staan.

Het heeft altijd in de weg gestaan, wierp altijd over alles een schaduw.

Haar ouders hebben het tot in den treure herhaald.

Het was niet Ebba's schuld.

Marlon is perfect, maar natuurlijk is er zelfs voor hem een grens. Jongens haken af wanneer het te lang duurt.

Volgend jaar wordt ze achttien. Van het oude jaar restten nu nog maar een paar uur. Vanavond, op oudejaarsavond, op een speciale plaats, weg van haar waakzame ouders, onder een nachtelijke blote hemel en bij het licht van de sterren. Na middernacht. De eerste zinderende minuten van het nieuwe jaar.

Dat heeft ze hem beloofd.

Dan moet het gebeuren.

Ze is niet van plan om op nieuwjaarsdag wakker te worden en nog steeds de enige maagd op de planeet te zijn.

4

De gebruikelijke route van werk naar huis voert langs de kleine woonwijk Kranglan, die verscholen ligt in het bos, naast het Järlasjönmeer. Er ligt al vier, vijf centimeter sneeuw en het steile grindpad is glad. Lisa glibbert en glijdt in haar lage schoenen naar beneden. Ze stapt de kleine loopbrug op die over het smalste stuk van het meer ligt, blijft in het midden staan, haalt een paar keer diep adem en kijkt uit over het water. Aan de ene kant leidt het water naar de bruisende hoofdstad met de verlichte Hammarbybacken en Globen in de verte. Aan de andere kant ligt een voor het seizoen gesloten waterskiclub en eindigt het Järlasjönmeer. Daar gaat het zoete water over in een rivier die naar Saltsjö-Duvnäs stroomt en uiteindelijk ondergronds gaat, om vervolgens door stenen en klei gefilterd te worden en zich met het zoute water van de Saltsjön-baai en de inham van Stockholm te vermengen.

Het gebied vormt een natuurlijke oase aan de poort van het Nacka-reservaat, met het verkeerslawaai en de voorstedelijke winkelcentra op een comfortabele afstand. Het grote rode bakstenen gebouw uit het begin van de twintigste eeuw doemt op in de vallende sneeuw boven de boomtoppen. Het is nu verbouwd tot appartementen voor gezinnen met kinderen. In het begin van de vorige eeuw woonden hier veel vrouwen, in koude en erbarmelijke omstandigheden, om te worden behandeld voor wat artsen in die tijd hysterie noemden.

Tom had gelijk, het is niet gemakkelijk voor ouders als hun kinderen plotseling groot worden. Maar hij kent haar en

Ebba's bijzondere verhaal. Hij weet dat het voor haar moeilijker is dan voor andere moeders.

Ebba kan zich niet herinneren hoe het was toen haar moeder met ziekteverlof was. Maar het schuldgevoel achtervolgt Lisa nog steeds, zelfs na al die jaren.

Vanavond wil ze een normale, blije moeder zijn die een leuk oudejaarsfeestje georganiseerd heeft en een goede indruk maakt op de ouders van de vriend van haar dochter. Iedereen weet dat haar dochter boven alles gaat voor haar. Nu is het belangrijk dat ze laat zien dat ze haar steunt op haar weg naar volwassenheid. Dat haar liefde zo sterk is dat ze haar ook los kan laten. Ze zal er zijn bij alle mooie momenten die Ebba zal beleven en op momenten dat haar jonge hart gebroken wordt.

Omdat ze weet hoe het is wanneer jonge harten breken.

Geven ze elkaar daarom nieuwjaarsgeschenken?

Tom had gewoon een stomme, ondoordachte vraag gesteld.

Ze kijkt weer op haar horloge en beseft dat het nog minder dan twee uur is tot Marlons familie voor de deur staat. Ze loopt de helling op die van het bospad naar het huis leidt. Waar het steil is neemt ze een aanloop en zet ze zich met beide benen af, om het laatste stukje omhoog te komen. Haar schoenen verliezen de grip op de verse sneeuw en ze glijdt uit. Ze valt, maar ze slaagt erin om zich op te vangen met haar hand. Een pijnscheut schiet door haar pols. Ze kijkt naar haar hand en draait hem voorzichtig linksom en rechtsom. Ze voelt de pijn tot in haar oksel doortrekken. Niets gebroken maar duidelijk verstuikt.

Verdomme.

Hoe moet ze een etentje hosten wanneer ze maar één hand kan gebruiken?

Wanneer ze thuis aankomt klopt haar pols pijnlijk. Ze opent de voordeur, stapt naar binnen en voelt het trillen in haar jaszak. Het is Tom.

Ze aarzelt even. Is het de patiënt in kamer drie die is overleden? Dat kan niet de reden zijn . Daar zijn procedures voor. Misschien is hij gewoon vergeten hoe je inventariseert.

Ze tikt op de groene knop op het scherm en zegt haar naam.

'Lisa, we hebben een groot probleem.'

Het is Tom, maar met een stem die ze nooit eerder heeft gehoord.

'Wat is er?' vraagt ze.

'Er is bij ons ingebroken.'

5

De medicijnen worden volgens strikte voorschriften bewaard in een afgesloten kast. Ze begrijpt niet hoe een dief heeft kunnen inbreken zonder dat iemand van het personeel het heeft gemerkt.

Tom was naar het magazijn gegaan om de inventaris op te maken, zoals hij beloofd had. Toen hij in de medicijnkast keek, had hij meteen gezien dat er iets niet klopte. De plank waarop hun sterkste opiaten werden bewaard, was leeg. Hij had het ondenkbare geconstateerd, namelijk dat iemand deze medicijnen van het hospice had gestolen. Volgens het protocol had hij onmiddellijk de politie gebeld. Daarna was hij naburige zorginstellingen gaan bellen om noodhulp te krijgen voor de nacht en de volgende dag.

Ze staat nog in de gang met haar jas aan. Voelt zich misselijk. Wat Tom haar heeft verteld is verschrikkelijk. Fentanyl is tegenwoordig populair onder verslaafden. Maar noch de junks noch de dealers weten waar ze aan beginnen. De fentanyl die Lisa en haar collega's gebruiken is vijftig keer sterker dan heroïne. Het moet heel voorzichtig worden toegediend, door opgeleid personeel, en alleen aan degenen die het echt nodig hebben en geen andere pijnstilling verdragen.

Maar dat kan die dieven en dealers vast niet schelen.

Ze heeft een documentaire gezien op tv. Over hoe het gebruik van fentanyl steden in Rusland en de Baltische staten heeft veranderd in zombiesteden, waar jonge mensen als zombies de ene dosis na de andere nemen, niet wetend of ze de volgende dag weer wakker zullen worden. Is die verslavingsgolf nu ook hierheen gekomen? Naar Zweden, Nacka en Storängen?

Ze hoopt dat ze nooit iemand tegenkomt die geld verdient aan het leed van anderen. Want dan staat ze niet voor zichzelf in.

Ze krijgt het koud vanbinnen. Ze probeert zichzelf voor te houden dat haar gevoel niet rationeel is. Dat ze geen schuld heeft aan wat er is gebeurd.

Het voelt als een aanranding.

Net als toen ze zelf slachtoffer werd, weet ze nu niet of ze ooit zal begrijpen hoe of waarom dit is gebeurd. Het enige wat ze zeker weet is wie de slachtoffers zijn, die zijn niet moeilijk te identificeren.

Maria Regina werd opgericht om de allerzieksten te verzorgen, zij die hun laatste dagen hier op aarde slijten met ondraaglijke pijn. Nu zijn de zekerheid en de veiligheid voor de gasten, medewerkers en familieleden in het geding. Als Tom er niet in slaagt om vervangende middelen te vinden, zal er paniek ontstaan onder het personeel en zullen de zieken hun laatste jaarwisseling in totale pijn moeten doorstaan.

Ze denkt aan de heer Albrektsson, de supermarkteigenaar, die straks in de tuin zal plaatsnemen met familie en vrienden. Hopelijk lukt het Tom om ten minste wat morfine te krijgen, om de scherpe randjes ervan af te halen.

Is er dan niets meer heilig?

Bij de gedachte wordt het haar zwart voor de ogen.

Toms stem had zo vreemd geklonken toen hij belde. Ze herkende hem nauwelijks. Zijn gebruikelijke kalmte was verdwenen. Misschien had de schok een angst in hem losgemaakt die ze niet herkende, misschien zelfs een soort zelfverdedigingsreactie?

Maar ze had toch zeker geen reden om te denken dat Tom iets verkeerds had gedaan?

Hij had het magazijn en het medicijnkastje geopend met zijn pasje en de code. Alleen, met niemand in de buurt.

Had hij van de gelegenheid gebruikgemaakt die ze hem had geboden. Had hij zijn kans schoon gezien om snel wat extra geld te verdienen? Maar als dokter verdiende hij goed. Bovendien had hij geen hoge kosten wat betreft huis en gezin. Hij dronk zelfs geen alcohol.

Mijn god, dat dit soort gedachten bij haar opkwamen! Ze kende Tom al twintig jaar. In de loop der jaren waren ze goede collega's geworden, vrienden en meer dan dat.

Maar hoe kon niemand iets gemerkt hebben?

Ze had zelf de inventarisatie moeten doen. Misschien vroeg Tom zich af waarom ze dat niet had gedaan. Iets wat ze wel had moeten doen. Was dat wellicht de reden dat zijn stem zo vreemd klonk? Omdat er iets was wat hij haar niet durfde te vragen?

Het beneemt haar de adem wanneer het besef tot haar doordringt.

Het pasje.

Ze heeft het de hele dag nog niet gebruikt.

Als een aal verspreidt de angst zich door haar lichaam. Ze voelt een krampachtige wurggreep om haar gespannen nek, krijgt het erg warm onder haar jas. Het getik in haar lichaam begint, ze weet dat het haar bloed is dat stroomt. Ze wordt licht in haar hoofd, de duizeligheid neemt toe.

Ze heeft het al lang niet meer gevoeld, dit gevoel dat haar jarenlang aan bed gekluisterd hield. Een grenzeloos gevoel van onveiligheid, alsof niets en niemand te vertrouwen is. Alsof het nergens nog veilig is. Alsof de grond onder je voeten verdwijnt.

Ze kan haar angst niet de overhand laten krijgen en haar weer naar dat punt laten voeren, niet opnieuw. Ze moet vasthouden aan haar geloof in zichzelf en haar collega's. Vasthouden aan haar routines. De onzekerheid in kleine hanteerbare stukjes verdelen, één ding tegelijk. Ze herinnert zich wat ze zichzelf heeft beloofd, wat ze Ebba heeft beloofd wat betreft vanavond. Als ze niet snel kalmeert zal ze alles verpesten.

Ze stopt haar telefoon in haar zak en reikt naar haar handtas. Voelt met haar handen haar lippenstift, buskaart, haarelastiekjes, pakje kauwgom en bonnetjes. Maar haar pasje kan ze niet vinden.

Ze haalt diep adem en begint opnieuw. Eerst langzaam en zorgvuldig, maar uiteindelijk kan ze zich niet meer inhouden. Ze keert haar handtas ondersteboven en schudt hem zo hard ze kan, tot de hele inhoud op de vloer in de hal ligt. Ze laat zich op haar knieën zakken, staart naar de rommel, graait er met haar vingers doorheen.

Maar het pasje vindt ze niet.

6

'Er is ingebroken op het werk.'

Mikael maakt bij het aanrecht het aperitief klaar terwijl hij zijn hoofd beweegt op het ritme van de muziek op de radio. Wanneer hij haar ziet, zet hij het volume lager.

'Wat zei je?' vraagt hij.

'Er is bij ons ingebroken. Ik moet terug om met de politie te praten.'

'Maar wat is er gestolen?'

'Medicijnen,' zegt Lisa. 'Sterke, gevaarlijke pijnstillers.'

Hij komt naar haar toe, neemt haar handen in de zijne.

'Au,' zegt ze. 'Ik ben onderweg gevallen en heb me bezeerd. Ik moet mijn pols verbinden.'

'Is het ernstig?'

'Nee, ik denk het niet, alleen een lichte verstuiking. De inbraak, daarentegen, die is wel ernstig.'

Er verschijnt een traan in haar ooghoek.

'Heb jij de autosleutels?' vraagt ze.

'Nee,' antwoordt Mikael kortaf. Hij rolt met zijn ogen alsof het de stomste vraag ter wereld is. 'Kijk maar in het sleutelkastje.'

Hij kijkt ernstig. Boos misschien. Of op zijn minst geïrriteerd.

'We kunnen die maar beter in de koelkast zetten,' zegt Lisa en ze knikt naar het voorgerecht, dat al op het kookeiland staat. Zes garnalencocktails, prachtig opgemaakt in kristallen glazen van Orrefors.

'Je hebt gelijk.'

'Je hebt het zo mooi voorbereid, het is alleen dat...'

'Doe wat je moet doen, Lisa.'

Hij draait zich om en gaat verder met waar hij mee bezig was.

Hij draagt een strakke broek die als gegoten zit om zijn slanke benen. En een dunne, gebreide, zwarte trui die Lisa eigenlijk een beetje te kort vindt voor een man van zevenenveertig, omdat zijn buik zichtbaar wordt wanneer hij naar iets reikt. Hij is een paar dagen geleden naar de kapper geweest en heeft zijn haar laten knippen in het kapsel dat hij de afgelopen jaren heeft gehad, sinds hij overal naartoe is gaan fietsen in plaats van de auto te nemen. Door het bijgewerkte kapsel ziet hij er stoerder uit, en dat lijkt hij leuk te vinden. Het omlijst zijn smalle, spitse neus en kaaklijn als een soort hogere soort symmetrische orde. Maar hij ziet er ook vermoeider uit.

'Sorry,' zegt ze. 'Ik ben een beetje van slag.'

'Ik hoop dat je in ieder geval blij bent met de drankkeuze,' zegt Mikael, nog steeds met zijn rug naar haar toegekeerd. 'Je vroegere favoriet, Southern Comfort met bitter lemon. Als in *the good old days*.'

The good old days.

Zoals in hun studententijd.

Ze begrijpt de hint. Laten we voor één avond alles vergeten en gewoon wat plezier hebben. Zoals vroeger. Geef me de vrouw terug met wie ik trouwde. Dat is wat hij in gedachten heeft. Maar op dit moment voelt dat zoals het beklimmen van de Mount Everest.

'Misschien hoef ik niet naar mijn werk,' zegt Lisa. 'Ik heb mijn sporttas in de auto laten liggen. Ik moet mijn pasje erin hebben gedaan toen ik gisteren bij de sportschool was.'

'Kijk dan gewoon in de auto, verdomme.'

Ze loopt de hal weer in, pakt de autosleutels uit het sleutelkastje en haast zich naar buiten, naar de carport. De wind is aangetrokken en het is harder gaan sneeuwen. Ze slaat de jas om haar heen. Er is een echte sneeuwstorm op komst.

Wanneer ze bij de carport aankomt, blijft ze als bevroren staan. De grond is bedekt met glinsterende glitter. Maar het zijn geen ijskristallen.

Een raampje van een van de achterportieren is ingetikt.

Ze loopt voorzichtig naar de auto. Het portier staat wagenwijd open en het is koud in de auto. Ze staart naar de achterbank, ziet de zwartgrijze zitting waarop ze haar sporttas heeft achtergelaten. De auto heeft er nog nooit zo leeg uitgezien.

Ze voelt zich misselijk. Het is niet haar paranoia noch de geesten uit haar verleden die naar de oppervlakte komen. Dit is iets nieuws.

Haar tas is gestolen.

Ze wil Tom bellen, maar ze herinnert zich hoe aangedaan hij klonk. Wat zou ze moeten zeggen?

Hebben ze haar pasje gebruikt om in te breken? Ze durft niet te denken aan de gevolgen hiervan. Misschien wordt ze wel ontslagen. Zou de politie de directie erop wijzen dat de inbraak nooit gebeurd zou zijn als zij niet zo nalatig was geweest? Of zouden ze zelfs denken dat ze – nee, daar wil ze niet eens aan denken.

7

Ebba opent de deur en kijkt de gang in. Wat waren dat voor vreemde geluiden die ze hoorde? Haar vader die zijn stem verheft en haar moeder die de voordeur in en uit rent. Hebben ze nu weer ruziegemaakt?

Wanneer Lisa de trap op komt vraagt Ebba: 'Wat is er?'

Haar moeder ademt zwaar, het lijkt alsof ze zichzelf probeert te kalmeren.

'Er is iets gebeurd op het werk.'

Ze loopt langs Ebba naar de keuken. Ebba volgt haar.

Mikael, die zijn mouwen heeft opgestroopt en schijfjes citroen aan het snijden is, kijkt op wanneer ze binnenkomen.

'Heb je de tas in de auto gevonden?' vraagt hij.

Lisa schudt alleen haar hoofd. Ze ziet eruit alsof ze een geest heeft gezien.

'Ik weet niet of we vanavond wel gasten kunnen ontvangen.'

'Wat zeg je nou?' roept Ebba. 'Dat méén je niet. Besef je wel hoe gênant dit is? Je zet me compleet voor schut!'

'Oké, allebei, rustig nu,' zegt Mikael.

'Echt fijn dat je werk altijd het belangrijkste is,' zegt Ebba. 'Belangrijker dan hoe iemand zich voelt in dit gezin.'

'Ebba, kom op. Nu ben je onredelijk,' zegt Mikael.

'Er is bij ons ingebroken. Ik moet met mijn collega's praten en misschien ook met de politie, want er zijn medicijnen gestolen.'

'Wat maakt dat uit? Waarom zouden wij daarom ons feest afblazen?'

Mikael kijkt Lisa strak aan. Ze sluit haar ogen, bijt op haar tanden. Ebba ziet hoe de spiertjes in haar kaak zich aanspannen en als kleine knobbeltjes door haar wangen zichtbaar zijn. Als ze harder bijt breken haar tanden nog.

'Ik begrijp dat de inbraak een ernstige zaak is,' zegt haar vader. 'Maar het is nu een zaak van de politie. Jíj kunt daar nu toch niets doen.'

'Ten eerste moeten we nieuwe medicijnen zien te regelen. En ten tweede kan ik, zoals ik zei, mijn pasje niet vinden.'

'Je pasje?' vraagt Mikael. 'Wil je zeggen dat jouw pasje misschien gebruikt is om bij de medicijnen te komen?'

'Ik wilde het in elk geval uitsluiten. Vannacht is iemand in onze auto geweest en die heeft mijn sporttas gestolen met mijn pasje er nog in.'

'Heeft er iemand in onze auto ingebroken?' zegt Mikael. 'Vannacht?'

'Ja,' zegt Lisa. 'Een raampje van een van de achterportieren is ingetikt.'

Ebba denkt aan de afgelopen nacht, toen ze met Marlon op de bank beneden in de tv-kamer zat. Het vreemde geluid van buiten. Alsof er iets kapotgeslagen werd. Misschien is zij de enige die het heeft gehoord. Ze wil niets zeggen. Het zou alleen maar leiden tot een heleboel vragen. Over waarom ze wakker was. Waarom Marlon hier was.

'Dus je gaat er nu heen?' vraagt Ebba. 'Naar je werk? Dat is goed. Als je maar terug bent voordat de gasten komen.'

'Maar dat red je niet,' zegt Mikael. 'Ze kunnen hier elk moment zijn.'

'Jullie denken toch niet serieus dat we Marlon en zijn ouders gaan vragen om vanavond thuis te blijven. Dat we ze nu gaan bellen om te zeggen dat ze niet welkom zijn. Dat ze maar thuis moeten zitten op oudejaarsavond?'

'Ik moet in elk geval Tom bellen en hem vertellen dat mijn pas gestolen is,' zegt Lisa.

Ebba's vader kijkt weg, staart door het raam. Hij probeert rustig te blijven en Ebba beseft dat hij het voor haar doet. Diep vanbinnen kookt hij. De naam Tom heeft altijd dat effect op hem. De collega van haar moeder. Beste vriend. Die altijd op de een of andere manier in de weg lijkt te staan. Ze hoorde haar vader een keer met haar moeder praten toen ze alleen waren in de keuken. Toen was hun toon heel anders. Ze proberen niets te laten merken zodra Ebba binnen gehoorsafstand is, maar ze hoort het toch, door de muren en plafonds heen.

'We moeten even goed nadenken,' zegt Mikael. 'Het kan toeval zijn. De twee gebeurtenissen hoeven niets met elkaar te maken te hebben.'

Lisa bedekt haar gezicht met haar handen.

'Ik moet nu bellen,' zegt ze. 'We moeten sowieso aangifte doen van de inbraak in onze auto.'

'Je beseft toch wel wat dit betekent?' zegt Mikael. 'Je zei net dat de politie onderweg is naar Maria Regina. Als je belt, zullen ze onmiddellijk hierheen komen. Onze carport zal centraal staan in hun onderzoek. We zullen gehoord worden en dan is de avond naar de klote. Dan hebben we geen andere keus dan Marlon en zijn ouders te vragen om vanavond thuis te blijven.'

'Maar Marlon kan hier elk moment zijn!' roept Ebba. 'De politie kan morgen toch wel naar onze auto kijken?'

'Ebba heeft gelijk,' zegt Mikael. 'De avond afblazen lost niets op.'

'Dus wat doen we?' vraagt Lisa en ze spreidt haar armen.

'Allemachtig, het is niet zo dat jij iets gestolen hebt,' zegt Mikael.

'Een aangifte bij de politie doe je tegenwoordig toch online?' zegt Ebba.

Ze holt naar haar slaapkamer en pakt haar laptop. Ze komt terug naar de keuken, gaat bij het keukeneiland zitten en zoekt de website van de politie.

Haar moeder gaat zuchtend op de barkruk naast haar zitten.

'Ebba,' zegt ze. 'Jij hoeft dit niet op te lossen.'

'Maar jullie twee maken alleen maar ruzie,' zegt ze. 'En we kunnen niet gewoon de hele avond cancelen.'

'Laat mij dat formulier maar invullen,' zegt Mikael.

Ebba staat op en laat haar vader het overnemen. Ze ziet hem al hun gegevens invullen. Zijn vingers gaan snel over het toetsenbord.

'Hoelang duurt het voordat de politie en mijn collega's zien dat we online aangifte hebben gedaan?' vraagt Lisa.

'Geen idee,' zegt Mikael. 'Maar als we dit doen hebben we in ieder geval juist gehandeld. Als we geluk hebben is de politie misschien ook van plan dit jaar de jaarwisseling te vieren.'

'Ik moet op een gegeven moment wel iets van me laten horen op het werk.'

'Alles op z'n tijd,' zegt Mikael. 'Dan stuur je straks een bericht naar Tom dat je tas gestolen is, dat we online aangifte hebben gedaan, dat je gasten hebt en dat jullie morgen wel even contact hebben.'

Ebba zucht.

'Zo, verstuurd,' zegt Mikael terwijl hij de laptop dichtklapt. 'Zo moeilijk was het niet. Goed idee, Ebba.'

Lisa knikt uiteindelijk min of meer instemmend.

'Ik kan het gewoon niet geloven,' zegt ze. 'Wie is mijn gangen nagegaan, wie heeft me bespioneerd, het juiste moment afgewacht, en vervolgens mijn tas gestolen en bij Maria Regina ingebroken? Wie het ook is, hij moet hier bij ons thuis geweest zijn, hij moet weten wie we zijn en waar ik werk.'

Lisa kijkt Ebba plotseling met een vragende blik aan. Waarom doet ze dat? Heeft haar moeder gisteravond toch iets gehoord? Heeft ze Marlon midden in de nacht de heuvel af zien rennen? Marlon weet waar haar moeder werkt. Hij heeft ooit gezegd dat het cool is dat ze met de dood werkt.

'Mama?' zegt Ebba. 'Kunnen we ons nu verder klaarmaken?'

8

Terwijl het warme water van de douche over haar heen spoelt, zegt Lisa tegen zichzelf dat haar man en dochter gelijk hebben. De inbraak in het hospice is een zaak van de politie. Het heeft geen zin om erover te piekeren en de avond erdoor te laten verpesten. Ze heeft nog steeds last van haar pols en is onhandig in de weer met de douchegel in één hand, in een poging zich zo goed mogelijk te wassen. Ze moet niet vergeten dat berichtje te sturen. Ze draait de douchekraan dicht en stelt een alarm in op haar horloge, zodat ze het niet vergeet.

Er komt iemand naar de slaapkamer lopen terwijl ze haar ondergoed aantrekt. Ze weet wie het is, ze hoort het aan de tred, aan de manier waarop de voeten worden neergezet.

'Mama, weet je zeker dat jij en papa dit redden?' vraagt Ebba. 'Ik wil niet dat er vanavond gedoe is.'

Ebba staat als een zoutzak in de deuropening. Die boze, daadkrachtige jonge vrouw die met haar laptop in de hand de keuken binnenstormde lijkt verdwenen en is vervangen door een klein, gevoelig meisje. De bezorgde, grijsblauwe ogen – die al generaties overgeërfd worden door de vrouwen in Lisa's familie – kijken haar vanonder de pony aan. Haar schouders hangen naar beneden, alsof ze het gewicht van de wereld dragen, maar haar lichtblonde haar staat als een soort kwast rechtop op haar hoofd met een roze haarband eromheen. Ze draagt een abrikooskleurig huispak waar ze jaren geleden al uit gegroeid is, maar dat ze weigert weg te doen. Haar nek lijkt onnatuurlijk lang. Lisa loopt al te mopperen over Ebba's houding sinds die nog klein was. Ze hebben het over oefeningen en een rugbrace gehad. Over dat ze snel haar houding moet veranderen, anders zal ze al op haar twintigste een bochel hebben. Zoals altijd heeft ze haar draadloze noisecancelling oortjes in.

'Het wordt een leuke avond, schat,' zegt Lisa.

Ze omhelst haar dochter. Ebba knuffelt haar niet, legt alleen een hand op haar schouder. Wanneer ze haar moeders blote huid aanraakt, lijkt ze zich ongemakkelijk te voelen en dus is de omhelzing kort. Ze wurmt zich los.

'We laten het inbraakverhaal nu even voor wat het is. Heb je iets gehoord van Marlon? Zijn ze onderweg?'

'Ja, natuurlijk.'

'Goed, dan moet ik opschieten.'

Ebba draait zich om en loopt weg.

'Vergeet je niet om iets anders aan te trekken?' zegt Lisa, maar de enige reactie die ze krijgt is het geluid van de dichtslaande deur van de tienerkamer.

Mikael komt de slaapkamer binnen, legt zijn handen op haar schouders. Het is lang geleden dat ze halfnaakt voor hem stond.

'Je nam het voor haar op daarnet. We hebben het juiste gedaan door het etentje door te laten gaan,' zegt ze.

'Ebba zou ons vermoord hebben,' antwoordt hij.

'Waarom doet ze toch zo?' vraagt Lisa.

'Je weet toch hoe het is om zeventien te zijn,' zegt hij.

'Nee, dat weet ik niet,' zegt Lisa. 'En bedankt dat je zo'n mooi voorgerecht hebt gemaakt.'

'Kan ik nog niets voor je doen?'

Lisa slaakt een lange zucht. Ze voelt de spanning in haar schouders wegebben, maar ze merkt ook dat zich daar een beginnende hoofdpijn heeft genesteld die waarschijnlijk de rest van de avond zal blijven.

Dan schiet het haar te binnen. Het enige wat ze beloofd had te kopen op weg naar huis.

'Je mag me nog één ding vergeven.'

'Wat?'

'Ik ben vergeten vuurwerk te kopen.'

'Ben je vergeten vuurwerk te kopen?'

Hij schudt zijn hoofd terwijl hij haar blijft aankijken.

'Ik weet niet of ik je dat kan vergeven.'

'Dan moet ik maar mijn best doen om zelf voor wat vuurwerk te zorgen,' zegt ze, en ze waagt zich aan een voorzichtige glimlach. Haar mondhoeken trillen. Ze verbijt zich. Haar poging om de boel op te vrolijken is mislukt.

Mikael ziet het, maar hij glimlacht geruststellend. Ondanks alles wat ze door de jaren heen samen hebben meegemaakt, is zijn glimlach nog precies hetzelfde als toen ze hem voor het eerst zag, in Uppsala, wachtend bij een zebrapad, in een strakke lichtblauwe spijkerbroek en met een watermeloen in zijn handen. Ze had hem in de ogen gekeken toen ze door de voorruit van haar oude Volvo tuurde; de laatste levenstaak van deze auto, zo zou blijken, was om haar van Lyckeby naar dat zebrapad te brengen. Hij weigerde weer te starten nadat ze Mikael had laten oversteken.

Die was niet verder gelopen, Uppsala in. Hij had zich voorgesteld als Mikael Kjellvander, student economie uit Nacka, had de watermeloen in de kofferbak gelegd en de rij auto's, die zich achter haar Volvo had gevormd, helpen passeren. Vervolgens had hij haar en de auto naar de dichtstbijzijnde garage geduwd. Ze was de eerste nacht al bij hem blijven slapen. Maar dat had ze nooit aan haar vader Erland of haar moeder Ann-Christin verteld.

Mikael is op dit moment niet in de beste vorm van zijn leven. De laatste jaren zijn niet goed geweest. Maar hij is er een paar decennia later nog steeds, in dezelfde modieuze kleding als toen.

'Je ziet er geweldig uit,' zegt ze.

Het glipt er gewoon uit, alsof de gedachte gehoord wil worden.

Hij schrikt op en kijkt haar sceptisch aan.

'Ik moet me nu omkleden.'

'Eerst wil ik je nog iets geven,' zegt Mikael.

Hij haalt zijn handen van haar schouders. Lisa kijkt naar het pakje in zwart papier met een goudkleurig lint eromheen, dat hij ter hoogte van zijn middel vasthoudt.

Ze wil *niet nu* zeggen, maar slikt het in. Met dit hele nieuwjaarsgeschenkgedoe zijn ze begonnen toen kerstcadeaus achterhaald leken, toen Ebba's verlanglijstje veranderde van een handgeschreven vel papier met twintig regels met speelgoed, poppen en knuffels in een sms met een link naar het nieuwste model iPhone. Hun financiële situatie is veranderd. Het was jarenlang een achtbaanrit, met hoge pieken en diepe dalen. Om hier überhaupt te kunnen blijven wonen, hadden ze gedurende een bepaalde periode moeten bezuinigen op alles waar ze aan gewend waren geraakt. Maar Mikael is altijd gul geweest, heeft altijd gezegd dat hij haar dingen wil geven die ze zichzelf nooit gunt. Vaak zijn het mooie dingen die ze misschien niet eens wil hebben, maar ze weet dat het voor Mikael veel betekent om ze te geven.

Het is bijna onmogelijk om hem iets te geven. Hij heeft nooit wensen. Maar dit jaar heeft ze eindelijk iets goeds gevonden. Een praktisch cadeau, iets wat met het huis te maken heeft, iets waarvan ze weet dat hij het echt zal waarderen. Niet alleen omdat ze er duidelijk veel tijd en moeite in heeft gestoken, maar ook omdat het het verleden en het heden met elkaar verbindt, hun langdurige strijd om hun droomhuis boven op de heuvel te bouwen, zoals Mikael dat vanaf het allereerste begin heeft gewild. Ze is maandenlang bezig geweest met Mikaels verrassing. Op oudejaarsavond zal ze het hem laten zien. Precies om middernacht was het plan.

Ze hoopt dat het cadeau hem blij maakt, maar eigenlijk hoopt ze meer dan dat. Ze hoopt dat het op de een of andere manier de klok zal terugdraaien en de echte Mikael weer tot leven brengt. Ze voelt nu hoe naïef het is om te denken dat zo'n oppervlakkig en materieel voorwerp zo'n groot verschil zou kunnen maken.

'Ga je het niet openmaken?' vraagt hij. 'Nu, voordat de gasten komen?'

Haar digitale horloge piept zwakjes. Ze herinnert zich de sms, drukt het alarm weg. Ze wil zich aankleden, naar beneden rennen en alles klaarzetten voordat de gasten arriveren. Maar ze kan hem dit moment niet ontnemen.

Ze maakt het stukje plakband los dat het inpakpapier bij elkaar houdt en vouwt het papier voorzichtig open. Een klein, roodfluwelen doosje. Met CARTIER op het dekseltje geschreven.

'Mikael,' fluistert ze.

Ze tilt het dekseltje op. Op een zwart kussentje ligt een dunne roségouden ketting. Er hangt een ronde, platte hanger aan, als een kleine munt. Het is een half doorzichtige, appelgroene edelsteen. In het midden zit een diamant.

Ze legt een hand op Mikaels pas geschoren wang. Die voelt glad aan. Hij scheert zich zelden zo grondig. Meestal laat hij een korte stoppelbaard staan zodat hij er niet zo bekakt uitziet, zoals hij altijd zegt. Ze was bijna vergeten hoe glad, zacht en op een bepaalde manier breekbaar hij aanvoelt wanneer hij zich heeft geschoren.

'Dank je,' zegt ze. 'Hij is prachtig. Ik zal hem vanavond dragen.'

Ze haalt haar hand van zijn wang. Mikael loopt terug naar de hal en blijft in de deuropening staan.

'Dan ga ik naar beneden om het aperitief een beetje sterker te maken,' zegt hij. 'Kom maar wanneer je klaar bent, dan zorgen we ervoor dat je hand verbonden wordt.'

Wanneer ze weer alleen in de slaapkamer is, opent ze een lade, haalt er een sexyer slipje en een panty uit en trekt die over haar heupen. Ze draait rond voor de spiegel, kijkt naar haar halfnaakte lichaam, voelt aan haar buik. Ze knijpt in de huid langs het lange, brede litteken dat van de ene heup naar de andere loopt.

Geen kus, denkt ze. Misschien had ze hem moeten kussen.

Ze kiest de jurk die Mikael mooi vindt. Er is niets mis met deze nauwsluitende jurk met V-hals in een fel bloemenpatroon. Hij verbergt haar tekortkomingen en laat haar houding en lichaam er toch beschaafd uitzien.

De ketting voelt koel aan rond haar nek. Ze constateert verrast dat ze er plotseling prachtig uitziet. Het komt door de ketting. Die past perfect bij de jurk. Mikael is altijd al goed geweest in de juiste dingen voor haar kiezen.

Ze loopt de badkamer weer in, doet deodorant onder haar oksels, brengt wat make-up aan op haar gezicht en trekt haar blonde haar naar achteren in een strakke paardenstaart. Alles in minder dan een minuut. Nog drie keer diep ademhalen en ze is klaar.

Dan gaat de deurbel.

Ze haalt nog drie keer diep adem.

Het is doodstil in huis. Ze kijkt op haar horloge. Vijf minuten over zes. Zijn dat Marlon en zijn ouders al? Zijn ze zo punctueel?

Of is het de politie?

Er wordt weer aangebeld.

Vanuit de badkamer verderop in de gang hoort ze Ebba zingen boven het geluid van de föhn uit.

Ze loopt de trap af en herinnert zichzelf eraan dat haar niets te verwijten valt, behalve dat ze onnadenkend haar tas in de auto heeft laten liggen. Tom komt het gauw genoeg te weten.

Ze pakt haar mobiele telefoon wanneer ze bij de deur komt, begint de sms te schrijven die ze van plan was te sturen, onderbreekt zichzelf vervolgens en legt de telefoon weer weg. Als Tom daarbuiten staat met de politie zal de sms alleen maar verdacht lijken.

Er wordt hard op de deur geklopt. Bonk, bonk, bonk.

Ze kijkt naar de schaduw aan de andere kant van het matglas links van de deur en trekt haar jurk recht.

Dan reikt ze naar de deurklink.

9

De schaduw aan de andere kant van de deur. Het is een man, dat weet Lisa zeker.

Het is zo stil dat ze haar hartslag kan horen. Waar is Mikael gebleven?

Ze opent de voordeur en verwacht een politieagent te zien, maar er staat een jonge man met een mand in zijn armen. In de mand liggen een fles champagne en wat kazen, omhuld met een rood-wit geblokte keukenhanddoek, alsof ze rechtstreeks van een boerderij in Zuid-Frankrijk komen.

Hoewel ze elkaar al een paar keer hebben ontmoet, duurt het enkele seconden voordat ze doorheeft dat de jongeman Marlon is, het vriendje van haar dochter.

Hij ziet eruit als altijd, maar ook weer niet. Hij draagt een strakke overjas met daaronder een blazer, een overhemd en een chique spijkerbroek. Alles in het zwart zoals gewoonlijk, maar vanavond is zijn kleding aanzienlijk feestelijker en eleganter. Met zoals gebruikelijk de lippiercing, maar zonder zwarte eyeliner onder zijn ogen.

Toen Ebba een keer vertelde dat Marlon geen zomerbaantje had kunnen vinden omdat hij 'een soort van strafblad had', had Lisa het niet kunnen laten om lastige vragen over hem te stellen. Ze had gevraagd of Marlon antidepressiva nam, iets waarvan ze had gehoord dat veel jongeren het tegenwoordig slikten. Ebba had haar toegesnauwd dat het haar niet aanging, dat ze het recht niet had om zulke persoonlijke vragen te stellen. Marlon had niets verkeerd gedaan, was alles wat ze te horen kreeg.

Lisa heeft hem altijd gezien als een grote jongen. Maar wat ze nu voor zich ziet is een jonge man. Een heel bijzonder, knappe jongeman.

'Hoi Marlon,' zegt ze. 'Welkom. Is dat voor mij?'

Hij knikt.

'Dat had niet gehoeven. Maar heel erg bedankt,' zegt ze. 'Zijn je ouders niet mee?'

Als op een teken komen een man en een vrouw tevoorschijn uit het donker.

'We zijn toch niet te vroeg?' vraagt de man. 'Ik heb geprobeerd ze te vertellen dat het gebruikelijk is om je gastheren een kwartier extra tijd te geven. Maar iemand zat op hete kolen.'

'Lisa?'

Ze hoort een bekende vrouwenstem maar ziet haar gezicht niet. Omdat haar ogen gericht zijn op de man die nu naast Marlon staat.

Haar keel wordt dichtgesnoerd. Ze kan geen geluid uitbrengen.

'Lisa?' zegt de vrouw weer. 'O mijn god, ben jij het echt?'

De vrouw gaat voor haar man staan. Ze draagt een zwartwitte jumpsuit onder een bordeauxkleurige winterjas en glimmend zwarte schoenen met hoge hakken. Haar asblonde haar is opgestoken. Haar lichaam ziet er goed uit. Ze heeft nog steeds rondingen op de juiste plaatsen. Yoga heeft haar in vorm gehouden. Het enige wat deze oudere versie van de jongere onderscheidt is dat ze nu make-up gebruikt. Destijds, toen ze nog met elkaar bevriend waren, gebruikte ze nooit make-up. Ze is nog steeds een zeldzame schoonheid, Camilla, haar oude vriendin die ze bijna achttien jaar niet heeft gezien.

'Ongelooflijk!'

Camilla spreidt haar armen.

'Dit moet een teken zijn, toch, denk je niet? En we krijgen ook eindelijk jullie huis te zien, dat is er nooit van gekomen!'

De man legt een hand op haar schouder. Niet als een teken van affectie, maar om haar een halt toe te roepen.

Lisa's ogen worden naar die hand getrokken, naar de aderen die erover lopen.

'We begrijpen het als dit niet goed voelt, Lisa,' zegt hij.

Als hij haar naam zegt, voelt ze een ijskoude rilling over haar rug lopen. Het is zijn doktersstem. Die van de alwetende. De stem die je niet tegenspreekt, die je niet in twijfel trekt.

Zijn hoekige autoritaire uitstraling is intact gebleven. Zijn haar is ietsje korter, zijn haarlijn wat hoger, en er is een vleugje grijs rond zijn oren te zien. Zijn nek is nog net zo pezig en slank, zijn grote adamsappel steekt nog net zo ver uit. En hij is nog steeds bijna twee meter lang.

Chef-arts Sören Isaksson.

Sinds de zomer van 2002 heeft ze hem niet meer gezien. Die datum staat voor altijd in haar geheugen gegrift, die zal ze nooit vergeten, hoe hard ze het ook probeert.

Marlon wipt ongerust van het ene been op het andere, kijkt naar zijn ouders en dan naar Lisa, probeert te begrijpen wat er gaande is.

'Ik begrijp dat je geschrokken bent,' zegt Sören. 'We zijn nu al een paar weken nieuwsgierig naar Ebba's familie, maar het is niet gemakkelijk om wat informatie uit deze man los te krijgen.'

'Kjellvander?' zegt Lisa.

De woorden ontschieten haar als een kogel, te snel, te hard.

'Ebba Kjellvander in Nacka. Zou er dan niet een of ander belletje bij jullie hebben moeten rinkelen?'

'Ebba is alles wat hij ons verteld heeft,' zegt Sören. 'Zit op de Designgymnasiet in Sickla. Van wat ik me herinner hadden Mikael en jij een andere naam in gedachten.'

Dat klopt. Ze waren niet van plan geweest haar Ebba te noemen. Op het laatste moment hadden ze na een paar herinneringen van de belastingdienst de naam veranderd, nog net op tijd voordat de belastingdienst een naam voor hen zou kiezen.

Sören kan heel geloofwaardig overkomen. Maar Camilla en haar slappe schertsvertoning zijn minder overtuigend. Dat het toeval hen weer bij elkaar heeft gebracht, dat het een teken is, dat ze er echt naar hebben uitgekeken om het huis te zien.

Een grotere leugenaar moet nog geboren worden.

'Jullie hadden het adres toch?' zegt Lisa. 'Hoe had de taxi anders jullie hierheen moeten brengen?'

'Ja, natuurlijk,' zegt Sören.

Hij is kalm en beheerst, zoals altijd.

'Maar dan hadden jullie het verdomme toch wel door moeten hebben?'

Ze sluit haar ogen, probeert haar ademhaling onder controle te krijgen. Ze wil niet schreeuwen, niet vloeken, niet zwak overkomen, noch hysterisch. Dan lijkt het of het nog steeds niet goed met haar gaat.

Haar uitbarsting moet in het hele huis te horen zijn geweest. Wat als Ebba haar heeft gehoord? Wat als ze bovenaan de trap staat te luisteren? En waar is Mikael?

Waarom is het zo verdomd stil in huis?

'Mikael vertelde me lang geleden dat het huis dat jullie aan het bouwen waren in Storängen stond, niet in Lillängen,' zegt Sören. 'Ik had niet door dat die wijken zo dicht bij elkaar liggen. Bovendien staan hier veel huizen.'

'Als we hadden geweten dat Ebba jullie dochter is, hadden we de uitnodiging niet zomaar aangenomen,' zegt Camilla.

Lisa kijkt haar niet aan. In plaats daarvan kijkt ze naar Marlon.

'Ik wist echt niet dat jullie elkaar kenden,' zegt hij. 'Ik denk dat Ebba het ook niet weet.'

Van alle jongens in Stockholm! Hoe kon Ebba uitgerekend vallen voor de zoon van Sören en Camilla? Marlons verwachtingen van deze avond dreigen sneller weg te zinken dan in drijfzand, zonder dat hij ook maar een idee heeft.

'Misschien kunnen we beter naar huis gaan?' zegt Sören.

Hij formuleert het als een vraag, maar het is eigenlijk een constatering, een laatste verduidelijking van de situatie van degene die het altijd het beste weet. Camilla lijkt minder zeker. Lisa vermoedt wat ze denkt, wat ze nog meer te zeggen heeft over het lot dat hen weer bij elkaar heeft gebracht, dat het tijd is voor verzoening, en dat er een verklaring is in ons collectieve onbewuste.

Maar ze zegt niet zoiets als 'zand erover' of over hoe uniek en sterk hun vriendschap ooit was. Niets over dat ze zussen zijn die voor elkaar bestemd zijn.

Ze staat gewoon rustig af te wachten. Misschien is zij ook veranderd.

'Kom binnen, Sören. En Camilla en Marlon, natuurlijk.'

Mikael staat een paar meter achter haar. Hij kijkt verbeten. Geen glimlach om zijn lippen.

'Weet je dat zeker?' vraagt Sören. 'Jij ook, Lisa?'

Ze huivert weer. Elke keer wanneer hij haar naam zegt, huivert ze.

De laatste keer dat hij toestemming vroeg om met haar te praten, had ze geweigerd. Mikael had dit alleen moeten afhandelen.

Ze kan het gewoon niet geloven. Sören en Camilla hebben een kind samen. Een jongen, Marlon, en hij is Ebba's vriend.

Er bestaat weer een connectie tussen hen. Hoelang het deze keer zal duren weet niemand, maar vanavond zal een test zijn. Een laatste test. Het is voor iedereen duidelijk wat er op het spel staat. Als ze tegen hen zegt dat ze weer kunnen vertrekken, is dat een teken dat ze nog steeds in dat zwarte gat zit. Als ze hun vraagt om binnen te komen, laat ze zien dat ze eruit is geklommen.

Ze kijkt naar Marlon en denkt aan wat ze zichzelf voorhield toen ze op de brug over het Järlasjönmeer stond en naar de oude psychiatrische inrichting in het bos keek.

Haar verdriet mag Ebba niet in de weg staan. Zij heeft niets verkeerd gedaan. Marlon heeft niets verkeerd gedaan. Hij kan er niets aan doen dat hij is wie hij is.

'Ik wil dat jullie binnenkomen,' zegt ze. 'Geef me even een paar minuten.'

Ze draait zich om en voelt Mikaels blik in haar nek branden wanneer ze de trap op rent. Ze opent de deur van de slaapkamer, sluit hem achter zich, laat zich langs de deur naar beneden zakken en sluit haar ogen. Ze veegt haar tranen weg voordat ze over haar wangen kunnen stromen, kijkt naar haar horloge.

Over een uur zouden ze met het voorgerecht beginnen. De rest van het etentje mag maximaal vier uur duren. Na middernacht en een paar glazen champagne zal het tijd zijn om afscheid te nemen. Zo gaat het meestal op oudejaarsavond. Wat er ook in die tijd gebeurt, het is maar vijf of zes keer zestig minuten, meer niet. Het is tijd die hoe dan ook voorbijgaat, een beheersbaar, klein deel van haar leven.

Er zullen nieuwe uren volgen, een nieuwe dag, en daarna weer een nieuwe dag.

Ze stelt een timer in op haar horloge. De cijfers, trouwe kwikzilveren soldaten, vertrekken onmiddellijk en marcheren naar het doel, verkleinen het tijdvenster, seconde voor seconde.

Ze staat op en trekt haar jurk recht.

Het is nog vijf uur en tweeënveertig minuten tot middernacht wanneer ze de trap weer afdaalt.

10

Stockholm, augustus,
achttien jaar eerder

De zonnebril bedekt de donkere wallen onder haar ogen. Maar hij kan niet verbergen hoe klein en eenzaam Lisa zich voelt. Ze opent haar handtas om de brillenkoker eruit te halen en ziet een sms van Mikael op haar mobiel.

Ik heb een supergoede aanbieding voor een weekendje Venetië gevonden. We vertrekken morgenochtend vroeg. Ik heb een koffer voor je ingepakt! Goede week op kantoor! Zeg ja! Liefde!

Ze moet lachen als ze antwoordt.

Klinkt geweldig, maar ik moet morgen werken. Je weet toch nog wel dat ik een nieuwe baan heb??? Bovendien ben ik nu hier in het ziekenhuis, voor die bijeenkomst, je weet wel. We hebben het er nog wel over. Je bent helemaal gek. Hou van je.

Als antwoord krijgt ze een dubbelepunt, een koppelteken en een haakje openen: een droevig gezicht.

Ze stopt haar telefoon weg en bekijkt zichzelf weer in de spiegel. Ze ziet er belachelijk uit met die extravagante bril die Mikael haar als verjaardagscadeau heeft gegeven. Waarom zou ze die dragen?

Ze gooit haar zonnebril op de passagiersstoel, klapt de zonneklep omhoog, neemt het torenhoge grijze gebouw voor haar in zich op en stapt uit de auto.

Wanneer ze de gang binnenkomt waar de bijeenkomst wordt gehouden, ziet ze een vrouw gehurkt op de grond zitten, vlak bij de deur van de vergaderruimte. Naast haar staat een tafel met een pompthermoskan, plastic bekers en een schaal met koffiebroodjes. De vrouw lijkt van dezelfde leeftijd als Lisa. Ze zoekt iets in een grote boodschappentas op de grond.

Lisa sluipt achter haar langs, reikt naar een bekertje en vult het met koffie. Ze pakt een koffiebroodje, doet een paar stappen terug en neemt een slok koffie. De sterke koffie brengt de vreselijke smaak in haar mond terug: een mengsel van visolie, grapefruitsap – waarmee ze heeft ontbeten – en een slaappil.

Toen ze vanmorgen beneden in de keuken kwam, was Mikael al naar zijn werk. Ze had graag nog even met hem willen praten over dat ze vandaag hiernaartoe ging. Ze hadden het er al eerder over gehad, meerdere keren zelfs, dus misschien maakte nog een gesprek niet zoveel uit. Hij zou toch niet hebben aangeboden om mee te gaan.

Nu, in de gang bij de vergaderruimte, is haar behoefte om te praten niet zo sterk. Integendeel, ze zou graag de bijeenkomst uitzitten zonder haar mond open te doen. Ze kijkt achterom, in de richting van waar ze vandaan is gekomen. Er is nog tijd om zich te bedenken, om terug te gaan.

'Hoi, kom je ook voor de lotgenotengroep?'

De vrouw die in de tas aan het rommelen was, is opgestaan en kijkt haar aan. Ze draagt een modieus, beige bomberjack, met de rits halfdicht. Ze heeft lang, lichtbruin haar. De witte blouse onder het jack is losgeknoopt en laat de bovenkant van een zwarte beha zien. Ze draagt geen make-up en heeft dat ook niet nodig, ze is mooi zonder. Ze heeft een bijna jongensachtige uitstraling, zonder een spoor van de onzekerheid die Lisa zelf voelt.

'Ja, ik ben Lisa. Dit is mijn eerste keer hier.'

'Ik ben Camilla,' zegt de vrouw. 'Welkom.'

Lisa glimlacht terug en voelt zich onmiddellijk een beetje beter. Vannacht, toen de slaap uitbleef, had ze geprobeerd zich een voorstelling te maken van de bijeenkomst. Hoe de anderen eruitzagen, hoe ze gekleed waren, hoe ze over hun problemen praatten. Geen van hen had op Camilla geleken. Lisa is blij dat ze het mis had.

'Mag ik je iets vragen?' vraagt Camilla. 'Het is misschien een wat vreemd verzoek, maar kun je mijn mobiele telefoon bellen? Hij moet hier ergens zijn, maar ik kan hem niet vinden!'

Ze wijst naar de tas.

'Natuurlijk, wat is je nummer?'

Lisa kijkt om zich heen, op zoek naar een plek waar ze haar bekertje en koffiebroodje even kwijt kan.

'Misschien is het makkelijker als ik je telefoon even leen en zelf bel?'

'Oké, hier in mijn zak,' zegt Lisa. 'Als je je hand erin durft te steken.'

Ze draait zich om naar Camilla en knikt naar haar jaszak.

Camilla glimlacht weer. Ze is belachelijk mooi. Ze straalt een bohemienachtige onafhankelijkheid uit, alsof ze zich nooit heeft hoeven verontschuldigen voor wie ze is. Je hand in de zak van een wildvreemde vrouw steken lijkt ze de normaalste zaak van de wereld te vinden.

Camilla haalt de telefoon tevoorschijn en kijkt ernaar.

'Ik denk dat jij het scherm moet ontgrendelen,' zegt ze.

Lisa stopt het koffiebroodje in haar mond en vindt een leeg hoekje op de tafel waar ze haar bekertje kan neerzetten.

Wanneer Camilla haar de telefoon geeft, ziet ze dat ze nog een sms heeft ontvangen. Ze krijgt het helemaal warm. Haar hart klopt ietsje sneller als ze beseft dat Camilla het moet hebben gezien.

Ik mis je. Zie ik je vanavond? Tom.

Ze slikt, swipet het berichtje weg en ontgrendelt het scherm. Ze probeert er niet aan te denken, om Camilla niet te laten zien welke gevoelens er in haar opborrelen. Zij weet niet wie ze is en ze weet niets over Tom.

'Wat is je nummer?'

Camilla zegt het op. Na een paar seconden begint het ergens op de vloer te zoemen. Ze vist triomfantelijk haar telefoon uit de tas.

'Bedankt. Ik wist dat ik hem niet kwijt was.'

'Graag gedaan,' zegt Lisa.

'Wat vind je ervan om samen naar binnen te gaan en te doen alsof we elkaar al een eeuwigheid kennen?' vraagt Camilla.

'Graag.'

Als ze binnenkomen ziet Lisa een vrouw in het midden van de kamer opkijken van een stapel papieren op haar schoot.

'Hoi, jij bent vast nieuw,' zegt ze terwijl ze Lisa aankijkt. 'Ik heet Angelica Bengtsson. Ik ben psychotherapeute en leid deze groep. Wat is jouw naam?'

Om haar heen zitten vier vrouwen met genoeg vrije stoelen tussen hen in. Er zijn geen mannen. Op een bepaalde manier is dat fijn. Een van de nachtmerriescenario's die ze zich had voorgesteld, was dat zij de enige zou zijn die zonder partner was gekomen, dat alle anderen met z'n tweeën aanwezig waren.

'Lisa Kjellvander.'

'Welkom, Lisa.'

'Hier,' fluistert Camilla in Lisa's oor. 'Op veilige afstand van de bibliothecaresse. Geloof me, ik heb hier gewerkt. Je wilt niet in haar buurt komen.'

Camilla knikt met haar hoofd in de richting van een meisje van in de twintig, met een gebreid vest, een dikke bril en een kortgeknipt bloempotkapsel.

'Heb jij hier ook gewerkt?' vraagt Lisa. 'Ik was verpleegkundige op de afdeling oncologie, maar ik ben afgelopen winter gestopt.'

'Echt waar? Dan zijn we oud-collega's! Ik heb drie jaar op de afdeling fysiologie gewerkt na mijn opleiding verpleegkunde. Toen heb ik me bedacht. Net als jij, vermoed ik.'

Ze gaan naast elkaar zitten.

'Welkom allemaal. Zoals de meesten van jullie weten, krijgen we vandaag bezoek van een van 's lands meest vooraanstaande experts, chef-arts Sören Isaksson, specialist in vruchtbaarheidsproblemen en bevallingen en werkzaam in dit ziekenhuis. Hij zal jullie wat vertellen over de verschillende behandelingsmogelijkheden die er zijn. Maar omdat we een nieuw lid in de groep hebben, moet ik misschien beginnen met wat toelichting.'

Lisa krijgt meteen een knoop in haar maag. Ze hoopt dat Angelica haar niet zal vragen iets over zichzelf te vertellen en over de reden van haar komst. Mikael en zij hebben het met niemand over hun probleem gehad.

'Ongewenste kinderloosheid komt vaker voor dan de meeste mensen denken,' vervolgt Angelica. 'Het is niet vreemd dat we schaamte, verdriet en frustratie voelen. Veel vrouwen hebben last van een verminderd gevoel van eigenwaarde. Sommigen lijden aan angst en depressie. Dat je geen kinderen kunt krijgen wanneer je dat wilt, en op de manier zoals je dat wilt, leidt tot een soort levenscrisis. Het eerste dat we hier tegen elkaar zeggen is dat we niet alleen zijn. We zijn met velen. In deze groep steunen we elkaar door naar elkaar te luisteren en ervaringen uit te wisselen. We praten ook over de mogelijkheden die er voor jullie zijn om wél kinderen te krijgen. Maar we beginnen en eindigen de bijeenkomst altijd met een knuffel.'

Camilla staat snel op en draait zich naar haar toe. Het voelt vreemd. Ze kennen elkaar nog maar een paar minuten, maar ze voelt nu al een verbondenheid. Ze heeft haar in haar jaszak laten graaien. Ze hebben ontdekt dat ze dezelfde opleiding hebben gedaan en zelfs in hetzelfde ziekenhuis hebben gewerkt. En nu omhelzen ze elkaar. Lisa voelt zich stijf, lang en vreemd onvrouwelijk in vergelijking met Camilla, die haar lijkt te omarmen met haar hele weelderige lichaam.

Ze bloost. Camilla lijkt volkomen ontspannen.

'Mag ik je iets vragen?' vraagt Camilla, en ze richt zich tot Angelica. 'Iets wat ik me al de hele tijd afvraag.'

'Ja, natuurlijk, je mag alles vragen wat je wilt.'

'Heb je zelf problemen gehad om kinderen te krijgen?'

Er ontstaat een ongemakkelijke stilte in de kamer.

'Nee, dat heb ik niet,' antwoordt Angelica. 'Ik heb twee tienerjongens.'

'Dus je spreekt niet uit eigen ervaring maar meer door wat je hebt geleerd via studie?'

'Je kunt van mij als psychotherapeut niet verwachten dat ik alles wat ik behandel heb meegemaakt, net zomin als je dat van een arts kunt verwachten. Vind je dat vreemd, Camilla?'

'Nee, maar het valt me gewoon op dat je altijd *wíj* zegt.'

'Ze zegt natuurlijk wij om ons niet een uitzondering te laten voelen, dat snap je toch wel? Zodat we ons niet minder waard voelen.'

Het is de bibliothecaresse. Ze kijkt boos naar Camilla. Blijkbaar is de antipathie wederzijds.

'Oké, oké,' zegt Camilla. 'Ik wilde niemand overstuur maken.'

'Dat heb je vast ook niet gedaan, of wel, Tora?' vraagt Angelica.

Tora schudt haar hoofd.

'Goed, dan denk ik dat het tijd is om onze gast te verwelkomen. Ik zal kijken of hij misschien al voor de deur staat te wachten.'

Lisa slaakt een diepe zucht. Camilla's directe stijl en toon zijn enigszins schokkend, maar tegelijkertijd ook bevrijdend. Ze is opgelucht dat ze niet hoefde op te staan om zich voor te stellen.

Angelica loopt naar de deur en opent die. 'Kom binnen, Sören,' zegt ze. 'Welkom.'

De arts doet een paar stappen en blijft dan midden in de kamer voor de vrouwen staan. Hij kijkt in de richting van Lisa. Er verschijnt een glimlach om zijn lippen en hij knikt.

Kent hij haar? Lisa probeert zich alle artsen te herinneren die ze in de loop der jaren in het ziekenhuis heeft getroffen, maar ze kan zich niet herinneren dat ze deze man eerder heeft gezien. Waarom knikt hij veelbetekenend naar haar? Toen ze van plan was hierheen te gaan, had ze gehoopt dat ze geen bekende zou tegenkomen.

Sören draagt een bordeauxrode lamswollen trui die goed past bij zijn uiterlijk. Zijn haar is donkerbruin, bijna zwart, zijn ogen lijken net gepofte kastanjes. Hij is lang en straalt een natuurlijke autoriteit uit.

Camilla stoot haar met haar elleboog aan wanneer Sören zijn plaats inneemt naast Angelica, in het midden van de kring. Ze leunt naar haar toe en fluistert in haar oor.

'Zal ik je een geheimpje vertellen?'

'Oké?'

'Ik heb contact met hem gezocht, met de arts. Na afloop hiervan gaan we uit.'

Dat verklaart de veelbetekenende blik die Sören Lisa's kant op wierp. Ze is opgelucht dat Sören haar niet herkende. Maar tegelijkertijd voelt ze een steek van teleurstelling en afgunst. Natuurlijk was de blik van de dokter bedoeld voor de mooiere vrouw naast haar.

'Je bent dus vrijgezel?' zegt Lisa.

Ze had aangenomen dat iedereen in de groep een relatie had en dat alle stellen dezelfde beproevingen moesten doorstaan als Mikael en zij.

'Ja, op dit moment wel,' antwoordt Camilla. 'Maar ik laat

me vanavond uitvoerig onderzoeken door chef-arts Sören Isaksson.'

Lisa hapt naar adem. Ze weet niet wat schokkender is, Camilla's totale ongeremdheid of het feit dat de arts openstaat voor afspraakjes met iemand uit deze groep. Ze moet haar best doen om het niet uit te proesten.

'Serieus?'

Camilla kijkt haar diep in de ogen, legt een hand op haar knie. 'Als je lang genoeg in deze groep blijft, zul je het begrijpen,' zegt ze. 'We hebben er allemaal alles voor over om zwanger te worden.'

APERITIEF

11

Storängen, Nacka,
oudejaarsavond

'Ik denk dat jullie je de oudejaarsavond wel wat anders hadden voorgesteld,' zegt Tom. 'Alsjeblieft, ga zitten.'

Hij gebaart naar de plek waar Sandra en Jakob, twee geüniformeerde politieassistenten van in de dertig, kunnen plaatsnemen.

Zelf gaat hij in zijn stoel aan de andere kant van het bureau zitten. Zijn hoofd voelt zwaar. Sinds hij de inbraak heeft ontdekt, is hij koortsachtig non-stop bezig geweest om aan vervangende medicijnen te komen. Het is hem gelukt, maar het zal een paar uur duren voor de bestelling wordt afgeleverd. Er moeten veiligheidsprocedures worden gevolgd, er moet correct getekend worden voor de medicijnen, zowel door de zorginstelling die ze verzendt als door de zorginstelling die ze ontvangt. Deze medicijnen kunnen niet zomaar met een taxi worden meegegeven.

Hij heeft geprobeerd er niet te veel over na te denken, het gewoon af te handelen. Maar van tijd tot tijd bekruipt hem toch een gevoel van onbehagen. Toen hij Lisa belde verliep hun gesprek stroef. Ze klonk geschrokken. Maar hij kon haar niet alles vertellen.

'Kan ik jullie iets aanbieden?' vraagt hij. 'Een kop koffie, water?'

'Het is goed zo, dank je,' zegt Sandra. 'Kun je me wat vertellen over deze instelling?'

'We zijn een soort miniziekenhuis,' begint hij. 'We bieden terminale zorg, hebben twaalf bedden en ongeveer evenveel medewerkers. De instelling werd ooit gesticht door een orde van katholieke nonnen, en er werken nog steeds een paar nonnen.'

'Terminale zorg?' vraagt Jakob.

Hij lijkt nog geen dertig. Gezicht vol sproeten, bruin krullend haar. Tom zou zijn vader kunnen zijn. Hij neemt aan dat het iets zegt over de politie van Nacka, maar nog meer over hem.

'Zorg rond het levenseinde,' antwoordt hij. 'We noemen de patiënten gasten en proberen het voor hen zo comfortabel mogelijk te maken. We zeggen altijd dat dit net een pension is, met dit verschil dat geen gast dit pension levend verlaat. En toch is er een lange wachtlijst.'

Hij lacht, in een poging het luchtig te houden.

'Oké, ik begrijp het,' zegt Jakob.

Tom betwijfelt het, maar Jakob lijkt een aardige jongeman.

'Wat is jouw functie hier?' vraagt Sandra.

'Ik ben de verantwoordelijk arts.'

'Je ziet er niet uit als een arts.'

Haar glimlach is ingestudeerd, maar verder dan haar mond komt die glimlach niet.

'We dragen hier gewone kleding,' zegt Tom. 'We willen een huiselijke sfeer creëren.'

'Was jij degene die ontdekte dat er medicijnen missen?'

'Ja, ik ontdekte het toen ik aan het einde van de dag de inventarisatie deed.'

'Doe je dat elke dag?'

'Nee, de inventarisatie gebeurt eens per maand. Maar we halen elke dag medicijnen uit de medicijnkast, en de laatste keer dat ik het deed was gisteren, en toen ontbrak er nog niets.'

'Wat voor middelen ontbreken er?'

'Oxycodon en methadon, dat zijn opioïden, morfineachtig.

En Instanyl, een spray met fentanyl als werkzame stof. Alle drie worden gebruikt voor ernstige en langdurige pijn bij kankerpatiënten.'

'Waar bewaren jullie deze middelen?'

'In een speciale, afgesloten kast die in een magazijn staat dat eveneens altijd afgesloten is.'

'Zijn er bewakingscamera's?'

'Nee, maar ik geloof dat de leiding het daar wel over heeft gehad.'

Het voelt niet goed om dat te zeggen. Hij wil niet dat Lisa problemen krijgt. Maar wat kan hij zeggen, hij moet immers de waarheid vertellen. Natuurlijk was het voor het politieonderzoek beter geweest als er camera's hadden gehangen.

'Wie zijn hier bevoegd?'

'Alleen Lisa Kjellvander en ik. Lisa is hoofd verpleging. Normaal gesproken is zij degene die de inventarisatie doet.'

'Waarom deed ze het vandaag dan niet?'

Jakob neemt het gesprek weer over. Hij slaat de bladzijden van een klein notitieboekje om, dat hij in zijn hand houdt.

'Ze vroeg mij om het te doen,' zegt Tom. 'Omdat ze naar huis moest.'

Hij neemt een slok water, slikt, en kijkt naar buiten, waar de sneeuwvlokken naar beneden dwarrelen.

'Is Lisa nu thuis?'

'Ik heb haar gebeld en over de inbraak verteld. Toen was ze thuis. Ik begrijp dat jullie misschien vanavond met haar willen praten, maar ik kan jullie verzekeren dat ze hier niets mee te maken heeft.'

Hij heeft onmiddellijk spijt van wat hij heeft gezegd. Dat was niet nodig. Het kan opgevat worden als een poging hen te beïnvloeden, hun gedachten te sturen. Hij kijkt op zijn telefoon of er berichten binnen zijn gekomen en of er een gemiste oproep van Lisa is. Niets, geen woord.

Het etentje, natuurlijk. De onbekende gasten, de ouders

van het vriendje. Ze was er de afgelopen dagen continu mee bezig geweest.

'Zullen we eens naar die kast gaan kijken?' zegt Sandra.

Tom knikt, staat op en gaat hen voor.

Het kleine magazijn aan het einde van de gang is niet meer dan een hok, de houten planken staan vol met medische middelen. Alles is keurig opgestapeld. Het is het soort orde die je rustig maakt, net als in een kerk, opgezet door de nonnen en minutieus nageleefd door Lisa. Normaal gesproken.

Toen Tom contact opnam met de politie had hij verwacht dat er meer aandacht voor de zaak zou zijn, dat de politie zou komen met ervaren rechercheurs en forensisch onderzoekers die het terrein zouden afzetten en zouden beginnen met het veiligstellen van bewijsmateriaal. Hij had nota bene gezegd dat het om preparaten ging die onder de Opiumwet vielen, waardoor dit niet zomaar een inbraak was maar ook een drugsdelict, als hij het goed had. In de gezondheidszorg is fentanyl een effectieve pijnstiller. Maar op straat staat het gelijk aan de atoombom. Er bestaan geen fentanylverhalen met een gelukkige afloop. Toch blijft de populariteit van de drug groeien.

De medicijnkast is van metaal. Speciaal gebouwd, voldoet aan alle regels en voorschriften. De deuren zijn van gehard veiligheidsglas. Op de planken in de kast liggen verschillende verpakkingen met medicijnen, allemaal gemerkt met de afkorting MR voor Maria Regina en een cijfercode.

'Geen braaksporen,' zegt Sandra.

Ze haalt haar telefoon tevoorschijn en maakt wat foto's.

'Is dit de eerste keer?' vraagt Jakob. 'Dat er medicijnen zijn verdwenen.'

'Ja,' zegt Tom. 'We zijn hier erg zorgvuldig. We weten hoe sterk deze medicijnen zijn.'

'En je weet zeker dat het gisteravond is gebeurd?' vraagt Sandra.

'Ja,' zegt Tom.

'Woon je in de buurt?'

'Ik woon twee straten verderop.'

'Heb je niets bijzonders gehoord? Geen auto's midden in de nacht? Is je niets ongewoons opgevallen?'

'Nee.'

'En Lisa? Woont zij ook in de buurt en was zij vannacht thuis, weet je dat?'

'Lisa woont aan de Gränsvägen, niet ver van hier. Ik weet niet of ze vannacht iets gehoord heeft.'

'Hoelang werken Lisa en jij hier al?' vraagt Sandra.

'Ongeveer twintig jaar,' antwoordt Tom.

Lisa ging bijna onmiddellijk nadat ze was begonnen met langdurig ziekteverlof. Vier jaar om precies te zijn. Tom en iedereen van het hospice begonnen zich al af te vragen of ze ooit nog terug zou komen.

Maar dat gaat de agenten niets aan.

'Komt Lisa zo meteen deze kant op?'

Sandra weer.

'Ik denk het niet,' antwoordt Tom. 'Ze heeft gasten vanavond.'

'Goed, laat maar eens zien hoe je de kast opent, dan zullen we je daarna met rust laten.'

Tom steekt zijn hand in zijn broekzak, haalt er een pasje uit dat vastzit aan een metalen ketting, die op haar beurt is bevestigd aan een van zijn riemlussen. Hij haalt het pasje door de kaartlezer. Een kleine digitale display vraagt om een code.

'Oké, dus je hebt ook een persoonlijke code nodig?' vraagt Sandra.

'Ja,' zegt Tom.

Hij voert de code in. Er is een zachte klik te horen en de kastdeur gaat open, geruisloos, soepel, als een feilloos mechanisme. De metalen planken zijn blinkend schoon. Er is nog geen pluisje stof op te zien, laat staan zichtbare vingerafdrukken.

'Wordt de informatie over wie wanneer de medicijnkast heeft geopend ergens opgeslagen?' vraagt Sandra.

'Ja, het is gekoppeld aan een computersysteem bij ons beveiligingsbedrijf.'

'Heb je ze gebeld?'

Hij had het Lisa moeten vertellen. Maar toen hij de bezorgdheid in haar stem hoorde, had hij het gewoon niet gekund.

'Ja,' zegt hij. 'Lisa's pasje en code zijn vannacht gebruikt.'

12

Lillängen, Nacka,
oudejaarsavond

Mikael heeft zich geïnstalleerd in zijn favoriete fauteuil. Armen op de armleuningen, benen wijd uit elkaar, voeten stevig op de vloer geplant. Hij heeft nog steeds die verbeten uitdrukking op zijn gezicht en vermijdt oogcontact. Lisa weet hoe hij zich voelt. Als een snelkookpan die op het punt staat te ontploffen.

De gasten zitten op de grote leren bank. Marlon in het midden, tussen zijn ouders in. Hij kijkt verloren, alsof hij probeert te begrijpen in wat voor situatie hij is beland. Kun je hem dat kwalijk nemen?

'Lisa?' zegt Camilla.

Ze gaat niet staan, doet geen poging om haar te omhelzen. Maar alleen al haar zien brengt het gevoel terug bij Lisa. Het gevoel van al hun omhelzingen.

'Wat is er met je hand gebeurd?'

Lisa kijkt naar haar verband en voelt zich volledig blanco. Haar kortetermijngeheugen lijkt gewist. De wandeling van haar werk naar huis, toen ze kracht verzamelde en zichzelf oppepte voor de avond. Dat ze uitgleed op de steile helling. Het was 18.05 uur toen er op de deur werd geklopt. Een nieuwe tijdmarkering in haar leven.

'Ik ben op weg naar huis vanaf mijn werk uitgegleden,' zegt ze. 'Niks ernstigs.'

'Laat ons weten als we je ergens mee kunnen helpen.'

Lisa gaat in de lege fauteuil naast Mikael zitten.

Sören kijkt haar aan. Hij heeft een nieuwe bril, met een zwart kunststof montuur. Het geeft hem een meer intellectuele uitstraling. Misschien zelfs de look van een schrijver als je hem niet kent. Waarschijnlijk is dat Camilla's invloed. Ze probeerde hem er altijd modieuzer uit te laten zien. Maar niets is misleidender. Sören is geen hipster op leeftijd die van het bruisende Södermalm naar de buitenwijk Enskede is verhuisd. Hij leest slechts medische tijdschriften en onderzoeksrapporten.

Hij heeft nog steeds diezelfde gelaatsuitdrukking. Als hij naar je kijkt als hij met je praat, lijkt hij geen woord te begrijpen van wat je zegt, alsof hij uit een ander land komt en de taal niet spreekt. Lisa had dit in het begin zelf zo ervaren. Ongemakkelijke, schokkerige gesprekken, direct ter zake, zonder de gebruikelijke beleefdheden. Sören leek altijd een soort kluizenaar. Tegelijkertijd was hij een archetype van een Zweedse, mannelijke arts, een man met autoriteit die zijn conclusies baseert op een solide hoeveelheid kennis die hij in de loop der jaren heeft vergaard. Een expert die zijn instinct en ervaring volgt en wiens woorden zelden in twijfel worden getrokken. Die geen interesse toont in de mening van mensen met minder kennis.

Ze dacht dat ze hem nooit meer zou zien. Dat was wel het laatste dat ze wilde. En al helemaal niet in haar eigen huis.

Ter ere van de avond draagt Sören een zwarte fluwelen smoking, waarschijnlijk op maat gemaakt. Het lijkt een beetje overdreven. Maar Camilla en hij staan niet bekend om hun terughoudendheid. De smoking staat hem in elk geval beter dan de doktersjas.

Hij kan er toen hij jong was niet hebben uitgezien als Marlon. Hij moet meer een nerd zijn geweest, een studje. Dat moest je in die tijd zijn als je geneeskunde wilde studeren. Hij had nooit ook maar enige kans gemaakt bij meisjes als

Camilla. Ze was onbereikbaar voor jongens als hij, veel te knap. Net als toen kan Lisa er met haar hoofd niet bij dat ze een stel zijn.

Ze weet nog wat Camilla tegen haar zei toen ze elkaar voor het eerst ontmoetten op die lotgenotenbijeenkomst, dat iedereen er alles voor overhad om zwanger te worden. Toch was zij er met de hoofdprijs vandoor gegaan. Ze was met de expert getrouwd en had een zoon gekregen.

'Werk je nog steeds bij Maria Regina?' vraagt Sören.

'Ja,' antwoordt Lisa. 'Ja, ik ben al zestien jaar terug. En jij? Nog steeds bij het Söderziekenhuis?'

'Ja.'

Er valt weer een stilte. Zo stil dat je de wind langs de ramen hoort fluiten. Ze kunnen het allemaal uitrekenen, hoeveel dagen, weken en jaren het geduurd had voor Lisa was teruggekomen. Niet alleen naar het werk, maar ook naar het leven.

'Ik kan maar niet geloven dat onze kinderen al zo groot zijn,' zegt Camilla.

Mikael snuift.

'Marlon, hoe heb je Ebba eigenlijk ontmoet?' vraagt hij.

Lisa werpt haar man een gespannen blik toe. Ze houdt haar adem in. Hoe zal hij dit opvatten? Als een nieuwe uitdaging of als een nieuwe tegenslag?

'Matchbox,' zegt Marlon en hij houdt zijn telefoon omhoog. 'Dat is een datingservice.'

Marlon ziet eruit alsof hij door de bank wil zakken. Lisa's maag krimpt samen wanneer ze zijn blik ziet. Ze hoopt dat Ebba hem snel komt redden. Ze zou hier nu moeten zijn en hen niet zo moeten laten wachten. Waarom kan ze ook nooit op tijd klaar zijn?

'Ebba vertelde me dat je drumt,' zegt Lisa.

'Ik ben drummer in twee bands. Maar eigenlijk doe ik het meest andere soorten slagwerk,' zegt Marlon. 'Ik ga me aanmelden bij het conservatorium.'

'Kun je daar echt je brood mee verdienen?' vraagt Mikael. 'Als slagwerker?'

'Zeker,' zegt Marlon. 'Er is een tekort aan slagwerkers.'

Hij antwoordt zonder te aarzelen, of het nu gaat over hoe je je partner tegenwoordig ontmoet of wat hij gaat doen wanneer hij volwassen is. Hij lijkt op Ebba wat dat betreft, er is iets met hun generatie, alsof ze alles al weten. Dat denken ze tenminste. Met hun smartphones en het internet. Maar ze worden niet beschermd. De mogelijkheid om alles met één druk op de knop te regelen, bereidt hen niet voor op het leven als volwassene. Zo werkt het leven niet en dat zullen ze snel genoeg beseffen, in hun werk en in hun relaties.

Maar hoe kon die site juist deze twee bij elkaar brengen? Het is ongelooflijk. Er moet een andere verklaring zijn. Iets wat haar dochter haar niet heeft verteld.

Lisa probeert haar gedachtegang te stoppen. Haar hoofd blijft maar malen, maakt haar duizelig.

'Misschien kun je ze een voorproefje geven van wat je kunt, Marlon?' zegt Camilla. 'Hij kan overal ritmes op maken, op pannen, op snijplanken.'

'Misschien moeten we Lisa en Mikael sparen,' zegt Sören.

'Nee, het zou leuk zijn om wat te horen,' zegt Lisa. 'Een keertje, als je dat wilt. Je moet je nergens toe verplicht voelen. Je lijkt een sterk karakter te hebben, Marlon. Dat is goed.'

'Anders had ik geen enkele kans gehad bij Ebba, toch?'

Een vage glimlach en een ondeugende blik. Geen wonder dat haar dochter gek op hem is. Het is heel natuurlijk dat zij niet langer de belangrijkste persoon in Ebba's leven is. En toch voelt ze een knoop in haar maag.

'Misschien moet je haar maar gaan halen,' zegt Lisa. 'Ze is in haar kamer.'

Het is het minste wat ze nu voor hem kan doen: hem een mogelijkheid geven om weg te lopen. Marlon grijpt de kans en staat snel op.

'Ik loop met je mee,' zegt Sören.

Het komt plotseling en onverwacht. Iedereen kijkt naar hem. Marlon het meest intens van allemaal. Zelfs Camilla kijkt verbaasd. Sören registreert dit en glimlacht.

'Ik heb nog iets voor je, dat waar we het over hadden.'

Lisa heeft geen idee wat dit betekent. Camilla houdt Sörens blik vast, maar dan begint ze te glimlachen en knikt ze begrijpend.

Ze zijn vreemd. Maar dat zijn ze altijd al geweest. Misschien was dit Sörens gesprek met zijn zoon, de tegenhanger van haar gesprek met Ebba over de bloemetjes en de bijtjes. Ze heeft van andere gezinnen met zonen gehoord dat dat gesprek bestaat uit een pakje condooms en een schouderklopje van de vader. Succes. Veel plezier.

In de loop der jaren heeft ze zich vaak afgevraagd hoe het zou zijn om ook een zoon te hebben in plaats van alleen een dochter. Ze heeft gedacht dat het voor een moeder gemakkelijker moet zijn met een zoon, een kleine prins die haar verafgoodt en beschermt, wat er ook gebeurt.

Mikael kijkt boos naar Marlon en Sören wanneer ze de woonkamer verlaten, vervolgens kijkt hij naar buiten. Hij had ingestemd met Ebba's voorstel om zijn ouders hier uit te nodigen, omdat hij het zag als een uitdaging, een spannend experiment. Een beetje zoals een blind date. Nu hij weet wie de onbekende gasten zijn, straalt er een andere spanning uit zijn ogen.

Lisa is verbaasd dat hij tot nu toe zo kalm is gebleven. Misschien is het een soort bevestiging van dat hij wist dat eens de dag zou komen waarop ze elkaar weer zouden zien. Maar de verklaring voor zijn kalmte kan net zo goed zijn dat hij wat heeft genuttigd voordat ze kwamen. Een flinke bel whisky terwijl hij het voorgerecht voorbereidde. Iets wat goed samengaat met zijn nieuwe ADHD-medicatie. Misschien heeft hij ook een bètablokker genomen. Dat deed hij vroeger altijd bij belangrijke vergaderingen, pitches of presentaties op het werk.

'Marlons sterke karakter heeft te maken met zijn bloedgroep,' zegt Camilla.

'Wat bedoel je daarmee?' vraagt Lisa, verrast door de wending van het gesprek. Haar reactie komt een beetje te snel, te bruusk.

'Hij heeft bloedgroep B: gepassioneerd, creatief en optimistisch,' antwoordt Camilla. 'Gaat graag zijn eigen gang.'

Lisa slikt, kijkt naar haar handen, draait haar pols. Er zijn twaalf minuten verstreken.

'Oké,' zegt ze. 'Ik heb bloedgroep A. Wat ben ik dan?'

'Nauwkeurig en methodisch, ordelijk, verantwoordelijk, geduldig, empathisch.'

'Wil je zeggen dat wij mensen zo stereotiep zijn dat we kunnen worden verdeeld in een paar verschillende categorieën gekoppeld aan een bloedgroep?'

'Dat is niets nieuws, in Japan weten ze dit al sinds het begin van de twintigste eeuw.'

Camilla zegt het met een glimlach, altijd diezelfde verdomde, mooie glimlach. Alsof al haar rare theorieën het meest voor de hand liggende in deze wereld zijn. Het voelt neerbuigend, alsof Camilla medelijden met haar heeft omdat ze niet beter weet.

Ze bloost. Als je je sporttas in de auto laat liggen met een pasje erin dat toegang geeft tot een voorraad opiaten, ben je niet echt nauwkeurig, methodisch en verantwoordelijk te noemen. Maar het heeft geen zin zich te ergeren aan Camilla's theorieën. Lisa herinnert zich nog wat Mikael en zij tegen elkaar zeiden voordat de gasten arriveerden. Ze mogen dit niet verpesten. Voor Ebba. Ze hadden echter geen idee hoe moeilijk het zou worden.

'Mikael heeft voor het aperitief gezorgd,' zegt ze. 'Dat staat klaar.'

'Laten we allemaal naar de keuken gaan,' zegt Camilla.

'Nee, blijf zitten, ik haal ze wel,' zegt Mikael.

'Maar ik vind het fijn om even in beweging te zijn,' zegt Camilla.

Ze staan alle drie op. Er ontstaat een ongemakkelijke sfeer.

'Zo krijg ik jullie geweldige huis ook eens te zien,' gaat Camilla verder. 'Ik heb er echt naar uitgekeken om het met eigen ogen te zien.'

Bepaalde momenten komen terug. Dingen die ze in de loop der jaren hebben gedeeld. Sören en Camilla waren hun vrienden geweest toen alles gebeurde, ze hadden een sleutelrol gespeeld. Hadden alles gehoord over hun moeilijkheden bij de bouw van het huis. Maar ze zouden geen rondleiding krijgen, geen sprake van.

Mikael loopt alvast naar de keuken.

Camilla wendt zich tot Lisa. Lisa weet wat er komen gaat, ziet het in haar ogen. Ze voelt hoe ze verstijft wanneer Camilla haar omhelst, haar armen hangen slap langs haar lichaam. Ze maakt zich vrijwel direct los uit de omhelzing.

Camilla doet een stap terug, maar ze houdt Lisa's ellebogen vast.

'Ik voel dat het niet goed met je gaat,' zegt ze. 'Ik wou dat ik iets kon doen.'

'Maak je geen zorgen,' zegt Lisa. 'We moeten er maar het beste van maken, toch? Voor Ebba en Marlon.'

Camilla knikt en strijkt met haar handen langs Lisa's bovenarmen.

'Je bent zo'n mooi mens, Lisa,' zegt Camilla. 'Altijd al geweest.'

'Ik ben een beetje van slag door iets op het werk. Ik moet er steeds aan denken, kan het niet echt loslaten. Tom belde net voordat jullie kwamen en...'

Ze onderbreekt zichzelf. Schudt haar hoofd. Ze had besloten het niet over de inbraak te hebben. Waarom noemt ze Tom?

Het is alsof de oude vriendschap weer terug is, hun besloten, geheime cirkel van vertrouwen waarvan ze weet dat het een leugen is. Waarnaar ze nooit meer heeft willen terugkeren. Maar Camilla heeft het bijzondere vermogen om haar mee te trekken.

'Lisa, ik heb nooit de gelegenheid gehad om het te zeggen en ik had nooit gedacht de kans nog eens te krijgen,' zegt Camilla. 'Het spijt me. Ik weet dat ik een grens heb overschreden.'

De tranen branden weer achter Lisa's oogleden. Ze houdt ze tegen, wil niet dat Camilla haar ziet huilen.

'Kunnen we het nieuwe jaar niet beschouwen als een nieuwe start voor ons allemaal?' gaat ze verder.

Lisa veegt wat vocht uit haar ooghoeken, knikt, weet dat ze geen keuze heeft.

'Is die van Mikael?'

Camilla heeft de halsketting ontdekt, de hanger die in het kuiltje tussen haar sleutelbeenderen rust. Ze bestudeert de ketting met een blik die niet alleen waarderend is, maar ook onderzoekend. Alsof ze erachter probeert te komen van wie het ontwerp is en hoe duur die is geweest.

Vroeger zou Camilla het sieraad aangeraakt hebben, de appelkleurige edelsteen tussen haar vingers hebben gerold en een kreet van verrukking hebben geslaakt. Maar nu staat er een onzichtbare muur tussen hen in, de markering van Lisa's privésfeer, een afstand die aangeeft wat van mij is en wat van jou. Dezelfde muur die Camilla eerder helemaal afgebroken had.

Camilla maakt haar blik los van de hanger en zegt: 'Ik ben zo blij dat het zo goed met je gaat.'

13

Ebba hoort iets voor haar deur. Het klinkt als voetstappen. Ze zet de muziek af en trekt haar oortjes uit. Twee fluisterende stemmen. Ze sluipt naar de deur en houdt haar oor ertegen.

'Marlon, dit is geen goed idee.'

Het is een mannenstem. Maar niet die van haar vader. Is het Sören, Marlons vader? Zijn ze er al? Ze kijkt op haar telefoon. Ziet dat het twintig over zes is. Hoelang zijn ze hier al?

'Wat is er met jou?' vraagt Marlon. 'Waarom volg je me?'

'Ik denk dat je niet te hard van stapel moet lopen.'

'Waar heb je het over?'

'Geloof me, ze is niet geschikt. Ik heb nogal wat ervaring met... met dit soort dingen.'

'Wat, is ze te jong of zo?'

'Nee, niet in fysieke zin misschien, maar ze is er nog niet klaar voor. Ze is te kinderlijk zou je kunnen zeggen, te kwetsbaar! Ik wil je niet tegenhouden wat betreft het omgaan met meisjes. Maar niet Ebba, oké?'

'Hou op, papa!'

'Marlon, luister naar me!'

'Ga weg!'

Er wordt op de deur geklopt. Ze is niet in staat zich te bewegen, te ademen, te slikken. Ze wil in haar arm knijpen en wakker worden, maar ze weet dat dat niet zal werken. Ze gelooft haar eigen oren niet. Wat weet Marlons vader over haar kwetsbaarheid?

Ze loopt weg van de deur, gaat weer aan de kaptafel zitten,

stopt haar oortjes in haar oren en zet de muziek hard. Ze sluit haar ogen en haalt diep adem. Net zoals ze haar moeder duizend keer heeft zien doen.

Ze merkt dat de deur van haar kamer opengaat en trekt in een reflex haar ochtendjas strakker om zich heen. Probeert te doen alsof er niets aan de hand is.

'Marlon,' zegt ze. 'Zijn jullie er al?'

Ze trekt haar oortjes uit, veert op van haar stoel en loopt naar hem toe, slaat haar armen om zijn nek en kust hem. Vanbinnen is ze ontdaan, maar ze kan dat hem niet laten zien. Niet nu.

'Je hebt je mooi aangekleed, zie ik. Je ziet er geweldig uit.'

Ze grijpt hem bij zijn revers en trekt hem nog dichter naar zich toe. Marlon stopt zijn handen onder haar ochtendjas en streelt haar blote rug. Haar hele lichaam tintelt onder zijn aanraking.

'Jij ook,' zegt hij. 'Ik heb je haar nog nooit zo gezien.'

Ebba schuift met een hand haar haar omhoog en poseert als een mannequin op de catwalk.

'Je moet er wat moeite voor doen,' zegt ze. 'Het is een speciale avond, toch?'

'Dat kun je wel zeggen,' antwoordt Marlon.

De uitdrukking op zijn gezicht en zijn toon verraden dat er iets aan de hand is.

'Wat is er? Is er iets gebeurd of zo?'

'Ze kennen elkaar blijkbaar. Onze ouders.'

'Hoe bedoel je, ze kennen elkaar? Hoe dan?'

'Ik weet het niet. Laat ik het zo zeggen: het voelt een beetje ongemakkelijk.'

Haar ouders hebben niet zoveel vrienden. Ze zijn niet close met andere gezinnen, en er is niemand die regelmatig komt eten of met wie ze op vakantie gaan.

'Kennen ze elkaar nog van de universiteit of zo?' vraagt ze.

'Geen idee.'

Marlon haalt zijn schouders op. Hij probeert zijn gezicht neutraal te houden, maar iets zit hem duidelijk dwars. Als ze bedenkt wat ze zijn vader net heeft horen zeggen, is dat niet zo vreemd.

'Wat hebben ze tegen elkaar gezegd?' vraagt ze.

'Toen we aankwamen vroegen mijn ouders of het oké was dat we binnenkwamen.'

'Mijn moeder is ongerust over iets wat op haar werk is gebeurd. Ze was eerst van plan om de hele avond af te zeggen.'

'Oké, maar het leek alsof dit iets te maken had met mijn ouders. Heb je de uitbarsting van je moeder in de gang niet gehoord? Toen ze in de woonkamer zaten, vroeg je vader hoe we elkaar hebben ontmoet. Het leek bijna alsof hij me niet geloofde.'

Lisa was normaal gesproken niet van de grote emoties. Bovendien wisten haar ouders dat zij en Marlon elkaar via een datingsite hadden leren kennen, daar hadden ze het over gehad. Waarom zou haar vader het ineens niet geloven?

'Wat doet je vader voor werk?' vraagt ze.

'Hij is arts.'

Haar moeder heeft de hele tijd contact met artsen in haar werk. Maar ze kent vast ook veel andere artsen.

Dan schiet haar ineens iets te binnen. Een brok glijdt door haar keel naar haar maag, alsof ze een grote steen heeft ingeslikt.

Zou het kunnen dat Marlons vader iets te maken heeft met de ziekte van haar moeder?

Het is steeds weer hetzelfde liedje. Ze hebben het er al tig keer over gehad. Over wat eeuwen geleden is gebeurd.

Nee, denkt ze, dat zou heel ziek zijn. Dat kan niet.

Maar het zou wel dat vreemde gesprek voor haar deur verklaren, tussen Marlon en Sören. Sören is waarschijnlijk bang dat Ebba dezelfde problemen heeft als haar moeder. Dat zij wat haar moeder jarenlang aan bed gekluisterd hield van haar heeft geërfd. Dat zij ook beschadigd is.

Ze legt haar hoofd op Marlons schouder, drukt zich weer tegen hem aan.

'Ik hoorde toevallig wat je vader zei,' zegt ze. 'Nu net. Voor mijn deur.'

Marlon haalt een hand door zijn haar.

'Shit,' zegt hij. 'Het spijt me. Ik weet niet wat ik moet zeggen. Ik snapte er niets van. Mijn vader is helemaal gek geworden. Nu is het officieel.'

'Hij zei dat ik kinderlijk ben? Nog niet zover?'

'Je bent niet kinderlijk. Vergeef mijn vader, als je dat lukt. Ik weet echt niet wat hem bezielde.'

'Het maakt niet uit,' zegt ze zo dapper mogelijk. Maar haar stem breekt bijna.

'Nee, inderdaad, het maakt echt niet uit,' zegt Marlon. 'Kom, laten we naar beneden gaan zodat ze ons samen kunnen zien. Dan zullen ze het begrijpen.'

'Ga jij maar vast. Ik moet me nog aankleden.'

'Oké,' zegt Marlon. 'Maar schiet wel op. Ik heb geen zin om daar nog een seconde langer alleen te zijn.'

14

Ze beweegt als geen ander, Camilla Isaksson. Alsof haar voeten over de vloer voortrollen. Alsof ze danst op een liedje dat alleen zij hoort, in haar hoofd. Ze maakt zich nergens druk over, neemt de hobbels op haar pad zoals ze komen, en vindt altijd een weg door het ondoordringbaarste terrein.

Wanneer ze de keuken binnenkomt is het alsof de verontschuldiging die ze Lisa net heeft aangeboden alle waarden heeft hersteld voor de gemeenschap die zij ooit samen hebben gevormd. Alsof alles vergeven en vergeten is en ze gewoon de draad weer kunnen oppakken.

'Wat een keuken!' zegt ze. 'Wat mooi!'

Sören is weer terug, Mikael en hij staan rond het kookeiland en het dienblad met het aperitief. Hij lijkt te wachten op een teken van Mikael. Dat hij de eerste toost uitbrengt zodat ze kunnen beginnen met drinken. Maar Mikael zegt niets.

Camilla kijkt haar weer met grote ogen aan. Misschien kijkt ze naar de ketting, met waardering of afgunst. Toen ze zei dat ze blij was dat het goed met hen ging, bedoelde ze natuurlijk niet alleen de ketting maar alles wat ze zag in hun huis. Dat Mikael en zij nog steeds samen zijn en nog steeds in het huis van hun dromen wonen, dat hen bijna had opgebroken. Lisa vraagt zich af hoeveel Camilla echt aan hen heeft gedacht gedurende al die jaren dat ze geen contact hadden.

'Marlon, doe dat weg.'

Het is de stem van Sören. Vermanend, streng, wanneer zijn zoon terugkomt met zijn telefoon in de hand.

Lisa kan het hem niet kwalijk nemen. Als zij in zijn schoenen had gestaan zou ze geprobeerd hebben om een Uber te bestellen, of ze zou naar die datingsite zijn gegaan om haar geld terug te vragen. Of misschien een nieuwe date te zoeken.

'Heb je Ebba niet meegenomen?' vraagt Lisa.

'Ze komt er zo aan.'

Hij glimlacht, een prachtige, onschuldige glimlach van een zeventienjarige. Dan kijkt hij naar Sören, die zijn blik ontwijkt.

Mikael heeft alleen drankjes ingeschonken voor de volwassenen.

'Ik maak wel wat voor de jeugd,' zegt Lisa.

'Kijk, typisch bloedgroep A. Denkt de hele tijd aan iedereen!' zegt Camilla.

Lisa negeert haar en wendt zich tot Marlon.

'Wil je wat Pommac?'

'Ik heb liever een biertje, maar oké, bedankt.'

Lisa glimlacht naar hem en schudt haar hoofd. Geen bier voor de minderjarigen hier.

Wanneer ze de koelkast opent, voelt ze even aan de hanger die aan de ketting om haar nek hangt.

Maak hem open, voordat de gasten komen.

Het was vast een onderdeel van zijn plan dat de gasten een beetje onder de indruk zouden zijn, misschien zelfs jaloers. Ze weet hoe Mikael is. Elke ontmoeting is een wedstrijd, elk gesprek een onderhandeling. Elke dag en elke avond wordt gewonnen of verloren, onbeslist bestaat niet. Hij kan geen nederlaag toegeven, aan niemand, niet aan zichzelf en al helemaal niet aan Sören en Camilla.

Is hij daarom zo stil? Hij weet nog niet hoe hij dit spel zal spelen.

Ze schenkt twee glazen Pommac in en loopt terug naar het kookeiland, geeft een glas aan Marlon en zet het andere op het dienblad.

Mikael geeft Sören en Camilla eindelijk hun aperitief.

'Proost en welkom dan maar,' zegt hij.

'Op een goed uiteinde,' zegt Sören.

Ze heffen hun glazen.

De drank drinkt lekker weg. De alcohol heeft onmiddellijk een kalmerend effect. Lisa zou met gemak een hele karaf kunnen leegdrinken. Maar vanavond mag ze niet dronken worden. Absoluut niet. De laatste keer dat ze dronken werden met Sören en Camilla was een van de ergste avonden van haar leven.

Sören glimlacht terwijl hij het glas van zijn volle lippen haalt. Hij trekt zijn wenkbrauwen op en knikt om aan te geven dat hem niet is ontgaan hoeveel Lisa van het drankje achterover heeft geslagen. Heel even hoopt ze dat hij de ketting opmerkt. Maar er komt geen reactie. Sören heeft geen oog voor dat soort dingen.

'Hadden we niet moeten wachten op die mooie dochter van je?' vraagt hij.

Ze schrikt en beseft dan pas dat Sören Ebba blijkbaar al eerder heeft ontmoet en weet hoe ze eruitziet. Net zoals zij Marlon heeft ontmoet. Bij geen van deze gelegenheden heeft hij zich gerealiseerd wie Ebba is. Waarschijnlijk hebben ze over dezelfde dingen gesproken als Lisa met Marlon. Koetjes en kalfjes. Hoe het op school gaat. Wat hun plannen zijn. Veel meer krijg je niet uit ze.

Ze houdt niet van Sörens woordkeuze. Ze houdt er niet van dat hij *die mooie dochter van je* zegt. Misschien reageert ze overdreven. Omdat uitgerekend hij het zegt. Maar het is niet alleen zijn woordkeuze, het is ook de toon waarop. Alsof hij een speciaal recht heeft.

Of hij probeert gewoon aardig te zijn, het ijs te breken, een ontspannen gesprek te beginnen. Smalltalk is nooit zijn ding geweest.

Hoe dan ook, het voelt niet goed.

‘Ebba kan hier elk moment zijn,’ antwoordt ze. ‘Dan toosten we nog een keer met haar.’

Sören grinnikt, alsof het grappig is, of alsof hij Ebba goed kent en het echt iets voor haar is. Hij drinkt zijn glas leeg en zet het weer op het dienblad.

‘En, vertel, wat doen jullie meestal op oudejaarsavond?’ vraagt Marlon. ‘Hebben jullie vuurwerk?’

‘Ja, meestal wel,’ zegt Lisa. ‘Maar dit jaar ben ik het vergeten te kopen.’

‘Ik kan wel even in de carport kijken. Misschien hebben we daar nog iets van vorig jaar liggen,’ zegt Mikael.

Hij grijpt elke gelegenheid aan om even weg te kunnen. Als hij de deur uit loopt, weet ze niet zeker of hij terugkomt. Misschien rijdt hij naar de stad en laat zich vollopen bij Prinsen. Voor zover zij weet is hij nog steeds niet bij de auto geweest. Hij kan zomaar instappen en wegrijden. Maar ze geeft hem niet de kans om die gedachte te overwegen.

‘Ik weet vrij zeker dat we geen vuurwerk hebben,’ zegt ze.

‘Misschien maar beter ook,’ zegt Camilla. ‘Denk aan alle arme honden en katten die vannacht gaan lijden. Voor die dieren is dit de ergste nacht van het jaar.’

Lisa moet aan Tom denken en aan zijn hond, waarmee hij grote plannen had voor vanavond, en aan de sms die ze hem zou sturen. Ze heeft hem nog steeds niet verteld dat ze aangifte hebben gedaan van de inbraak in de auto en dat haar pasje is gestolen.

‘Zit je nog altijd bij dat bedrijf bij Kungsträdgården?’ vraagt Sören.

‘Nee, ik ben voor mezelf begonnen,’ zegt Mikael. ‘Ik werk vanuit huis.’

‘O?’ zegt Sören. ‘Het moet leuk zijn om eigen baas te zijn, toch?’

‘En wat een luxe om thuis te werken, Mikael. Dat moet het leven voor het hele gezin gemakkelijker maken,’ zegt Camilla.

'Vinden jullie het erg als ik nog even met het eten bezig ga?' vraagt Lisa. 'Ik had het klaar willen hebben voordat jullie kwamen, maar ik had een hectische dag op mijn werk.'

'Maar je hand dan,' zegt Camilla. 'Kan ik je ergens mee helpen?'

'Dank je, maar dat hoeft niet, ik red het wel. Alleen de aardappelgratin is nog niet helemaal klaar.'

Op weg naar de oven realiseert ze zich dat ze de buitenverlichting aan de achterkant van het huis nog niet heeft aangedaan. Dat zal onthullen waarmee ze al maanden bezig is, voor Mikael. Zijn nieuwjaarsgeschenk. Iets wat het uitzicht dat nu in duisternis gehuld is verandert in een uitzicht op een verlicht zwembad, zoals Mikael het voor ogen had, zowel in de zomer als in de winter. *Een verleidelijke illusie*, noemden ze het in het artikel in het interieurblad *Sköna*. Daar haalde ze haar inspiratie uit.

Het verbaast haar dat Mikael nog niet ontdekt heeft dat het zwembad op een andere manier winterklaar is gemaakt, dat die vreselijke grijze platen niet onder het dekzeil liggen dat ze over het bassin heeft laten leggen. Ze had nooit gedacht dat ze het geheim zou kunnen houden, gezien al het glas dat per vrachtwagen is geleverd en het bezoek van de glaszetter. Mikael was immers de hele dag thuis en zou toch iets opgemerkt moeten hebben. Misschien weet hij het al maar zegt hij niets om het niet voor haar te bederven.

Maar Mikael is de laatste tijd veranderd, er ontgaat hem steeds meer. Ze begrijpt niet goed wat hem zo bezighoudt waardoor hij vaak zo afwezig is. Ze weet zijn antwoord wanneer ze het hem vraagt. Wanneer de beurs in New York sluit, opent die in Tokio.

You snooze, you lose.

Maar zo voelt het tegenwoordig wel. Dat Mikael slaperig door het leven gaat. Nooit echt wakker, nooit echt aanwezig.

Ze strooit wat extra geraspte kaas over de aardappelgratin,

stelt de temperatuur van de oven in. Als ze de timer instelt, herinnert ze zich de sms naar Tom. Die mag ze niet nog een keer vergeten.

Mikael vult de glazen nog eens met het aperitief.

'Als ik had geweten dat jullie zouden komen, had ik een fles Fernet-Branca gekocht.'

Hij schiet in de lach. Een lege, holle lach. Niemand anders lacht.

'We waren nog jong toen,' zegt Sören.

We waren jonger, maar toch wel volwassen, denkt Lisa.

Ze zet de aardappelgratinschotel weer in de koelkast en ziet haar telefoon op het aanrecht liggen. De anderen kijken haar aan. Er valt een stilte, een pauze die eindeloos lijkt.

'Ski je nog steeds?' vraagt Mikael.

Hij is eindelijk begonnen te praten. Ze hoopt dat hij nu alle opties heeft overwogen en dat hij een aanpak heeft bedacht om de avond door te komen. Gezien de hoeveelheid aperitief die hij zojuist heeft ingeschonken, lijkt de aanpak gebaseerd te zijn op het innemen van veel alcohol.

'We proberen elke winter een reis te maken. Geen Saalbach, maar toch,' antwoordt Sören.

Hij knikt veelbetekenend naar Mikael en probeert voor het eerst te glimlachen.

Mikael en Sören brengen het gesprek weer op iets positiefs wat ze gemeen hebben, en naar de avond die ze samen in de kroeg hebben doorgebracht. De avond dat ze elkaar vonden, voor even, bij een dienblad met shotjes en een herinnering die ze deelden. Maar het had niet zo lang geduurd. Lisa heeft geprobeerd die nacht te verdringen, wat er daarna gebeurde. Het was het begin van het einde van de vriendschap tussen Camilla en haar. Dat was het moment dat de breuk tussen hen ontstond.

Camilla is om het kookeiland heen gelopen en naast haar komen staan.

'Jemig, wat ben je verkrampt,' zegt ze. 'Je lichaam staat onder hoogspanning.'

'Ik weet het,' zegt Lisa. 'Ik moet contact opnemen met mijn werk. Als je me even wilt excuseren?'

'Ja, natuurlijk. Maar kan ik je niet helpen met iets hier in de keuken? Of met je verkramptheid? We kunnen samen een oefening doen als je wilt.'

Lisa vraagt zich af wat dat betekent.

'Misschien daarna, oké?' zegt ze. 'Ik ben zo terug.'

Ze loopt naar de hal, toetst de code in om haar telefoon te ontgrendelen en begint het bericht aan Tom te typen.

Er is ingebroken in onze auto. Mijn sporttas met daarin mijn pasje is gestolen. We hebben aangifte gedaan. Onze gasten zijn er… vertel je later meer… Morgen even bellen? Ik hoop dat alles goed komt. Laat me weten als ik iets kan doen. En gelukkig nieuwjaar!

Wanneer ze klaar is, leest ze het bericht door. Dat met de gasten moet ze misschien niet vermelden. Tom weet wie Sören en Camilla zijn, hij was er toen ook bij. Maar ze wil hem er nu niet bij betrekken. Voor de rest is de inhoud min of meer wat Mikael en zij hebben afgesproken.

Na een tweede keer lezen maakt ze zich plotseling zorgen dat het bericht niet goed overkomt.

Klinkt ze schuldig?

Mikaels idee lijkt plotseling niet meer zo goed. Waarom laat ze hem beslissen hoe ze een crisis op het werk moet aanpakken? Ieder normaal, onschuldig persoon had gewoon gebeld. Een telefoontje van maximaal tien minuten. Dan had Tom aan haar stem kunnen horen dat ze helemaal eerlijk is en niets probeert te verbergen. Korte tekstberichten kunnen gemakkelijk verkeerd geïnterpreteerd worden.

Ze draait zich om en kijkt de keuken in. Het kookeiland staat plotseling vol met pannen van verschillende grootte.

Marlon heeft twee houten lepels in zijn hand. Naast hem staat Mikael met een hand op zijn schouder, alsof hij over een jukebox leunt waar hij net een muntje in heeft gestopt. Aan de andere kant van hem kijkt Sören grijnzend toe. Camilla zit in een tijdschrift te bladeren.

Lisa verstuurt het bericht naar Tom. Dan loopt ze de keuken weer in.

'Wat zijn jullie aan het doen?' vraagt ze.

'Marlon gaat wat van zijn drumkunsten ten gehore brengen,' zegt Mikael.

'Dus jij denkt zo?' vraagt Marlon. '*Boem-boem-boem-boem-boem-boemerdeboem.*'

Mikael klopt hem op de schouder.

'Exact, precies zo.'

'Mikael,' zegt Lisa. 'Laat hem met rust.'

Ze kijken haar allemaal aan.

'Het is oké, Lisa,' zegt Marlon. 'Als je geen bezwaar hebt, natuurlijk.'

Als je geen bezwaar hebt. Ze heeft een zeventienjarige zich nog nooit op die manier horen uitdrukken. Het feit dat hij eruitziet als een jonge rockster maakt zijn woordkeuze nog opmerkelijker. Er klopt iets niet met Marlon. Of misschien klopt het té goed. Hij doet haar aan iemand denken, zijn uiterlijk, zijn blik, en vooral zijn manier van doen: hij heeft een soort warme weemoed die een beetje ouderwets en niet geheel onaantrekkelijk is. Het dringt opeens tot haar door dat haar ouders hem aardig zouden hebben gevonden, dat hij op de een of andere vreemde manier precies in hun leven in Lyckeby zou hebben gepast.

'Het is oké, Lisa,' zegt Mikael.

Mikael is al volop begonnen met uitdagen en de Isakssons lijken het niet door te hebben.

Just like the good old days.

Weten ze niet meer dat er bij Mikael nooit een einde komt

aan een strijd? Niet voordat de nacht voorbij is en het samenzijn op een of andere manier uit elkaar valt. Willen ze dat echt weer meemaken?

'Hallo iedereen.'

Alle ogen zijn gericht op de hal waar Ebba plotseling verschijnt.

Haar blonde, golvende haar is geföhnd zoals bij de meisjes afgebeeld op de achterkant van shampooflessen. Ze draagt een hemelsblauwe jurk die nauw om haar lichaam sluit en haar mooie. jonge vormen accentueert. Een nieuwe jurk die ze zelf heeft gemaakt. Misschien heeft ze hem net af. Ze heeft wat rouge en oogschaduw op en draagt een ketting van nepparels om haar nek.

Haar komst is een openbaring. Voor Lisa is het overduidelijk wat haar dochter wil zeggen. Ze is volwassen nu, klaar om het huis uit te gaan. Mikael lijkt hetzelfde te beseffen. Lisa dacht dat hij het type vader was dat met een jachtgeweer op zijn schoot klaar zou zitten. Niet dat hij elke pan in de keuken tevoorschijn zou halen zodat de huwelijkskandidaat van hun dochter zijn slagkunsten kan laten horen. Dingen lopen altijd anders dan je verwacht. Niets bereidt een ouder voor op dit soort momenten.

Maar Ebba kijkt onzeker. Ze lijkt te voelen dat er iets mis is.

Lisa loopt de keuken uit naar de hal en neemt haar handen in de hare.

'Hoi,' zegt ze. 'Wat zie je er mooi uit.'

'Hoe gaat het?' vraagt Ebba.

'Wij, de volwassenen, maken opnieuw kennis met elkaar.'

'Marlon vertelde het,' zegt Ebba. 'Dat jullie elkaar kennen.'

'We hadden geen idee dat het Marlons ouders waren.'

'Hoe kennen jullie elkaar dan?'

Ebba kijkt over Lisa's schouder de keuken in. Lisa probeert zich een beeld te vormen van wat ze door de deuropening ziet. Mikael en Marlon bij het kookeiland dat vol staat met pannen. Camilla die gespannen op de keukenbank zit met een tijdschrift op schoot. En Sören die als een vuurtoren naast haar staat en alles registreert.

'Maar is er iets gebeurd of zo?' Ebba gaat verder. 'Waarom doen jullie zo vreemd?'

'Camilla en ik waren ooit vriendinnen, maar we kregen ruzie. En Sören...'

'Ja? Sören, Marlons vader,' zegt Ebba. 'Wat is er mis met hem?'

'Hij is de arts die je ter wereld heeft geholpen.'

15

Stockholm,
september, achttien jaar eerder

Alle kennis en inzicht is te vinden in het universum. Je hoeft je er alleen maar voor open te stellen.

Camilla en zij zijn zo verschillend, maar hun vriendschap heeft zich in een sneltreinvaart ontwikkeld. Het is lang geleden dat ze een nieuwe vriendin heeft gehad. Haar oude vriendinnen hebben nu kinderen. Het is alsof ze naar een ander land zijn verhuisd. Zonder een kind in een draagzak word je buitengesloten in gesprekken en heb je geen toegang tot de speelplaatsen van de kleuterscholen en de speeltuinen in de stad. Je kunt nauwelijks nog een telefoongesprek met ze voeren.

Camilla is geboren en getogen in Stockholm. Ze woont in een appartement in Gröndal, waar ze ook werkt, als healer. Ze maakt gebruik van een methode die ze beschrijft als online gaan. Ze beschrijft haar werkwijze met internettermen en zegt dat we allemaal een modem in ons hebben dat we kunnen gebruiken om een verbinding tot stand te brengen met wat zij het collectieve onbewuste noemt. Het is nu drie weken geleden dat Lisa Camilla ontmoette. Dat zijn drie sessies met de lotgenotengroep met haar nieuwe vriendin aan haar zijde, gevolgd door wandelingen en lunches in de stad.

De kleine bar boven het restaurant op Stureplan zit vol met mensen. Als ze naar de tafel lopen die Mikael gereserveerd heeft, denkt Lisa dat hij deze plek heeft gekozen omdat hij zichzelf wil beschermen tegen diepzinnige gesprekken. Het is er al rumoerig, maar tegen de tijd dat de muziek begint zullen ze amper nog met elkaar kunnen praten. Een perfecte manier om te socializen zonder te persoonlijk te worden.

Wanneer ze zich bij de statafel achter in de bar bevinden vraagt Mikael wat iedereen wil drinken. Daarna verdwijnt hij, om een paar minuten later alweer terug te komen. Naast de witte wijn en het bier dat ze besteld hebben, staan er dubbele shots op het dienblad.

Sören kijkt hem verbaasd aan, alsof hij probeert te begrijpen wat Mikael voor iemand is. Maar dan breekt er, tot Lisa's grote verbazing, een glimlach door op zijn gezicht.

'Fernet-Branca,' zegt hij. 'Dat is lang geleden.'

'Het is vrijdagavond,' zegt Mikael. 'Het dak gaat er hier zo meteen af. We kunnen maar beter goed voorbereid zijn.'

'Je staat toch niet toe dat we dit rattengif drinken??' vraagt Camilla aan Sören.

'Als je het goedvindt, leg ik vanavond mijn doktersbul even naast me neer,' zegt hij.

Lisa heeft een beetje medelijden met Sören. Het moet toch wat ongemakkelijk voor hem zijn om met twee vrouwen van de lotgenotengroep uit te gaan. En dan ook nog met de man van een van de vrouwen erbij. Natuurlijk wil hij niet de hele avond aan zijn professie herinnerd worden.

'Het is geen geheim dat er in medische kringen behoorlijk ingenomen wordt,' zegt Mikael. 'Of vergis ik me?'

Sören fronst zijn wenkbrauwen en haalt zijn schouders op.

'Dus je bent niet onze dokter vanavond?' zegt Camilla.

Ze kust hem op de wang.

'Fernet-Branca, dat is voor mij de Alpen,' zegt Sören. 'Ik heb het na mijn studie geneeskunde één seizoen gedaan.'

'Wat?' zegt Camilla. 'Wat ben je toen geweest dan? Aprèsskileraar!?'

Ze barst in lachen uit en Lisa laat zich meeslepen. Mikael lacht ook en kijkt geïnteresseerd naar Sören. Die had hij zeker niet zien aankomen. Je kunt je Sören gemakkelijk in verschillende settings voorstellen. Hij zou geloofwaardig zijn in uniform, als officier in een oorlog. Hij zou een manager op een kantoor kunnen zijn, een dirigent van een orkest. Maar dat hij met zijn bijna twee meter lange lichaam op ski's door poedersneeuw zou pompen, is moeilijk te visualiseren.

'Je weet nog zoveel niet over mij,' antwoordt hij.

'Hm, vol geheimen,' zegt Camilla.

'Dat lijkt me een tijdelijk probleem,' zegt Mikael.

Lisa werpt hem een boze blik toe, het is zo'n overbodige opmerking. Omdat Camilla duidelijk een oogje heeft op Sören en hem het hemd van zijn lijf wil vragen, hoeft Mikael daar nog niet op te wijzen. Hij hoeft niet meteen de eerste de beste domme gedachte die bij hem opkomt eruit te flappen. Maar zo is hij nu eenmaal, altijd al geweest.

Camilla's relatie met Sören lijkt zich in hetzelfde tempo te hebben ontwikkeld als de vriendschap tussen Lisa en Camilla. Maar Mikael kent geen van beiden, en Lisa is benieuwd wat hij van haar nieuwe vrienden zal vinden.

'Waar zat je dan?' vraagt Camilla. 'Toen je een seizoen in de Alpen werkte?'

'Saalbach,' zegt Sören. 'Winter '94.'

Mikael neemt een slok bier en zet het glas hard neer.

'Dat meen je niet, dat is een grapje zeker,' zegt hij.

'Nee, hoezo?'

'Omdat ík in de winter van '94 in Saalbach was. Wat was de naam van dat etablissement ook alweer waar we elke avond naartoe gingen, o, verdorie...'

'Kuhstall? Off Piste?' probeert Sören.

'Nee, dat waren de nette tenten, ik denk aan een die wat...'

'Decadenter was?' oppert Camilla.

'Ja, misschien,' zegt Mikael lachend. '"Shabby" is het woord dat ik zocht. Verdomme, ik hield van die tent, hoe heette die ook alweer?'

Iedereen kijkt naar Sören en Lisa betrapt zichzelf op een glimlach. De mannen hebben elkaar meteen gevonden. Het enige wat er nodig was om het ijs te breken was een specifiek alcoholisch drankje en jeugdherinneringen aan een winter in de Alpen.

Tijdens de bijeenkomst van de lotgenotengroep eerder die week moesten ze allemaal vertellen waarom ze ouders wilden worden. Voor Camilla ging het in de eerste plaats om de zorg voor een levend wezen, een kind, dat was voor haar het zinvolste in het leven.

Als Mikael er was geweest en de vraag eerlijk had beantwoord, had hij gezegd dat het te maken had met de dood. Mikael was doodsbang voor de dood. Hij had nooit geaccepteerd dat die de voorwaarde van het leven was. Kinderen krijgen was het enige wat hij kon doen, een manier om opgenomen te worden in een nieuwe levensvorm en zo verder te leven.

Misschien zijn alle redenen om kinderen te krijgen in wezen hoogst egoïstisch. En is die van Mikael niet erger dan die van iemand anders.

Zelf had Lisa gezegd dat ze wilde zijn zoals iedereen. Als je werd geboren als vrouw, dan werd je geboren om moeder te worden. Zo was het gewoon. Ze wilde gewoon normaal zijn. Wat net zo egoïstisch is.

'Ik weet het! Ik weet het!' zegt Sören en hij wijst naar Mikael. 'Je bedoelt UnderBar.'

'Ja!' roept Mikael. 'Ik woonde daar zo'n beetje. Ben jij er ooit geweest?'

'Wat denk je, van januari tot april zat ik in Saalbach.'

'Maar dan hebben jullie elkaar daar misschien wel gezien,' zegt Lisa.

'Nee, ik denk het niet,' zegt Sören. 'Ik ben wat ouder dan jullie, dus Mikael was waarschijnlijk niet zo geïnteresseerd in een ouwe vent als ik.'

Mikael pakt een van de shotjes en heft het glas naar Sören.

'We hebben besloten om op jouw afdeling met de behandeling te beginnen. En met deze toost is dat onderwerp voor de rest van de avond afgehandeld. God weet dat we hier vele avonden en nachten over hebben gepraat. Laten we nu een beetje feesten, voordat we ons overgeven aan jouw strenge regime. Op de toekomst! En op Saalbach! Proost.'

Ze klinken met hun glazen. De kruidige drank glijdt door hun keel, olieachtig en koud. De smaak roept een kokhalsreflex op, die Lisa op het laatste moment weet te onderdrukken. Wat een bocht, maar het heeft snel effect. Ze voelt zich meteen beter. Ze kan net zo goed gaan genieten. Het zal voorlopig wel even duren voordat ze weer uitgaat.

Mikael ziet er gelukkig uit. Dat is lang geleden. Zijn korte toespraak heeft op de een of andere manier alles samengevat. Het gaat al heel lang klote, maar nu hebben ze eindelijk besloten er iets aan te doen. Dat mag gevierd worden. Hij heeft altijd die gave gehad. Om gewoon op te staan, het glas te heffen en recht vanuit het hart de mensen toe te spreken, zonder enige voorbereiding, zonder enige nervositeit.

'Volgens de jongen achter de bar begint de band over een halfuur te spelen,' zegt Mikael. 'Nog zo'n rondje?'

Met een vragende blik neemt hij het dienblad van de tafel.

'Ik loop met je mee naar de bar,' zegt Sören.

'Zijn jullie van plan het over ons behandelplan te hebben of over Saalbach?' vraagt Lisa.

'Hij zou vanavond niet de arts zijn,' antwoordt Mikael.

'Oké, prima, gaan jullie maar,' zegt Lisa. 'Ik ben blij dat ik niets over de Alpen hoef te horen.'

Camilla lacht wanneer de mannen zich naar de bar begeven.

'Dat ging goed,' zegt ze.

'Ja, *so far, so good*,' zegt Lisa. 'Hoe was jouw dag?'

'Ik had een klant uit Kristianstad. Een van de belangrijkste Zweedse filmproducenten. Is dat niet waar jij vandaan komt? Misschien kennen jullie elkaar?'

Lisa lacht.

'Ik kom uit Blekinge en ben opgegroeid in Lyckeby. Kristianstad ligt eigenlijk in Skåne en het is ongeveer anderhalf uur rijden met de auto.'

'Lyckeby,' zegt Camilla. 'Dat klinkt idyllisch, zoiets als Bolderburen.'

'Dat is het ook, maar we hadden wel meer dan drie boerderijen.'

'Hoe was het daar eigenlijk? Op school? Met jongens en zo. Wat deden jullie in het weekend?'

'Mijn tienerjaren waren vreselijk. De jongens begonnen snus te gebruiken en in A-tractoren te rijden. Ze pikten pornoblaadjes uit een container achter een drukkerij en lieten die aan ons zien. Mijn vriendinnen en ik brachten de meeste tijd door in bushokjes, wachtend tot het ophield met regenen. We zaten onszelf daar weg te dromen.'

Lisa heft het wijnglas in een toost op haar jeugd en neemt een slok.

Camilla lacht.

'Klinkt heerlijk,' zegt ze.

'Maar mijn kindertijd was magisch,' vervolgt Lisa. 'Ik was erg close met mijn ouders. Helaas zijn ze allebei vrij recent overleden.'

'Ach,' zegt Camilla. 'Kanker?'

'Nee. Mijn moeder rookte wel. Ze werkte in een magazijn met zetmeelproducten, je weet wel, aardappelmeel en zo. Ze was voorvrouw en werkte hard. Uiteindelijk begaf haar hart het. Mijn vader was leraar. Hij werkte zich niet bepaald uit de naad. Hij stierf slechts een paar maanden na mijn moeder, aan een gebroken hart denk ik. Het klinkt misschien naïef, maar ik denk echt dat dat de oorzaak was.'

'Dat is helemaal niet naïef. Je kunt absoluut sterven aan een gebroken hart.'

Camilla kijkt haar indringend aan terwijl ze een slok neemt.

Lisa probeert in haar ogen te lezen of ze een grapje maakt, maar ze lijkt volkomen serieus.

'Hij moet veel van je moeder hebben gehouden,' zegt Camilla. 'Het klinkt zo romantisch. Lyckeby. Een zorgeloos huwelijk. Heb je geen foto's?'

'Jawel. Wil je ze zien?'

Lisa opent haar handtas en haalt haar grote portemonnee eruit. Ze legt twee foto's op tafel. Een van toen ze zeven jaar oud was en op de bank in de woonkamer bij haar vader op schoot zat. Haar moeder staat achter hen met een hand op haar vaders schouder. De tweede foto is er een van haar vader toen hij jong was, misschien achttien jaar. Hij staat met een fonkelnieuwe fiets voor het hek van het huis waar zowel hij als Lisa opgroeide. Een rood huis met wit lijstwerk. Op de achtergrond staat de grote kersenboom in volle bloei.

Camilla pakt de eerste foto.

'Jeetje,' zegt ze. 'Die blik op je moeders gezicht. Die zegt alles. Zo wil je een vrouw, een moeder, zien. Wat een mooi gezin zijn jullie daar met z'n drieën.'

'Ik herinner me alleen dat ze gelukkig was. Het irriteert Mikael soms. Dat ik constant alles vergelijk met hoe het was toen ik opgroeide. Als we het over kinderen en een gezin hebben, ergert hij zich eraan dat ik wil dat het net zo zal zijn als toen ik klein was. Hij is niet zo enthousiast over zijn eigen jeugd.'

'Waar is hij opgegroeid?'

'In Nacka, Storängen.'

'Is dat niet waar jullie een huis hebben gekocht?'

'Ja, dat klopt. Nou ja, bijna dan. We hebben een stuk grond gekocht in Lillängen, dat ligt er vlak naast. We gaan zelf iets bouwen.'

'Dan kopiëren jullie dus zijn jeugd!'

Camilla pakt de tweede foto.

'Is dit je vader? Hoe heette hij?'

‘Erland.’

‘Erland… Wat een vent.’

‘De foto is genomen door een professionele fotograaf, uit Duitsland, geloof ik. Hij had tegen mijn grootouders gezegd dat mijn vader veel geld zou kunnen verdienen als internationaal model. Maar mijn grootvader verwierp het idee onmiddellijk. Het was geen eerzaam beroep, vond hij. En hij had zijn bedenkingen over die fotograaf. Maar het is inderdaad een mooie foto.’

‘Mijn hemel, wat een knappe man.’

Lisa slikt en voelt de trilling achter haar ogen. Ze is nooit over de dood van haar vader heen gekomen. Ze mist hem nog elke dag.

‘Sorry,’ zegt ze. ‘Ik was papa’s kleine meid, denk ik.’

Camilla kijkt op van de foto en glimlacht.

‘Niet altijd, toch?’

Een barman brengt met een dienblad een nieuw rondje drank: wijn en dezelfde shotjes als de eerste keer. Lisa en Camilla kijken naar de bar en zien Sören en Mikael het glas naar hen heffen. Ze hebben kennelijk meer te bespreken onder vier ogen.

Camilla pakt een van de glazen en heft dat naar Lisa.

‘Op knappe vaders en gelukkige moeders.’

Ze drinken. De drank is nog steeds niet lekker, maar het went. Lisa ontspant en geniet van het lekkere gevoel. Ze is zelden zo open tegen mensen die ze pas heeft ontmoet. Camilla heeft het vermogen om tot haar door te dringen en haar geheime gedachten en gevoelens naar boven te halen. Ze heeft een goede vriendin meer gemist dan ze dacht, realiseert ze zich nu.

‘Hoe gaat het thuis?’ vraagt Camilla.

Ze knikt naar de bar en de mannen.

Lisa heeft nog steeds niets gezegd over de sms van Tom die Camilla op haar telefoon zag toen ze elkaar voor het eerst ontmoetten. Camilla is slim. Ze heeft vast begrepen waarover het ging.

'Wat beter nu,' antwoordt ze. 'Maar nog steeds niet super.'

'Zwanger proberen te worden eist zijn tol,' zegt ze. 'Het is een aanslag op je relatie. Geloof me, ik weet het.'

Lisa neemt een slokje wijn. Een grotere deze keer.

'Is het waar wat Mikael zei? Dat jullie hebben besloten om ivf te proberen?' vraagt Camilla.

'We hebben een onderzoek laten doen en hebben de uitslag met Sören gedeeld. We hadden allang met de behandeling kunnen beginnen, maar Mikael...'

Ze valt stil. Zoekt naar woorden.

'Ik weet het,' zegt Camilla.

Lisa kijkt haar vragend aan. Ze vraagt zich af wat ze bedoelt.

'Ik denk dat Mikael bang is,' zegt Lisa.

'De vloek van het alfamannetje,' zegt Camilla.

Lisa knikt. Precies dat.

'En hoe zit het met jouw alfamannetje?'

Nu is het Lisa's beurt om een veelbetekenende blik over de tafel te werpen.

Camilla vangt die met een glimlach op, nipt van de wijn en houdt Lisa's intrigerende blik vast.

'Sören heeft me vorige week uitgenodigd voor een etentje.'

'Jullie laten er geen gras over groeien.'

'Als tegenprestatie bood ik hem na het etentje een behandeling aan in mijn appartement.'

'Dus chef-arts Isaksson staat open voor alternatieve behandelingen?'

'Zeer open en ontvankelijk.'

Ze barsten in lachen uit. Een lachbui zoals Lisa niet meer heeft gehad sinds ze een giechelende tiener was.

'Je bent geweldig,' zegt Lisa terwijl ze nog lacht.

'Je bent de smid van je eigen geluk,' zegt Camilla.

Ze strijkt een haarlok van haar voorhoofd.

'Ik weiger slachtoffer te zijn van mijn omstandigheden. Ik hoop dat je me niet verschrikkelijk vindt.'

'Ik vind je niet verschrikkelijk. Ik vind je... speciaal.'

Camilla snuift bij die opmerking en kijkt weg.

'Of misschien ben ik gewoon een van die wanhopige vrouwen,' zegt ze. 'Maar Sören is niet zo'n slechte keus. Hij is eigenlijk best knap.'

Ze stopt met lachen. Even is Lisa bang dat ze haar gekwetst heeft.

'Het spijt me als ik iets ongepasts heb gezegd. Dat was absoluut niet mijn bedoeling.'

'Ik woon misschien niet met mijn droomprins in mijn droomkasteel. Maar ik maak er het beste van.'

Camilla kijkt nog een laatste keer naar de foto van Lisa's vader Erland, die voor haar op tafel ligt, voordat ze hem aan Lisa teruggeeft.

Mikael komt terug, op de voet gevolgd door Sören. Hij draagt een dienblad met een nieuwe ronde bier, wijn en shotjes. Lisa voelt dat ze aangeschoten begint te raken en vraagt zich af hoe dronken ze zal worden als ze in dit tempo blijven drinken.

'Alles goed hier?' vraagt Mikael.

'Zekers,' zegt Lisa.

'De band gaat zo spelen. Zullen we dichter bij het podium gaan staan?'

'Prima.'

'Ik moet eerst naar de wc,' zegt Camilla. 'Ga je mee?'

'Ja, laat ik dat maar doen,' antwoordt Lisa.

'Oké,' zegt Mikael. 'We wachten hier.'

Hij pakt haar beide handen vast en kust haar op de mond. Zijn handen zijn warm.

Lisa voelt het effect van de shotjes en de wijn als ze achter Camilla aan loopt. Ze heeft wat moeite met de trap en in een rechte lijn langs de bar beneden te lopen. Haar hoge hakken helpen ook niet echt.

Terwijl ze zich door de menigte in de trendy bar beweegt, moet ze er weer aan denken. Elke keer wanneer ze uitgaat in Stockholm merkt ze dat iedereen om haar heen een beetje jonger is geworden.

Dat het leven vanaf nu alleen nog maar om Mikael en haar zal draaien is een horrorscenario. Een krakkemikkige hamstermolen die alsmaar ronddraait, op drift in de stad, totdat de oude hamsters dood neervallen. Wat is het nut van zo'n leven?

Meer dan eens heeft ze de zin in dingen verloren. In Mikael, in de hele zaak, in alles. Toen ze een keer op de bank tv lagen te kijken, hebben ze het erover gehad om een puppy te nemen, in plaats van een kind . Een klein hondje dat je in een vliegtuig kunt meenemen. Maar nu, dankzij de lotgenotengroep en Camilla, is hun sluimerende hoop gewekt en is het vlammetje weer aangewakkerd.

Hun aanwezigheid trekt de aandacht van een paar oudere mannen aan de bar. Ze draaien hun hoofd en volgen hen met hun ogen. Camilla lijkt deze aandacht op te zuigen. Zelf vindt Lisa het onwennig en ongemakkelijk. Seks heeft de laatste tijd een heel andere betekenis gekregen, een ernst die ze niet deelt met deze mannen. Ze herinnert zich wat ze tegen zichzelf zegt wanneer het slecht gaat tussen Mikael en haar. Wat er ook gebeurt, ze wil nooit meer terug naar het singleleven, naar de meedogenloze vleesmarkt van Stockholm. Geen enkele tekortkoming van Mikael zal groot genoeg zijn om haar zo ver te krijgen dat ze die markt weer op gaat.

Wanneer zij en Camilla klaar zijn, staan ze zij aan zij voor de grote spiegel bij de toiletten. Lisa doet nog wat extra mascara op en Camilla wat lippenstift.

'Weet je nog dat ik zei dat Sören erg open en ontvankelijk is in bed?' vraagt Camilla. 'Ik heb het met hem gehad over iets wat ik al heel lang wil proberen. Voor de vruchtbaarheid. Een eeuwenoude methode.'

Lisa's wangen beginnen te gloeien. Ze leunt dichter naar de spiegel toe. Camilla zoekt haar blik.

'Hoe staat Mikael tegenover alternatieve behandelmethoden?'

Lisa lacht.

'Wat bedoel je met alternatief?'

Camilla houdt haar hoofd schuin en glimlacht.

'O, laat maar,' zegt ze. 'Maar hoe heeft hij het eigenlijk opgenomen? Wat was zijn reactie op de uitslag van het onderzoek?'

Lisa kijkt verbaasd en stopt dan de make-up in haar handtas.

'Wat bedoel je? Waarom vraag je dat?'

'Ik vraag me af of hij zich erbij neer kan leggen?'

'Wat weet jíj ervan?'

'We hadden het er vorige week tijdens de lunch over. En eerlijk gezegd, Lisa, je ziet het aan hem. Hij wil de baas zijn. Dat is vrij duidelijk.'

'Hij wil de baas zijn? Waar heb je het in godsnaam over?'

Ze verheft haar stem. Camilla kijkt oprecht verbaasd.

'Jeetje, sorry hoor.'

'Weet jij van ons onderzoek?'

'Lisa.'

Camilla legt een hand op haar arm. Lisa trekt hem weg.

'Ik dacht dat we hierover konden praten. Ik dacht dat we over alles konden praten. Ik heb je tenslotte zowat alles over mij verteld. Waar ben je nou zo boos over?'

'Heeft Sören je ons rapport laten lezen?'

'Nee, natuurlijk niet! Wat is er verdomme met jou aan de hand?'

Een meisje komt uit een van de toiletten achter hen. Ze lijkt niet ouder dan achttien jaar. Ze kijkt hen verontschuldigend aan terwijl ze haar handen wast.

Lisa probeert te kalmeren. Misschien is het de alcohol. Ze zou niet meer moeten drinken. Maar er is iets vreemds aan de hand, er klopt iets niet. Ze heeft niemand verteld wat de uitslag was van het vruchtbaarheidsonderzoek.

'Ik begrijp gewoon niet hoe je dat kunt weten,' zegt ze.

Camilla draait zich om naar Lisa en kijkt haar recht aan in plaats van via de spiegel.

'Oké, ik vroeg Sören of je probleem kon worden opgelost, of je kinderen kon krijgen, en hij vertelde me hoe het zat. Sorry daarvoor.'

Lisa kijkt naar haar handen. In haar handpalmen voelt ze nog steeds de warmte van Mikaels handen. 'Lisa, ik geef om je, ook al denk je van niet. En Sören weet dat ik om je geef. Hij wil het beste, voor ons allemaal. Ik vind dat je hem dat niet kwalijk kunt nemen.'

Camilla's woorden slaan gaten in haar verdediging. Ze weet dat Camilla het beste met haar voorheeft. En dat Sören natuurlijk een oplossing wil vinden. Misschien maakt de alcohol haar extra gevoelig en reageert ze daardoor zo heftig.

'Oké,' zegt ze. 'Sorry als ik tegen je uitviel.'

'Dat kun je wel zeggen.'

Wanneer de band begint te spelen wurmt Mikael zich verder naar het podium en wenkt dat de anderen hem moeten volgen. Sören gebruikt zijn grote lichaam om Camilla en Lisa naar de rand van het podium te helpen. Mikael heeft de mouwen van zijn overhemd opgestroopt. Zijn Rolex-horloge schittert in het licht van de schijnwerpers. Zijn handen klappen het ritme boven zijn hoofd.

Het gevoel dat ze had na het toiletbezoek blijft hangen, en Lisa kan er niets aan doen maar telkens wanneer ze naar Mikael kijkt, moet ze eraan denken. Hoe neemt hij het echt op? De uitslag van het onderzoek kan voor hem nauwelijks een opluchting zijn geweest. Dat ze besloten hebben ivf te proberen betekent tenminste dat de situatie kan veranderen, dat de patstelling is doorbroken, dat er schot in de zaak komt. Dat Mikael persoonlijk kennis heeft gemaakt met Sören geeft hem misschien wat meer zekerheid en een gevoel van controle.

Het publiek begint mee te deinen met de muziek. Lisa probeert het ongemakkelijke gevoel te negeren en zich te laten meeslepen door de muziek. Het is warm in de ruimte. Sören en zij zijn met de menigte meegevoerd en staan nu wat verder weg van Mikael en Camilla. Sören kijkt geïmponeerd naar de muzikanten terwijl hij op het ritme meebeweegt. Lisa probeert op haar tenen te staan om alles beter te kunnen zien, maar ze krijgt een duw van achteren, waardoor ze wankelt. Ze ziet Camilla met een paar andere mensen dansen. Mikael is er ook, vlak naast haar. Hij danst met hen mee.

Hoeveel Fernet-Branca's heeft ze gehad? Minstens drie. Plus een hele sloot wijn.

Ze gaat weer op haar tenen staan om te proberen dichter bij Mikael in de buurt te komen. Camilla danst met overgave. Haar bewegingen zijn soepel en sexy, als een jonge vrouw die weet waar ze mee bezig is.

Ze zoekt Mikael in het gekrioel. Camilla danst nu met iemand. Lisa ziet twee lichamen die samen bewegen, met verstrengelde armen en benen, een man en een vrouw die praktisch in elkaar opgaan. Het zweet glimt in Camilla's decolleté. Dan schittert er iets vlak erboven, bij haar nek. Een gouden horloge. Een Rolex.

Iemand die haar zicht belemmerde doet een stap opzij en Lisa kan het nu duidelijk zien. Mikaels handen zitten overal op Camilla's lichaam. Er zitten zweetvlekken onder de oksels van zijn overhemd. De kortgeknipte pony op zijn voorhoofd is vastgeplakt. Zijn lichaam drukt zich tegen het hare. Zijn gezicht bevindt zich een paar centimeter van haar nek, alsof hij die wil likken.

Lisa duwt iedereen opzij en baant zich een weg naar hen toe. Een jonge vrouw protesteert wanneer ze wat van haar drankje morst.

'Hallo?' roept Lisa en ze grijpt Mikaels arm.

'Wat is er?'

'Waar ben jij in godsnaam mee bezig?'

'Ik dans. Kom, dans met ons mee.'

Camilla strekt beide armen uit naar het plafond, draait rond en danst verder in de zee van mensen.

'Dansen?' roept Lisa. 'Jullie zijn verdomme aan het vrijen.'

'Kom op, Lisa.'

'Ik wil dat we naar huis gaan.'

'Ga je naar huis? Nu we eindelijk eens een keer plezier hebben?'

Mikael doet een stap terug, kijkt haar aan en schudt zijn hoofd.

Ze heeft hem nog nooit zo gezien. De duisternis in zijn ogen. Ze wil alleen nog maar weg hier. Ze herkent hem niet.

Mikael wijst naar haar.

'Je praat al weken non-stop over deze mensen... Ik probeer alleen maar...'

Plotseling slaat een bewaker zijn grote armen om Mikaels bovenlichaam en trekt hem bij haar weg. Mikael probeert zich te verzetten. Hij wordt even opgetild en maakt trappende en slaande bewegingen in de lucht.

'Nee, stop. Hij is mijn man!' roept Lisa.

'Het kan me niet schelen wie hij is. Het is tijd voor hem om naar huis te gaan.'

'Maar waarom? Wat heeft hij gedaan?'

'Ben je echt zijn vrouw?'

'Ja?'

'Zet hem dan in een taxi voordat hij nog meer problemen krijgt.'

Buiten op Stureplan loopt Mikael langs de taxi's in de richting van de clubs en bars in de Birger Jarlsgatan.

'Mikael, wacht!' roept Lisa hem na.

Hij blijft staan. Zijn overhemd, dat altijd in zijn broek zit, hangt over zijn riem. Het colbertje heeft hij over zijn schouder geslagen. Deze herfstnacht is het stervenskoud, maar dat lijkt hem niet te deren. Hij ziet er nog steeds vreemd uit, onherkenbaar. Er is iets met zijn ogen.

'Ga naar huis,' zegt hij.

Dan loopt hij verder.

Ze hebben geen afscheid genomen van Camilla of Sören. Het is zinloos om nu te proberen met Mikael te praten. Ze kan hem beter laten gaan, hem laten verdwijnen in de Stockholmse nacht en zijn eigen duisternis.

Terwijl ze hem ziet weglopen, beseft ze hoe gebroken hij is. Ze krijgt een brok in haar keel en wil huilen. Maar op de een of andere manier zitten haar gevoelens vast.

VOORGERECHT

16

Nacka,
oudejaarsavond

Opname of saldo.

Het menu dat op het scherm verschijnt vraagt om een keuze. Tom wil zijn saldo niet weten, en toch is dat juist de reden waarom hij daar staat. Om de waarheid onder ogen te zien. Om te zien hoe al zijn keuzes hebben geleid tot de situatie waarin hij zich bevindt.

De werkdag zit nog in zijn lijf. Het zal nog wel even duren voordat hij die van zich afgeschud heeft. Hij weet niet wat erger was: het gesprek met Lisa of dat met de politie. Of het feit dat ze niets meer van zich heeft laten horen. Behalve dat vreemde sms'je.

Het is alsof hij overal jeuk heeft. Zodra hij thuiskomt zal hij een lange, hete douche nemen om alles weg te spoelen.

Het scherm en de knoppen zitten vol zichtbare vingerafdrukken. Kleine, dunne lijntjes die informatie bevatten over de identiteit. Het is smoezelig, vuil, vettig.

De geldautomaat buiten bij de ICA Maxi Nacka, het commerciële centrum van de rijke buitenwijk, lijkt in niets op de medicijnkast bij Maria Regina, die klinisch schoon wordt gehouden, zoals Lisa en hij dat willen.

Dit is eigenlijk de laatste plek waar hij nu wil zijn. Hij wil even een tijdje geen andere mensen horen, ruiken of zien, niet het minste spoor van hen. Maar hij heeft geen keus. De hond moet uitgelaten worden en hij moet pakjes ophalen en versturen voordat het servicepoint sluit vanwege de feestdagen.

Hij vist een paar witte latexhandschoenen van zijn werk uit zijn jaszak, trekt ze aan en gaat verder. Kiest *saldo*. Voert de code in.

Purple, zijn negenjarige ivoorwit-bruin gevlekte buldog, trekt ongeduldig aan zijn riem. Mensen lopen gestrest langs hen heen, gaan naar binnen en naar buiten door de deuren en stappen in en uit de wachtende auto's. Ze komen te dicht bij de oude hond, die ongeveer net zoveel van vreemden en hun bacillen houdt als zijn baasje. De lucht om hen heen ademt de geuren van het seizoen. Vers gevallen sneeuw, dennennaalden van de stapel kerstbomen die niet verkocht zijn en er daarom nog liggen, glühwein die iemand van het ICA-personeel de klanten uit een gloeiend hete ketel aanbiedt.

Purple was de heuvel van Storängen op geploeterd, zijn pijnlijke heup, gevorderde leeftijd en overgewicht trotserend. Hij was vastbesloten om te laten zien dat hij nog steeds meedeed. Maar al te vaak is het bij Tom opgekomen dat het waar is wat ze zeggen, dat honden op hun baasje lijken.

'Rustig, Purps,' zegt hij, terwijl hij geruststellend over zijn kop aait. 'Ik zal proberen op te schieten.'

Het bedrag op het scherm bevestigt waar hij bang voor was. Hij kijkt naar het bonnetje dat de machine afdrukt, maar de cijfers zijn hetzelfde. Hij slaakt een diepe zucht, verfrommelt het papiertje en gooit het in de vuilnisbak naast de automaat. Hij kijkt naar Purple, die nu helemaal stilstaat en hem met een schuine kop aankijkt.

'Waar denk jij dat het allemaal blijft?'

Jij zou het moeten weten, Purps. Je bent de hele tijd bij me.

Hij leidt de hond naar binnen door de draaideur, trekt een nummertje, gaat op een hoge barkruk zitten naast een tv die paardenraces toont en wacht op zijn beurt. Purple gaat op de grond liggen, blij met de kans om uit te rusten. Om hen heen zitten eenzame mannen gebogen over spelformulieren, met een pen in hun hand en hun ogen af en toe gericht op de schermen aan de muur, waarop de odds en filmpjes van vorige races te zien zijn. Een laatste kans om je geluk te beproeven voordat het jaar om is.

Hij vraagt zich af wat Lisa aan het doen is. Waarom ze een sms stuurde in plaats van te bellen om hem te vertellen over de gestolen tas. Ze zijn close, vertrouwen elkaar honderd procent. Maar dat kan kennelijk in een oogwenk veranderen, door een onbezonnen ingeving, een ondoordachte fout. Zoals je pasje ergens laten liggen waar hij niet hoort te liggen. Of door een gestolen kus. Of door een nacht vol passie.

Hoe vaak heeft hij wel niet nagedacht over de vraag of hij zijn kaarten beter had kunnen spelen? Hoe zou hun leven er dan uit hebben gezien? Als hij op de gunstigste positie had gezeten en Lisa op het juiste paard had gewed.

'Nummer 34?'

Hij kijkt naar het nummertje in zijn hand.

'Kom Purps, dat zijn wij.'

Als hij bij de balie is lacht de lokettiste naar hem.

'Hoi, Tom,' zegt ze. 'Hoe gaat het met je?'

'Prima, dank je,' antwoordt hij.

Hij weet haar naam niet meer, maar dat zou eigenlijk wel moeten als je bedenkt hoe vaak ze elkaar gesproken hebben. Hij kijkt stiekem op het naamkaartje dat op haar borst zit. Ze is ergens in de veertig, van buitenlandse afkomst, gitzwart haar, flirterige blik.

'En jij, Franka?'

'Het zou beter gaan als je me had uitgenodigd voor een nieuwjaarsfeest.'

Hij glimlacht.

'Ik wou dat ik zo moedig was. Maar we hebben andere plannen.'

Ze lacht.

‘Dus het is jij en de hond vanavond?’

‘De beste vriend van de mens.’

Ze schudt berustend haar hoofd, nog steeds glimlachend.

‘Kom je iets versturen of ophalen?’

‘Beide.’

Hij doet zijn rugzak af en haalt er het kleine pakje uit dat hij pas heeft ingepakt. Vierkant, hard karton, goed vastgeplakt met verschillende lagen extra sterke tape.

Franka neemt het in ontvangst, weegt het in haar handen en leest het adres.

‘Hm...’ zegt ze. ‘Een beetje te licht om echt spannend te zijn. En voor een man, wat saai. En weer in het buitenland.’

‘Wat ben ik je schuldig?’

‘Het wordt duur als je het per expresse wilt versturen. Is dat echt nodig?’

Hij denkt na. Ze staan er altijd op. Dat is een deel van de afspraak. Het moet er snel zijn.

‘Ja, dank je.’

‘Tweehonderdvijftig kronen.’

‘Oké, en zou je willen kijken of er iets voor me is aangekomen?’

‘Verwacht je iets maar heb je geen afhaalbewijs? Terwijl ik dit wegbreng kan ik kijken of er vandaag wat voor je is binnengekomen.’

Ze is al snel weer terug, met een grote glimlach op haar gezicht en een pakje in haar handen dat ze triomfantelijk omhooghoudt.

Tom buigt zich naar Purple, krabt hem eens lekker stevig achter zijn oren en zegt: ‘Zie je wel, doggy, ik zei het toch!’

‘Wat zeggen ze dan ook alweer,’ zegt Franka. ‘Geluk in het spel, pech in de liefde?’

Tom forceert een lach.

‘Kan ik met creditcard betalen?’

‘We accepteren geen American Express.’

Hij steekt zijn Mastercard in de gleuf en staat op het punt de pincode in te voeren wanneer hij Franka's blik op zijn handen voelt. Hij heeft nog steeds de witte latexhandschoenen aan.

Hij toetst de code in, kijkt op en ziet haar verbaasde gezicht.

'Ik ben arts,' zegt hij. 'Ik ben vergeten dat ik ze nog aanhad.'

Heel even kijkt Franka verschrikt, alsof ze overweegt of er andere verklaringen kunnen zijn waarom de man voor haar latexhandschoenen draagt.

Hij trekt ze uit en stopt ze terug in zijn zak.

'Vertel me eens, Tom,' zegt ze. 'Waarom verstuurt zo'n knappe vent als jij, arts bovendien, de hele tijd pakjes? Waarom zit hij vanavond thuis met een vermoeide oude hond? Waarom zit er geen schoonheidskoningin op jou te wachten, zoals ik?'

Tom houdt haar blik vast en probeert een nieuwe glimlach.

'Ken je de uitdrukking "Geduld is een schone zaak"?'

Franka zucht.

'Bon?' vraagt ze.

'Nee, het is goed zo,' zegt Tom. 'Fijne jaarwisseling.'

17

Lillängen, Nacka,
oudejaarsavond

'Ik begrijp het,' zegt Ebba.

Lisa herkent de toonval en de blik. Ze heeft die al vaak genoeg gehoord en gezien. Ebba neemt nieuwe feiten in zich op. Dat Marlons vader de vroegere arts van haar moeder is. Dat het moeilijk voor haar is dat hij terug is in hun leven.

Maar Ebba kan het niet helemaal begrijpen. Ze kan onmogelijk echt een idee hebben hoe het voor Lisa is dat Sören Isaksson weer in haar leven is.

Het is hartverscheurend om te zien hoe ze deze nieuwe informatie probeert te verwerken. Het is zo verschrikkelijk oneerlijk. Ze hebben het er heel vaak over gehad. Wat er is gebeurd is niet Ebba's schuld.

'Dit is heel ziek,' zegt Ebba. 'Je hebt me nooit verteld hoe de arts heette, wie hij was!'

'Ik weet het. Jullie hebben niets verkeerd gedaan,' zegt Lisa. 'Kom, de anderen wachten.'

Ze gaan de keuken in. Het voelt vreemd, beladen. Alsof ze haar dochter niet naar het hart van het huis leidt, maar naar iets heel anders. Naar het offeraltaar. Naar de leugenachtige wereld van de volwassenen.

Sören staat verbeten naar hen te kijken. Camilla komt overeind van de keukenbank en gaat naast hem staan. Mikael staat als vastgenageld aan de vloer aan de andere kant van de ruimte en lijkt zich geen houding te kunnen geven, dus reikt hij ongemakkelijk over het keukeneiland naar het glas Pommac dat voor Ebba klaarstaat.

Marlons ogen beginnen te stralen.

'Hallo Ebba,' zegt Camilla. 'Leuk je weer te zien.'

'Hoi Camilla,' antwoordt Ebba. 'Hoi Sören, hoi Marlon.'

Marlon glimlacht naar haar en Ebba glimlacht terug.

'We kennen elkaar blijkbaar allemaal al?'

Sören en Camilla zwijgen, afwachtend. Marlons blik flikkert onzeker tussen de ouderparen heen en weer.

Mikael lacht en schudt zijn hoofd.

'Wat zong je vader Erland ook alweer altijd met oud en nieuw, Lisa?' vraagt hij. '*Should auld acquaintance be forgot, and never brought to mind*? Misschien moeten we het zingen? En er dan op toosten?'

'*Let bygones, be bygones*,' zegt Sören.

Het Zweeds volstaat niet meer. De mannen moeten hun toevlucht nemen tot het Engels. Als jonge mensen die niet kunnen zeggen dat ze van elkaar houden, maar geen probleem hebben om 'I love you' te zeggen. Het wisselen van taal zal niets veranderen, zal geen van hen beschermen.

Een borrel zou nu heel erg welkom zijn. Bij voorkeur zo sterk mogelijk.

'Wat zeg je ervan, maestro,' zegt Mikael tegen Marlon. 'Mag ik mijn verzoeknummer nog veranderen?'

Marlon legt de houten lepels op het keukeneiland. Lisa vraagt zich af of hij die al die tijd in zijn handen heeft gehad.

'Zou iemand mij kunnen vertellen waar dit verdomme allemaal over gaat?' vraagt hij.

Lisa weet dat zij degene is die nu moet antwoorden. Maar ze weet niet wat ze moet zeggen. Sören, Camilla en Mikael lijken niet van plan haar te hulp te schieten.

'Mijn ouders hadden moeite om zwanger te raken,' zegt Ebba. 'Mijn moeder werd ziek na mijn geboorte en ik ben net te weten gekomen dat jouw vader haar arts was. Hij hielp bij de bevalling.'

Zonder aarzeling. Ze zegt gewoon zoals het is, in het zuiverste Zweeds. En eigenlijk klinkt het zo vreemd nog niet.

'Nou, dat is een reden om een toost uit te brengen, toch?' zegt Mikael.

Hij geeft het glas aan Ebba en vult het aperitief van de volwassenen nog een keer bij.

'Ebba, wanneer ik naar je kijk...' zegt Camilla. 'Je bent echt een wonder.'

Ebba bloost en kruipt tegen Marlon aan.

'Bedankt.'

Lisa heft haar glas voordat Mikael op het idee komt het oude nieuwjaarslied in te zetten, en iedereen volgt. Haar vader Erland hield van het lied *Auld Lang Syne*. Ze zongen het altijd samen op oudejaarsavond, thuis in Lyckeby. Mikael is een paar keer mee geweest. Lisa zou wel willen dat haar vader hier nu was, dat ze vanavond niet de oudste hoefde te zijn, dat er een oudere generatie aanwezig was die haar goede raad kon geven, rust verspreidde en hen in toom kon houden.

Marlon fluistert iets tegen Ebba. Op een bepaalde manier is hij een beetje zoals haar vader. Compleet andere stijl, maar net zo onweerstaanbaar mooi als Erland was op deze leeftijd. Misschien heeft Mikael dit ook gezien en moest hij aan Erland en dat lied denken. Ebba heeft haar grootvader nooit gekend, ze kent hem alleen van oude foto's, maar misschien is hij toch als voorbeeld in haar beïnvloedbare jonge geest gegrift.

We'll take a cup of kindness yet.

Wanneer ze dit lied thuis in Lyckeby zongen, eindigden ze altijd met de Zweedse verzen.

Een toost op oude vriendschappen en alles wat vroeger was.

Dat lied hoorde net zo bij oudejaarsavond als aardappelen bij het eten. Een deel van de traditie uit vader Erlands handboek voor een eenvoudig en gelukkig leven. Nieuwjaar was er om een streep te zetten onder het afgelopen jaar en het nieuwe feestelijk in te luiden.

Mikael moet zijn vergeten in de karaf te roeren, want onderin zit de meeste alcohol. Camilla grimast en vertrekt haar gezicht wanneer ze haar glas neerzet. Zelf vindt Lisa de warmte die van haar maag tot in haar borst opstijgt lekker.

Ze loopt naar de koelkast en de oven. De temperatuur is goed. Ze kijkt op haar horloge. De tijd die ze had gereserveerd voor het aperitief is voorbij. Ze opent de koelkast en zet de aardappelgratin op het aanrecht, waar die nog even op kamertemperatuur moet komen voordat hij de oven in gaat. Ze pakt de garnalencocktails. Herstart het aftellen op haar horloge, negentig minuten. Dan draait ze zich weer om naar de gasten.

'Nou, wat zeggen jullie? Hebben jullie honger?'

18

Ebba zit in het midden, met haar rug naar de grote ramen. Marlon zit aan haar ene kant, Sören aan haar andere. Mikael heeft zichzelf een plekje tegenover haar gegeven met Camilla naast hem, en Lisa zit op de hoek, bij de keuken. Ze hadden beter moeten nadenken over de tafelschikking en niet iedereen zomaar moeten laten plaatsnemen. Nu is Lisa tegenover de man van de bezoekende familie beland, wat in normale omstandigheden misschien prima zou zijn geweest. Maar nu die man Sören Isaksson blijkt te zijn had ze het niet slechter kunnen treffen. Het is echter te laat om er nog iets aan te doen.

Ze zet de wijn op tafel en kijkt hoe Sören zijn hand op de hals van de fles legt en het etiket bestudeert.

'Aardige wijn,' zegt hij.

Mikael trekt zijn wenkbrauwen op. Als je iets van wijn weet, zeg je dat niet zo. Mensen zijn aardig, wijnen niet. De Sören van vroeger keek zorgvuldig naar wat de wijnen kostten en bestelde altijd de goedkoopste. Hij heeft een uitgesproken mening over wat iets redelijkerwijs mag kosten, alsof alles met wiskunde verklaard kan worden. Een wijn mag niet meer kosten dan tachtig kronen per fles bij de staatsslijter. Er zijn geen rationele redenen om wijnen van dure jaargangen te kopen.

Sören weet niets van de wijn die Mikael met zorg heeft uitgezocht. Lisa hoopt dat hij niet beledigd is.

'Alsjeblieft,' zegt ze. 'Mikael, serveer jij de wijn?'

Hij kijkt haar met een lege blik aan.

'Dat kan ik wel doen,' zegt Camilla. 'We moeten immers ook een beetje bijdragen.'

Ze gaat de tafel rond en schenkt wijn in de glazen. Ze beweegt soepel, maar ietsje te opdringerig. Ze vult Mikaels glas helemaal tot de rand. Als ze bij Ebba's glas komt blijft ze staan en kijkt naar Lisa. Lisa schudt haar hoofd.

'Er is ook fris,' zegt ze.

Ebba schenkt zichzelf in en geeft de fles frisdrank door aan Marlon.

'Ik had gedacht dat we ieder een voorspelling voor het nieuwe jaar konden doen,' zegt Ebba.

'Als een soort profetie, bedoel je?' zegt Sören.

'Goed idee. Wie begint?' zegt Camilla. 'Mag het over van alles gaan?'

'We hebben het op school ook gedaan,' zegt Ebba. 'We hadden het meestal over politieke zaken. Dingen die in de wereld gebeuren.'

'Ik begin wel,' zegt Mikael. 'We krijgen een nieuwe paus.'

Daar komt hij altijd mee. Hij vindt het slim om dat te zeggen. De paus is altijd oud. Dus grote kans dat hij sterft in dat bepaalde jaar. Als je steeds op dezelfde kaart wedt, win je uiteindelijk een keer. De mentaliteit van een gokker.

'Dat zou een groot probleem zijn voor Lisa's nonnen in Maria Regina,' gaat hij verder.

Lisa wil van tafel opstaan en kijken of ze al een antwoord van Tom heeft. Hij reageert altijd snel.

'Ze krijgen een conclaaf om naar uit te kijken,' zegt Sören.

Mikael snuift bij de poging van Sören om grappig te zijn en schudt zijn hoofd. Hij neemt een grote slok wijn.

Sören kijkt naar zijn schoot, alsof hij iets gemorst heeft. Hij ziet er plotseling wat verloren uit, als een grote kluns die er niet bij hoort. Wat ook zo is. Wat ook nooit het geval zal zijn.

'Oké, we zullen zien of je gelijk hebt, papa,' zegt Ebba. 'Wie is de volgende?'

'Ik heb er ook een,' zegt Sören.

'We kunnen ondertussen toch wel alvast gaan eten?' zegt Lisa. 'Eet smakelijk.'

Ze nemen een hap van het voorgerecht.

'Nou, werkelijk, dit is verrúkkelijk.'

Camilla legt een hand op haar sleutelbeen en rolt met haar ogen.

'Ik heb geen garnalencocktails meer gegeten sinds ik met mijn ouders op Jersey ben geweest. Ik denk dat ik toen twaalf was.'

Lisa kijkt weer naar Sören, die nog steeds stil en stijfjes tegenover haar zit. Zijn blik is gefixeerd op iets onder de tafel. Waar kijkt hij toch naar? Ze probeert zijn blik te volgen. Hij staart een beetje opzij, in de richting van Ebba. Kijkt hij naar de plaats waar haar jurk eindigt? Kijkt hij naar haar benen?

'Met andere woorden, we zijn een beetje ouderwets?' zegt Mikael. 'Het is de specialiteit van Lisa's ouders. Het moet zijn zoals het vroeger was, weet je, in Lyckeby in Blekinge. Was het Erland of Ann-Christin die erop stond dat er garnalencocktail werd geserveerd? Laat me raden.'

'Mijn moeder,' zegt Lisa.

'Ik vond het superlekker,' zegt Marlon.

'Dank je, Marlon,' zegt ze. 'Maar het klopt, misschien is het niet zo trendy.'

'Zo bedoelde ik het helemaal niet,' zegt Camilla. 'Het is echt heerlijk.'

'Past deze aardige wijn erbij, Sören?' vraagt Mikael.

Sören kijkt op. Lisa is Mikael dankbaar dat hij Sörens geloer onder de tafel onderbreekt. Hij is Sörens ongepaste opmerking over zijn peperdure wijn dus niet vergeten. Hij heeft gewoon op het juiste moment gewacht. De perfecte gelegenheid voor een dodelijke opmerking, typisch voor hem. Een Mikael-moment.

'Heel goed,' zegt Sören en hij neemt nog een slokje.

Het cynisme lijkt hem te ontgaan.

'Nu is het jouw beurt, Sören,' zegt Ebba. 'Wat zie jij voor volgend jaar in de glazen bol?'

'Een beurskrach.'

'Ha!' Mikael lacht. Te luid. 'Ben je nu ook al de vooraanstaande expert wat betreft aandelen?'

Lisa kijkt naar de overkant van de tafel terwijl ze een slok wijn neemt. Ebba zit er rustig en aandachtig bij, met haar handen in haar schoot. Marlon naast haar heeft een rode vlek in zijn hals. Misschien is zijn colbert te warm. Hij lijkt niet gewend er een te dragen.

'Ik denk dat Sören gelijk heeft,' zegt Camilla. 'We zitten in een overgangsfase. De oude systemen zullen ineenstorten. We staan op de drempel van een nieuw bewustzijn. We staan voor grote veranderingen in de wereld.'

'Halleluja,' zegt Mikael en hij heft het glas. Hij neemt een paar grote slokken en zet het glas weer neer, volkomen ongeïnteresseerd of iemand met hem meetoost.

'Iedereen heeft recht op zijn eigen voorspelling, toch?' zegt Ebba.

'Mensen praten al vijfentwintig jaar over een beurskrach. De markt verandert voortdurend. Koersen dalen en stijgen. Voor sommige mensen is een daling van tien procent een krach. Voor anderen is het een tijdelijke aanpassing. Maar als je een totale ineenstorting bedoelt kan ik alleen dit zeggen: Die hebben we tot nu toe niet gezien en die gaan we volgend jaar ook niet zien.'

Mikael pakt de fles en vult ieders glas bij. Het zijne is leeg, de anderen hebben nauwelijks tijd gehad om te proeven.

'Is alles oké, Sören?' vraagt Lisa.

Hij is stilgevallen en zijn blik is weer gevestigd op iets onder de tafel. Lisa kan zich niet langer beheersen. Waar zit hij verdomme zo naar te kijken?

'Tuurlijk, waarom zou dat niet het geval zijn? Met zulk

lekker eten en zulke goede wijn?' antwoordt hij kalm en beheerst. Maar Lisa ziet dat er iets met hem is.

'Aardige wijn, zul je bedoelen?' zegt Mikael en hij heft zijn glas om met hem te proosten.

Sören glimlacht ongemakkelijk, pakt zijn eigen glas en klinkt met dat van Mikael. Ze nemen beiden een slok.

Lisa veegt haar mond af met haar servet en laat het dan op de grond vallen. Ze duwt de stoel naar achteren en bukt zich om het servet op te rapen. Terwijl ze ernaar reikt, kijkt ze onder de tafel naar Ebba en Marlon. Ebba's handen liggen niet in haar schoot zoals ze dacht. Een van haar handen ligt op Marlons spijkerbroek, bij zijn gulp. Door de stof van zwarte broek heen ziet ze de grote zwelling tussen zijn benen.

'Ik heb er een,' zegt Marlon. 'Hammarby wordt landskampioen.'

Lisa komt iets te snel overeind en stoot haar hoofd hard aan het tafelblad.

'Gaat het, Lisa?' vraagt Sören.

Zijn blik vraagt haar echter iets heel anders.

Ze knikt als antwoord en legt het servet terug op tafel.

'In welke sport worden ze kampioen?' vraagt Ebba.

'Voetbal. Of bandy. Een van de twee,' zegt Marlon.

Ebba lacht.

'Valsspeler!' zegt Camilla.

'Nee, hij doet het goed,' zegt Mikael. 'Hij neemt het zekere voor het onzekere. Slim. Dat doe je op de beurs ook. Als je weet waar je het over hebt.'

Hij schenkt zichzelf nog eens in.

Lisa volgt zijn voorbeeld. Haar hart klopt sneller en harder. Haar hoofd is pijnlijk waar ze zich gestoten heeft. Ze weet niet wat ze van dit etentje en avond had verwacht. Maar dit in elk geval niet. Dat haar dochter aan de eettafel met haar hand tussen de benen van haar vriendje zou zitten.

Maar zo ernstig is het nou ook weer niet. Ze zijn jong en

verliefd. Dit is normaal. Geen reden om hysterisch te doen.

Mikaels strategie om met drank de avond door te komen werkt in het begin altijd. Maar het is een gevaarlijk spel. Uiteindelijk bereiken hij en iedereen die meedoet een kantelpunt. Ofwel ze feesten de hele nacht door, of het licht gaat op een gegeven moment uit. Lisa weet niet aan welke van de twee ze de voorkeur geeft. Op dit moment wil ze vooral de kinderen de hele avond niet uit het oog verliezen. Maar Ebba staat op het punt volwassen te worden en ze moet haar loslaten. Dit is immers de natuurlijke gang van zaken. Zelf heeft ze dit ook meegemaakt, ooit, lang geleden.

Lang voor de ramp. Voordat ze Sören en Camilla ontmoette.

Ze zijn halverwege de voorspellingen. Lisa heeft geen idee wat ze moet zeggen wanneer het haar beurt is. Ze wil de berichten op haar telefoon checken. Ze vraagt Mikael en Camilla om het gebruikte servies haar kant op te schuiven en dat is haar excuus om de tafel te verlaten.

'Nee, mama,' zegt Ebba. 'Marlon en ik doen dat.'

Ze staat perplex. Ebba biedt nooit aan om de tafel af te ruimen.

'Ik moet de aardappelgratin in de oven zetten,' zegt ze.

'Ik denk dat wij dat ook wel kunnen.'

Ebba en Marlon verzamelen het serviesgoed en bestek en lopen samen naar de keuken. Nu ze alleen met de vier volwassenen zijn, valt er een stilte. Lisa ziet dat haar glas en dat van Sören leeg zijn. Ze hebben al een nieuwe fles nodig.

'Hoe is dit eigenlijk gebeurd?' vraagt Mikael.

Lisa verstijft.

'Wat bedoel je?' vraagt Sören.

'Jullie twee, jullie gezin. Dat jullie getrouwd zijn en een zoon kregen.'

'We zijn vlak voor dat Marlon kwam getrouwd,' antwoordt Camilla.

'Dat moet allemaal vrij snel zijn gegaan.'

Lisa wil daar met haar gedachten echt niet meer naartoe, maar ze heeft geen keus. Het is moeilijk om het zich te herinneren. Het meeste is wazig, verdrongen, vervormd na al die jaren. Maar Mikael heeft gelijk. Ze krijgt de tijdlijn ook niet helder. Gezien wat Camilla en Sören moesten doen om een kind te krijgen, is het onbegrijpelijk dat Marlon in hetzelfde jaar als Ebba is geboren.

19

Ebba zet de aardappelgratin in de oven. Op dit moment is het stil in de eetkamer. Misschien wachten ze allemaal op haar vader, in de hoop dat hij stopt met vragen stellen en kalmeert.

Marlon zet de vuile vaat op het aanrecht en ziet Mikaels Rolex liggen. Ebba's vader moet hem hebben afgedaan toen hij het voorgerecht bereidde, dat doet hij meestal wanneer hij kookt. Normaal gesproken doet hij het nooit af.

Marlon frunnikt eraan, weegt het in zijn hand. Zijn gezicht is volledig uitdrukkingsloos, als een gemaskerde clown in een pantomime. Ebba vraagt zich af wat er door zijn hoofd gaat.

Ze slaat haar armen om zijn middel en omhelst hem van achteren. Met haar handen zoekt ze de gesp van zijn riem, maakt hem los, knoopt zijn spijkerbroek open en steekt haar hand in zijn boxershort.

'Dus je vader denkt dat ik er niet klaar voor ben?'

'Ik zei toch dat je er niet meer aan moet denken,' zegt Marlon.

Ze voelt het bloed ernaartoe stromen. Hij wordt weer hard door haar aanraking. Met haar vrije hand trekt ze zijn spijkerbroek naar beneden om hem eruit te halen. Ze beweegt haar hand langzaam op en neer en merkt hoe lekker Marlon het vindt.

Marlon draait zich om en trekt haar jurk omhoog, zodat hij zijn handen op haar billen kan leggen. Hij heeft het Rolexhorloge losgelaten.

'Wat als je vader binnenkomt en me ziet?' zegt Ebba. 'Dan

zou hij misschien van gedachten veranderen?'

Marlon lacht en laat zijn handen over haar achterwerk en onder haar slipje glijden.

'Maak je geen zorgen over mijn vader,' zegt hij.

'Als jij belooft je geen zorgen te maken over de mijne,' antwoordt ze.

Ebba laat zich naar beneden zakken en laat Marlons handen haar rug strelen tot aan haar nek, tot hij uiteindelijk zijn handen op haar hoofd legt.

Daar is hij weer. De angst. Uit het niets. Eerst zwak, sluimerend, maar dan steeds sterker. Ebba probeert zich te concentreren, maar de stemmen van de volwassenen dringen vanuit de doorgang naar de eetkamer langzaam door haar verdedigingsmuur heen.

'Klopt het wat we hoorden, dat Marlon geen zomerbaantje kan krijgen vanwege een of andere jeugdzonde?'

Het is de stem van haar vader. Hij kalmeert niet. Hij wacht gewoon af tot hij in een hogere versnelling kan schakelen.

'Hij werd met een paar schoolvrienden betrapt bij een winkeldiefstal in een supermarkt.'

Sören antwoordt.

Ebba sluit haar ogen en probeert hun stemmen te negeren. Maar het is alsof haar gehoor een eigen leven leidt en elk woord uit de eetkamer opzuigt.

'Een kwajongensstreek,' zegt Camilla. 'Het had iedereen kunnen overkomen.'

Ze weet wat Marlon van haar wil en zij wil het ook. Ze moet er maar eens mee beginnen. Elk moment kan een van de volwassenen de keuken binnenkomen. De knoop in haar maag klimt omhoog tot in haar borstkas.

'Was dat echt alles? Krijgt hij alleen daarom geen zomerbaantje? Of is er nog meer aan de hand?' vraagt haar vader.

'Mikael,' zegt Sören. 'Ebba en Marlon zijn in de keuken.'

Wanneer Sören de laatste woorden fluistert, is het alsof ze

nog harder binnenkomen. Ebba is goedgetraind om juist dat soort specifieke fluisteringen op te vangen.

Het gaat niet.

Het moment is voorbij. Ze kijkt op naar Marlon.

Hij ontmoet haar blik, zucht, schudt zijn hoofd en trekt zijn spijkerbroek weer over zijn heupen.

'Die schoolvrienden waren geen echte vrienden maar pestkoppen, die niet van zijn stijl en zijn sterk karakter hielden,' zegt Camilla. 'Ze luisden hem erin en gaven hem de schuld toen het beveiligingsbedrijf de politie belde.'

'Camilla, alsjeblieft,' zegt Sören. 'En Mikael, jullie beiden, kunnen we het hier later over hebben?'

Ebba staat op. Marlons ogen zijn zwart.

Ebba weet niet waarom ze haar moeder heeft verteld over Marlons strafblad. Misschien hoopte ze dat ze een beetje medelijden met hem zou krijgen. Ze heeft er spijt van nu ze beseft hoe verdrietig hij is. Hij moet zo teleurgesteld zijn in haar.

'Het geeft niet,' zegt ze. 'Het verandert niets.'

Marlon beweegt ongemakkelijk, knoopt zijn gulp dicht en keert zich om naar het aanrecht. Hij draait de kraan open en spoelt de glazen af.

Naast hem is het aanrechtblad plotseling helemaal leeg. Het Rolex-horloge ligt niet waar het eerst lag.

'Dus hij heeft iemand op zijn bek geslagen?' vraagt haar vader.

Ebba slaat haar armen weer om Marlons middel, omhelst hem stevig.

'Ja, dat klopt! Hij is behoorlijk sterk, weet je!' snauwt Camilla.

'Dus hij is een minderjarige delinquent veroordeeld voor mishandeling?'

Marlon schudt zijn hoofd terwijl hij de glazen afwast.

'Hij kwam voor zichzelf op! De verdomde bewakers gebruikten bovendien buitensporig veel geweld toen ze hem tegen de grond werkten!'

Iemand slaat met de hand op het tafelblad.

'Geweldig,' zegt Mikael. 'Absoluut geweldig.'

Ebba staat naast Marlon bij het aanrecht en probeert oogcontact te maken, maar Marlon kijkt alleen maar naar de afwas. Ze laat haar ogen over het glanzende marmeren aanrechtblad gaan, zoekt het gouden horloge van haar vader.

'Marlon,' zegt ze zachtjes.

'Ja, wat is er?'

Buiten is het gedempte motorgeluid van een auto te horen die dichterbij komt. De weg waaraan ze wonen loopt dood. Hier rijden geen auto's voorbij, overdag noch 's nachts. De auto nadert het huis. De sneeuw op de oprit knerpt, het motorgeluid sterft weg.

Het gesprek van de volwassenen stopt abrupt en het wordt weer stil in de eetkamer. Ze verwachten toch geen gasten meer? De knoop in haar maag lijkt nu hard als steen. Ze voelt haar hart kloppen in haar slapen.

'Je hebt...'

Ze blijft koortsachtig zoeken naar het horloge, terwijl ze tegelijkertijd ademhalend van opwinding registreert wat er in de eetkamer en buiten het huis gebeurt.

'Wat is er?' vraagt Marlon weer.

Dan ziet ze iets glinsteren in het licht van de kerstster. Het is de Rolex, die in de vensterbank ligt. Marlon moet het daar hebben neergelegd omdat hij niet wilde dat er water op kwam.

'Je hebt niets verkeerd gedaan,' zegt ze.

Buiten slaat een autoportier dicht.

'Dat weet ik,' antwoordt hij.

Voetstappen naderen hun deur.

20

Stockholm,
oktober, achttien jaar eerder

De veerboot deint op het water tijdens de korte overtocht van Nacka naar Djurgården. Het water wordt gespleten door de constante drukte van boten die in de inham van Stockholm varen. Lisa staat op het dek en trotseert de koude herfstlucht. Het is een onbewolkte, heldere dag. De zon zet het rode, goudgele en bruine gebladerte van de bomen in vuur en vlam. Mikael heeft eindelijk een aannemer bereid gevonden om de hachelijke taak op zich te nemen een zwembad aan te leggen op hun perceel, dat steil afloopt naar het meer. Sinds hij op een ochtend wakker werd met het idee van een overloopzwembad op het smalle stukje grond tussen de muur van het huis en de steile helling heeft hem dat niet meer losgelaten. Het was zo'n typisch Mikael-idee. Een plotselinge, triomfantelijke ontdekking, iets compleet willen maken wat eerder onvolledig was, een geniale ingeving. Het zwembad zou zo dicht bij het huis liggen dat je vanuit de tv-kamer je tenen erin kon steken. Het zou het verschil maken tussen een gewoon en een uitzonderlijk huis. Het terras vóór de woonkamer op de bovenverdieping zou boven het zwembad hangen. En je zou uitkijken op een oneindige waterstroom tussen het oppervlak van het zwembad en het meer onderaan de helling.

Vijf aannemers hadden de opdracht afgewezen. Het risico van een aardverschuiving was te groot. Mikael vond het maar wat behoudend. Hadden ze de huizen in Beverly

Hills niet gezien? Hij had links gestuurd, foto's uit architectuurtijdschriften geknipt. Hij gaf nooit op wanneer hij een mogelijkheid zag. Kosten noch moeite kwamen in zijn vocabulaire niet voor.

Maar er zijn grenzen aan hoeveel ze aankan.

Ze wou dat ze spiritueler was, zoals Camilla. Dat ze het leven kon zien als een eeuwige cyclus, waarin de grenzen tussen de levenden en de doden vervagen. Waarbij het einde van het leven niet zo verdomde definitief is.

Camilla zegt dat alles in het leven een keuze is. Vraag het universum iets en het universum antwoordt. Richt je energie op wat je wilt dat er gebeurt. Lisa had dat nog nooit geprobeerd.

De veerboot mindert vaart om aan te meren bij de steiger van Blockhusudden. Ze ziet Camilla al zwaaien, zoals altijd perfect gekleed. Een dun, groen donsjack met bruin leer op de ellebogen en de kraag en een bijpassende kleine groene rugzak op haar rug.

Wanneer ze naar museum Prins Eugens Waldemarsudde wandelen, vertelt Lisa over de laatste ontwikkelingen wat betreft de verbouwing van het huis. Ze moet het van zich af praten en haar hoofdpijn verlichten door het met Camilla te delen.

'Het spijt me Lisa, maar ik denk dat ik inzake het zwembad aan Mikaels kant sta,' zegt Camilla.

'Ik wist dat je dat zou zeggen.'

'Maar het klinkt toch ook absoluut fantastisch. Je kunt maar beter alles in één keer aanpakken. Anders komt het er niet meer van. Bedenk hoeveel plezier jullie ervan zullen hebben. Ik weet zeker dat jullie er geen spijt van krijgen.'

'Misschien heb je wel gelijk. Het is gewoon zo dat ik graag alles op orde wil hebben, weet je. Voordat...'

'Voordat de baby komt?'

Lisa knikt.

'Als er een baby komt,' zegt ze.

Camilla kijkt uit over het landschap, de prachtig aangelegde kasteeltuin en de bomen aan de waterkant. Er is iets nieuws in haar ogen. Een dromerige droefheid. Lisa krijgt ineens het gevoel dat ze iets verkeerds heeft gezegd.

'Gaat het?'

Camilla knikt, maar haar mondhoek trilt een beetje.

'Er is iets.'

Lisa omhelst haar.

'Het is niets,' zegt Camilla. 'Ik ben blij voor je.'

Ze verbreken de omhelzing en lopen verder, langs het museum en weg van de andere wandelaars. Ze gaan verder over een pad dat naar Djurgården leidt, langs uitgestrekte grasvelden en grote eiken.

De avond in Stureplan, van een paar weken geleden, is vergeten en vergeven, althans dat hoopt Lisa. Ze heeft haar excuses aangeboden voor dat ze zo was uitgevallen en dat ze geen afscheid van elkaar hadden genomen. Dat Mikael geflipt was. Maar de machtsstrijd voor de spiegel in het damestoilet heeft een deuk geslagen in hun vriendschap. Die is nog steeds voelbaar. Misschien moeten ze dat nog eens uitpraten, ondanks alles.

De ochtend na die vreselijke nacht, toen Mikael van haar was weggelopen over de Birger Jarlsgatan, was Lisa wakker geworden in Toms bed. Ze was vroeg in de ochtend stilletjes opgestaan, had op haar telefoon gekeken maar er was geen bericht. Ze had Tom in een diepe slaap achtergelaten, met op zijn gezicht de eerste stralen van de vroege ochtendzon die door het balkonraam vielen. Mikael was niet in hun slaapkamer geweest toen ze thuiskwam. Hij zat op de bank in de woonkamer, aangekleed en volledig uitgeput.

Ze had zich diep geschaamd, maar ze voelde zich tegelijkertijd vol levenslust. Ze was niet het type dat vreemdging. Tom was een aantrekkelijke vriend, een collega, een troost. Meer niet.

‘Waarom gaan we niet even zitten?’ zegt Camilla en ze wijst naar een bankje in het park. ‘Ik ben al de hele dag op de been.’

Ze gaan zitten en Camilla haalt een kleine thermosfles uit haar rugzak en schenkt twee kopjes dampende chocolademelk in.

‘Dus jullie gaan nu toch voor ivf?’ vraagt ze.

‘Ja,’ zegt Lisa.

Camilla knikt, maar er blijft iets onuitgesproken. Het is vreemd dat ze het vraagt, omdat ze het er tijdens hun avondje uit al over hebben gehad. Mikael maakte het min of meer bekend in zijn kleine toespraak, vóór hun eerste toost.

‘Ik dacht dat jullie misschien van gedachten waren veranderd,’ zegt Camilla. ‘Ik bedoel, gezien wat er de laatste keer is gebeurd.’

‘Alle stellen maken weleens ruzie.’

‘Misschien analyseer ik de dingen te veel.’

‘Wat dacht jij dan?’

‘Jij kunt immers kinderen krijgen met wie je maar wilt.’

Lisa kijkt weg, ziet een vlieger in de blauwe lucht. Een jongen van misschien een jaar of twaalf rent eronder, touwtje in zijn handen.

‘Mikael is mijn man, Camilla. We zijn vastbesloten om een gezin te stichten. Het is soms moeilijk, zoals je weet. Maar dat verandert niets aan ons besluit.’

‘Ik begrijp het. Jullie zijn in goede handen bij Sören. Het gaat vast lukken.’

‘Ik hoop het,’ zegt Lisa. ‘En jij? Hoe gaat het met jullie plannen?’

Camilla neemt een slokje van de warme drank. Op haar bovenlip vormt zich een lichtbruin chocoladesnorretje.

‘We zijn verliefd.’

Ze glimlacht.

‘Ik had het eigenlijk niet echt verwacht,’ gaat Camilla verder. ‘Maar ik hou van hem.’

Dit lijkt Lisa sterk, gezien de korte tijd dat Camilla en Sören samen zijn.

'Maar dat is toch geweldig,' zegt ze. 'Hoe gaat het met zwanger worden?'

'Ik werk eraan. Ik herpositioneer onze zielen. Ik neem gedroogde Chinese kruiden om de temperatuur in mijn baarmoeder te verhogen en een elixer uit Peru om de groei van de eitjes te stimuleren.'

Lisa pakt Camilla's hand.

'Vind Sören het goed dat jij die preparaten neemt?' vraagt ze.

'We vertellen onze mannen niet alles, toch?'

Lisa knikt en glimlacht naar Camilla. Ze doet alsof ze niet weet waar ze op doelt. Camilla meent het niet kwaad. Ze is diep gekwetst en heeft iemand nodig die ze in vertrouwen kan nemen, een vriendin die luistert en haar steunt. Ze heeft nog nooit zo wanhopig geklonken. Als het waar is dat ze deze medicijnen gebruikt, moet Sören het hebben opgegeven. Dit moet haar laatste strohalm zijn.

'Het spijt me,' zegt Lisa.

'Iedereen vindt wel iets van mij. Dat ik alles kan. Maar het enige wat ik sinds ik klein was heb gewild, is een kind om voor te zorgen. Het is iets wat met mijn vorige levens te maken heeft. Ik kom er niet mee in het reine als ik geen moeder word. En nu ik eindelijk de juiste man heb gevonden, kan ik hem geen kind geven.'

Lisa slikt en probeert een meelevende glimlach op haar gezicht te toveren. Ze weet nooit wat ze moet zeggen als Camilla zich zo zweverig uitdrukt. Iets wat verband houdt met haar vorige levens, wat betekent dat überhaupt? Dat er een vloek op haar rust?

'Ik vind het zo erg voor je,' zegt ze. 'Ik wou dat er iets was wat ik voor je kon doen.'

'Er is wel iets wat je voor mij kunt doen,' zegt Camilla.

'Wat?'

Ze neemt een slokje van de chocolademelk.

'Ik wil dat het tussen ons blijft. Beloof je dat? Vertel het niet aan Mikael. Ik heb het er met Sören nog niet over gehad.'

'Ja, natuurlijk, dat beloof ik. Wat kan ik voor je doen?'

'Je kunt ons kind dragen.'

Lisa schrikt. Ze voelt een nerveuze lach opkomen, en ze perst haar lippen op elkaar om geen chocolademelk te morsen.

'Wat zei je?'

'Je bent helemaal gezond. Je hebt problemen gehad met een onregelmatige menstruatie, maar dat is gewoon normaal en stressgerelateerd. De kans dat Mikael je bevrucht is verwaarloosbaar. Als jij en Sören zwanger worden, wordt het ons gemeenschappelijke kind. We kunnen er samen voor zorgen.'

'Dat meen je toch niet serieus?'

Lisa zet haar beker op het bankje en staat op.

'Niet weggaan,' zegt Camilla. 'Denk erover na. Het lost al onze problemen op. Ik kan geen kinderen krijgen. Mikael kan geen kinderen krijgen...'

'Mikael is verminderd vruchtbaar, niet onvruchtbaar!'

Lisa beseft dat ze geschreeuwd heeft en kijkt om zich heen of iemand haar heeft gehoord.

Camilla schudt haar hoofd.

'Je houdt jezelf voor de gek. Hoelang proberen jullie het nu al? Weet je wat mislukte ivf-behandelingen doen met een relatie? Die verkeert in zwaar weer.'

'Je bent verdomme niet goed bij je hoofd. Zeg je nou dat ik een kind moet krijgen met Sören?'

'Het zou óns kind zijn.'

Ze is sprakeloos. Ze kijkt Camilla aan en hoopt dat ze in lachen uitbarst en zegt dat ze een grapje maakt. Of dat er iemand die bekend is van tv achter een boom vandaan springt die zegt dat ze in Candid Camera zit.

Maar Camilla is bloedserieus.

'Ik weet niet of je het echt meent, Camilla, maar je beseft toch wel dat we geen kind kunnen delen?'

'Je moet je niet zo laten beperken door wat hoort.'

Lisa steekt een hand op.

'Oké, dat is genoeg.'

'De enige kans voor mij om kinderen te krijgen is via een draagmoeder.'

Lisa sluit haar ogen. Ze wil weg. Camilla is niet meer haar nieuwe beste vriendin, ze is een personage uit een horrorfilm. Ze wil zich omdraaien, terugrennen naar de veerboot en haar nooit meer zien.

'Jíj kunt onze draagmoeder zijn.'

'Camilla,' zegt Lisa. 'Ik bewonder je omdat je anders denkt, vanwege je moed en omdat je altijd vanuit je hart spreekt. Maar dit is voor mij de grens. Ik walg van wat jij net hebt gezegd. Waar jij het over hebt is ook nog eens illegaal in Zweden. Ik ga nu. Ik wil niet meer met je praten.'

Camilla staat op en doet een stap naar haar toe.

'Niet weggaan,' zegt ze weer. 'Ik begrijp dat het vreemd klinkt, maar er is een manier. Ik heb opgezocht hoe het kan. Volledig legaal. We kunnen er toch op zijn minst over praten?'

Lisa schudt haar hoofd.

'Nee, we kunnen er níét over praten.'

Ze begint te lopen.

'Voordat je het idee helemaal afwijst moet je misschien ook aan Mikael denken. Ik weet niet wat je in gedachten had, Lisa? Een donor, een vreemde man? Of misschien Tom?'

Lisa blijft staan en draait zich om.

'Wát zei je?'

'Denk je dat ik het niet weet? De sms'jes waar je zo geheimzinnig over doet. De knappe man op het werk. Weet Mikael van hem?'

'Is dit een dreigement?'

Camilla loopt langzaam naar haar toe.

'Denk voor één keer helder, Lisa uit Lyckeby, als een volwassen vrouw. Mikael kan geen kinderen krijgen. Ik kan geen kinderen krijgen.'

Camilla staat nu zo dicht bij haar dat Lisa haar zoete chocoladeadem kan ruiken.

'Je denkt nu alleen maar aan jezelf. Dat je een knappe zoon krijgt die met zijn fiets voor het hek van je huis staat, bij een uitbundig bloeiende sering. Je bent gewoon een fucking egoïst.'

HOOFDGERECHT

21

Lillängen, Nacka,
oudejaarsavond

Aan tafel kijken ze elkaar met een vragende blik aan. Zelfs in de keuken waar Marlon en Ebba zich bezighouden met de vaat, is het stil geworden. Ze lijken allemaal aandachtig te luisteren naar het geluid van de auto die hun oprit op rijdt.

'Ik ga naar beneden, kijken wie het is,' zegt Lisa. 'Vast iemand die verkeerd gereden is.'

'Op oudejaarsavond?' zegt Sören.

'Zoals je al zei,' zegt Mikael, 'staan hier veel huizen.'

Lisa laat de situatie in de eetkamer voor wat die is en loopt de trap af naar de hal en de voordeur. Mikaels vragen en opmerkingen over Marlons geboorte en hoe hij aan een strafblad komt, lijken zich vast te bijten in haar hersenen.

Hoelang blijft dit goed gaan?

Elke jonge man komen weleens in de problemen, dat is nu eenmaal zo. Wat Marlon heeft gedaan zegt niet meteen iets over zijn karakter, en het hoeft niet te betekenen dat hij problemen met justitie blijft houden of geneigd zal zijn geweld te gebruiken wanneer hij ouder is.

Maar toch. Het was beter geweest als het bij een eenvoudige winkeldiefstal was gebleven. Ze huivert bij de gedachte dat Ebba samen is met een jongen die gewelddadig is.

Door het matglas heen ziet ze twee figuren op de buitentrap staan. Een van hen klopt op de deur. Lisa haalt een paar keer diep adem, wacht een paar seconden, dan nog een paar, en doet de deur open.

Er staan een jonge man en een jonge vrouw, gekleed in identieke donkerblauwe winterjassen. Onder de jassen ziet ze politie-uniformen en achter hen staat een politieauto. Godzijdank hebben ze hun zwaailichten niet aangedaan.

Lisa schraapt haar keel, kijkt naar haar handen en frunnikt aan haar trouwring. Twee realiteiten vechten om haar aandacht. De eerste dat er is ingebroken bij Maria Regina en dat de politie hier is. De andere is dat Camilla en Sören terug zijn in haar leven.

'Goedenavond. Lisa Kjellvander?' zegt de vrouw. 'Mijn naam is Sandra en dit is Jakob. Wij zijn van de politie van Nacka.'

'We willen graag even met u praten. Mogen we binnenkomen?'

Nu spreekt de man. Hij glimlacht vriendelijk.

Lisa hoort de geluiden van boven. Ze zijn nog steeds de tafel aan het afruimen, zwijgend. Misschien bereiden ze zich voor op het volgende gerecht. Buiten is het zo stil dat ze haar hartslag kan horen.

'Het is zulk slecht weer.'

Ze beseft dat de politie op een antwoord van haar wacht.

'Ja, natuurlijk, kom binnen,' zegt ze.

Ze doet een stap achteruit en laat hen binnen. Ze rilt door de buitenlucht die de agenten mee naar binnen nemen. Ze is veel te dun gekleed in haar mooie jurk.

'We kunnen ook hier gaan zitten?'

Ze gebaart naar de tv-kamer, maar Jakob schudt zijn hoofd.

'Dit is prima,' zegt hij.

'Wat is er met uw hand gebeurd?' vraagt Sandra.

Lisa beseft dat ze met haar ingezwachtelde hand heeft gewezen.

'Ik ben uitgegleden op de heuvel, op weg naar huis vanaf mijn werk. Nieuwjaarsstress, denk ik.'

Sandra knikt. Jakob haalt een notitieboekje uit zijn jaszak.

'Ik weet waarom jullie hier zijn,' zegt Lisa. 'Tom, mijn collega, heeft me gebeld en hij heeft verteld over de inbraak.'

'We hebben met Tom gesproken,' zegt Sandra. 'We hadden meteen daarna hierheen willen gaan. Tom vertelde dat u vlakbij woont. Maar er kwam iets tussen.'

'Ik hoop dat we niet storen zo midden op oudejaarsavond,' zegt Jakob. 'We willen u alleen even wat vragen stellen, puur routine.'

'Nee, natuurlijk niet,' zegt Lisa. 'Ik begrijp dat jullie je werk moeten doen.'

'Klopt het dat u normaal gesproken degene bent die de inventarisatie van de medicijnen bij Maria Regina doet?' vraagt Jakob.

'Ja, dat klopt,' zegt Lisa. 'Ik heb Toms hulp gevraagd. We hebben gasten.'

'Dit hoeft niet lang te duren,' zegt Jakob.

Hij glimlacht, lijkt begripvol. Ze voelt zich meteen wat rustiger.

'Tom vertelde dat alleen jullie twee toegang hebben tot de kast waarin de medicijnen worden bewaard, en dat die geopend kan worden met jullie pasjes.'

'Ja, dat klopt,' zegt Lisa.

'Wanneer hebt u voor het laatst uw pasje gebruikt?' vraagt Sandra.

Ze heeft hem de hele dag niet gebruikt. Tom zag haar door het raam in zijn flat aan komen lopen, wachtte haar beneden op straat op, waarna ze samen bij het hospice naar binnen zijn gegaan. Dat gebeurde wel vaker. Maar toch, was er een speciale reden waarom hij uitgerekend op deze ochtend op haar stond te wachten? Soms krijgt ze geen hoogte van hem. Op het werk en in de buurt is hij net een huiskabouter. Wat voor leven leidt hij eigenlijk?

'Lisa?' vraagt Sandra opnieuw.

'Zijn jullie niet op de hoogte van onze aangifte?' vraagt Lisa.

'Nee?' zegt Jakob vragend. 'Wat voor aangifte?'

Ze ging ervan uit dat iedereen bij de politie het zou weten zodra Mikael de online-aangifte had gedaan. Blijkbaar was dat niet zo.

'Er is gisteravond ingebroken in onze auto. Ik had mijn sporttas op de achterbank laten staan. Iemand heeft een van de achterraampjes ingetikt en hem gestolen. Mijn pasje zat erin. We hebben online aangifte gedaan.'

Jakob knikt en schrijft het op in zijn notitieboekje. Sandra houdt haar blik vast.

'Sorry, ik...' gaat Lisa verder. 'Ik ging ervan uit dat jullie dat wisten.'

'We werken zo snel als we kunnen,' zegt Jakob. 'Maar nee, we waren niet op de hoogte van uw aangifte.'

'Wat hebt u vannacht gedaan?' vraagt Sandra.

Lisa wil haar bijna vragen wat ze met die vraag bedoelt. Maar Sandra kijkt haar indringend aan dat ze zich bedenkt. Die Sandra speelt geen spelletje. Dit is menens.

Denkt ze dat Lisa iets met de inbraak te maken heeft?

'Ik was thuis,' zegt ze.

'Is er iemand die dat kan bevestigen? Mocht dat nodig zijn.'

Kan iemand dat eigenlijk bevestigen? Dat ze thuis was, dat ze de hele nacht in haar slaapkamer lag te slapen?

De huid van haar ringvinger prikt. Lisa realiseert zich dat ze weer aan haar ring heeft staan draaien en daarbij iets te veel druk heeft uitgeoefend.

'Mijn man en mijn dochter waren vannacht ook thuis,' zegt ze.

'En de auto? Is dat de wagen die hierbuiten in de carport staat?' gaat Sandra verder.

'Ja.'

'En u hebt niet gehoord dat er een raampje ingetikt werd? Niemand van jullie? Hoe kan dat?'

Ze heeft geen idee wat Ebba vannacht aan het doen was. Ze denkt dat ze beneden in tv-kamer een film aan het kijken was. Soms valt ze in het weekend en in de vakanties daar op de bank in slaap. Als zij iets heeft gehoord, had ze het wel gezegd.

Wat Mikael vannacht aan het doen wist ze echt niet. Hij had zich zoals gewoonlijk teruggetrokken, misschien bekeek hij met zijn koptelefoon op een of andere internetsite, mogelijk eentje die met zijn investeringen te maken had.

'Omdat we sliepen?' zegt Lisa.

Sandra schenkt haar een verbaasde blik.

'Dus wanneer hebt u voor het laatst uw pasje gebruikt?' vraagt ze opnieuw. 'U hebt nog geen antwoord gegeven op die vraag.'

'Ik weet dat ik het eerder had moeten melden,' zegt ze. 'Maar ik heb het pasje vandaag helemaal niet nodig gehad. De laatste keer dat ik het heb gebruikt moet gisteren zijn geweest. Mag ik vragen waarom jullie dat willen weten? Heeft iemand het pasje gebruikt?'

'Hebt u enig idee wie uw tas kan hebben gestolen?' vraagt Sandra.

'Nee, geen flauw idee.'

'Het is goed dat jullie al aangifte hebben gedaan van de inbraak in uw auto,' zegt Jakob. 'U hebt er goed aan gedaan dat zo snel te doen.'

'Mijn pasje is dus gebruikt?'

Haar stem klinkt schel, alsof er iets in haar keel zit. Deze keer heeft ze de vraag aan Jakob gesteld, aangezien ze geen antwoord krijgt van Sandra.

Jakob legt een hand op haar schouder en knijpt er zachtjes in, bijna teder.

'Dat soort informatie kunnen we niet geven, ik hoop dat u dat begrijpt,' zegt hij. 'Het onderzoek is nog niet afgerond.'

Hij glimlacht weer, op die vriendelijke, beleefde manier.

Plotseling weet ze zeker dat haar pasje bij de inbraak is gebruikt, ook al zeggen ze dat niet. Op de een of andere manier heeft ze het tot nu kunnen ontkennen, heeft ze geweigerd het kwartje te laten vallen. Tom weet het vast ook. Als zij de inbraak had ontdekt, zou ze meteen het beveiligingsbedrijf dat het systeem beheert hebben gebeld. Het kost ze maar een paar minuten om na te gaan welk pasje wanneer is gebruikt. Tom moet dat ook hebben gedaan. Waarom heeft hij daar niets over gezegd toen hij haar belde?

'Ik vind het echt heel erg,' zegt Lisa. 'Ik weet dat ik het pasje niet in de auto had moeten laten liggen. Dat is onverantwoord.'

'Dat soort dingen gebeuren,' zegt Sandra.

Van haar gezicht valt niets af te lezen.

'Ik leg mijn spullen soms ook op de verkeerde plek,' gaat ze verder.

'En de code?' vraagt Jakob.

Dus het pasje moet samen met haar code zijn gebruikt.

Ze wordt zich plotseling bewust van haar nieuwe halsketting, hoe gloednieuw en duur die eruit moet zien. Ze trekt aan de kraag van haar jurk, om de hanger en haar blote hals te bedekken.

'Kan het zijn dat de code op een papiertje staat dat ook in de tas zat?' vraagt Sandra.

Lisa heeft al jaren dezelfde code en gebruikt die cijfercombinatie ook voor haar kluisje op de sportschool en haar pinpas. Ze heeft gelezen over gegevensbeveiliging en weet dat ze een unieke en moeilijk te raden code voor het pasje had moeten kiezen. Maar ze heeft toch dezelfde, vertrouwde code gebruikt.

'Ik weet het niet,' zegt ze.

'Mocht dat het geval zijn dan is dat niet erg,' zegt Jakob. 'We zijn allemaal mensen, soms doen we tegen beter weten in domme dingen.'

Ze dacht dat ze haar emoties in bedwang kon houden, haar gezicht in de plooi, dat ze normaal kon doen. Afgaand op hoe meegaand de jonge agenten zijn, zullen ze wel denken dat ze een vrouw van middelbare leeftijd is die bijna een zenuwinzinking krijgt.

'Maar het is dus mogelijk?' vraagt Sandra. 'Dat de code in de tas zat, samen met het pasje?'

'Ik denk het niet, maar...'

Ze maakt de zin niet af.

'Het is goed, Lisa,' zegt Jakob. 'Het maakt niet echt uit. De dader kan op meer dan één manier aan de code zijn gekomen.'

Zegt hij dit om haar gerust te stellen? Om haar te laten geloven dat ze haar niet verdenken?

'Weet u of u de code met iemand hebt gedeeld, vrijwillig?' vraagt Sandra.

'Nee,' zegt Lisa. 'Dat heb ik niet gedaan.'

Jakob slaat zijn notitieboekje dicht.

'Oké, ik denk dat we genoeg weten, toch Sandra?'

'Ja,' zegt ze. 'Als u nog iets te binnen schiet, laat het ons dan weten.'

'Oké,' zegt Lisa.

Proberen ze haar in slaap te wiegen met een gevoel van valse veiligheid, om te kijken hoe ze reageert, in de hoop dat ze zichzelf verraadt? Zijn ze daarom zo aardig?

Nu wil ze gewoon dat ze vertrekken.

'We zullen de technische recherche vragen de auto te onderzoeken, maar dat kan een paar dagen duren, met de feestdagen. Kunt u zo lang zonder auto?' vraagt Jakob.

'Nou, dat zal wel moeten,' zegt Lisa. Haar stem klinkt stijfjes, gestrest.

'Gebruik jullie auto niet maar laat hem gewoon zo staan, zodat de technische recherche eventuele sporen kan veiligstellen. Open geen portieren en raak niets aan totdat de technische recherche ernaar gekeken heeft,' vervolgt hij.

'Prima.'

'Nou, dan wensen u nog een fijne avond,' zegt Sandra.

'En een fijne jaarwisseling,' zegt Jakob.

Eindelijk maken ze aanstalten om naar de voordeur te lopen. Als Jakob die opent, stroomt de kou weer naar binnen. Lisa dwingt zichzelf naar hen te knikken en te glimlachen.

'Fijne jaarwisseling,' zegt ze terwijl ze de deur achter hen sluit.

Ze laat zich op de grond zakken met haar hoofd in haar handen terwijl de politieauto de heuvel af rijdt. Toen ze in haar hal stonden, werd het pas echt. Nu pas dringt de werkelijkheid tot haar door. Dat haar pasje bij de inbraak is gebruikt.

Jakobs warme hand en vriendelijke glimlach. Sandra's ijzige blik die recht door haar heen leek te gaan. Zal ze hen nog een keer zien? Zullen ze haar oproepen voor een officieel verhoor op het politiebureau?

Ze durft er niet aan te denken.

Op de bovenverdieping heerst complete stilte. Ze staat weer op, trekt haar jurk recht en telt langzaam tot tien om haar emoties onder controle te krijgen.

22

Ebba gooit zich op het bed in haar kamer. Als de volwassenen zich gedragen zoals ze zich gedragen, kan het haar geen reet schelen wat zij denken of voelen.

Welkom op Gränsvägen in Nacka. Een compleet gekkenhuis.

Marlon komt achter haar aan en gaat op de rand van het bed zitten.

'Komen er nog meer gasten?' vraagt hij. 'Het lijkt of je moeder met iemand in de hal staat te praten.'

'Nee, niet dat ik weet,' zegt Ebba. 'Ik mag hopen van niet.'

Ze draait zich om, legt haar hoofd in zijn schoot.

'Heeft mijn vader je beledigd?' vraagt ze. 'Met dat hij over je strafblad en zo begon? Hij kan soms zo verdomde stom doen.'

'Nee,' zegt Marlon. 'Ik neem de volle verantwoordelijkheid voor wat ik heb gedaan.'

'Wil je dat ik verderga?'

Ze schuift haar hand tussen zijn benen, maar hij haalt hem weg, schudt zijn hoofd.

'Vind je dat jouw ouders gek doen?' vraagt hij. 'Vergeleken met die van mij?'

'Ik weet het niet,' zegt Ebba. 'Ik kan me geen grotere mislukking voorstellen dan dit. Je moet wel gigantische spijt hebben van deze avond.'

'Nee,' zegt Marlon lachend. 'Heb ik je verteld over die keer dat mijn moeder een groep sjamanen had uitgenodigd en mijn vader thuiskwam met de ziekenhuisdirecteur?'

Weer lacht hij die prachtige, scheve glimlach.

'Nee, vertel,' zegt Ebba.

'Er zaten vier kabouters in een cirkel te trommelen. Compleet uit de maat. Maar het ergste was dat mijn moeder topless in het midden stond te dansen en tegelijkertijd huilde als een wolf.'

Ebba giechelt.

'Serieus?' zegt ze. 'Waarom was ze topless?'

'Al sla je me dood.'

'Wat zijn sjamanen eigenlijk? Bedoel je zoals bij de indianen?'

Ebba komt overeind en trekt hem naar zich toe.

'Kom hier,' zegt ze.

Marlon gaat naast haar liggen.

'Een andere leuke herinnering van vroeger is die keer toen we op vakantie waren in Spanje en mijn vader in het hotel ruziemaakte over de rekening,' vervolgt Marlon. 'Hij zette zijn laptop op de balie van de receptie en liet een bestand zien met links naar verschillende aanbiedingen en websites voor hotelboekingen, waarop hij de laagste prijs had gevonden. Hij toonde de e-mails van de correspondentie nadat hij geboekt had, legde een hele stapel bewijzen neer, terwijl er achter ons drie andere gezinnen stonden te wachten. Dit ging ongeveer een uur zo door. Ik kon wel door de grond zakken.'

'Wat deed je moeder toen?'

'Mijn moeder? Niets, natuurlijk. Ze liet hem gewoon zijn gang gaan.'

'Echt, ze is zo'n hippie!' zegt Ebba. 'Jouw ouders zijn zo verschillend. Net als die van mij.'

'En wij dan?' zegt Marlon. 'Wat zegt dat over ons?'

'Beloof me,' zegt ze, 'dat we nooit worden zoals zij.'

'*Cross my heart, hope to die*,' zegt Marlon.

'De eerste keer dat we elkaar zagen,' zegt Ebba. 'Wat dacht je toen eigenlijk? Eerlijk.'

'Dat je me een beetje aan mijn moeder deed denken.'

Ze kijkt hem onderzoekend aan, begint dan te lachen en slaat hem op de schouder.

'Ga weg!'

'Oké, ik maak een grapje. Maar je had zo'n rare armband om.'

'Die vond je dus raar?'

Ebba springt op van het bed, loopt naar haar bureau en pakt haar sieradenkistje uit een van de lades.

'Deze?'

Ze laat hem de armband zien met 114 gegraveerd in een van de zilverkleurige metalen schakels.

Hij knikt.

'Het is een engelengetal,' zegt Ebba. 'Ik was een tijdje nogal bezig met numerologie. Je kunt het gebruiken om dromen te duiden, onder andere. Hier, ik wil hem aan jou geven.'

Ze gaat terug naar het bed en doet hem om zijn pols.

'Ik had waarschijnlijk 666 gekozen.'

Ze buigt zich over hem heen en kust hem plagerig in zijn nek.

'Omdat je altijd aan seks denkt?'

'Nee, omdat het *the number of the beast* is.'

Hij maakt met zijn hand het duivelsteken.

'Je bent geen monster, Marlon.'

'Wat ben ik dan, een engel?'

'Zoiets,' zegt Ebba.

'Wat betekent 114 eigenlijk?'

'Dat je geliefd bent.'

Hij kijkt haar diep in de ogen.

'Heb je je moeder verteld dat we naar het feest gaan?' vraagt hij.

'Nog niet. Maar het kan me niet schelen wat ze zeggen.'

'Dus we gaan hoe dan ook?' vraagt Marlon. 'We moeten nog een fles wijn of iets anders zien te scoren om mee te nemen.

Ik heb niet bepaald het idee dat je moeder erop gebrand is jou alcohol aan te bieden.'

Ebba zal teleurgesteld zijn als ze nee zeggen. Marlon en zij worden volgend jaar achttien en haar ouders zouden zich moeten realiseren dat er op het nieuwjaarsfeest alcohol geschonken wordt. Dat het gênant is als Marlon en zij de enigen zijn die met lege handen op het feest komen.

Als het vanavond niet loopt zoals Marlon en zij hebben bedacht, weet ze niet wat er zal gebeuren.

Ze kust hem opnieuw.

'Komt wel goed,' zegt ze. 'We zijn immers speciaal, toch?'

Ze springt weer op en pakt haar laptop van haar bureau.

'Heb je dit gezien op Matchbox? Ik heb op de analysetool gekeken of we een match zijn.'

Ze gaat weer op het bed zitten. Marlon schuift een eindje op zodat ze naast elkaar kunnen zitten met hun rug tegen de muur en de laptop op Ebba's schoot.

'Shit,' zegt Marlon. 'Heb je hier naar gekeken vóór of nadat we elkaar voor het eerst zagen?'

Ebba geeft hem een por met haar schouder.

'Je denkt toch niet dat ik zomaar met iedereen date?'

'Oké,' zegt Marlon terwijl hij haar een argwanende blik toewerpt. 'Heb je me ook nog op andere manieren nagetrokken?'

'Ik heb naar onze sterrenbeelden gekeken.'

Marlon blijft lezen op het scherm.

'Dat is wel heel gek,' zegt hij. 'Hoeveel vragen hebben we beantwoord? Het leken er wel honderd.'

'Eenenveertig,' zegt Ebba. 'Kijk maar.'

Ze maakt een schermafdruk en gaat naar de bewerkingsbalk, selecteert een dikke groene pen en omcirkelt de resultaten van hun match.

'Negenennegentig procent?' zegt Marlon.

Ze hebben op vrijwel alle vragen hetzelfde antwoord gegeven: hoe ze over verschillende dingen denken, wat ze zoeken in een partner.

Ze ziet aan Marlons verbaasde blik dat hij zich nu realiseert wat zij al eerder moet hebben bedacht. Toen ze werden gematcht en Marlons profiel verscheen, kon Ebba haar ogen niet geloven. Deels omdat hun matchscore aan de bovengrens van wat mogelijk is ligt, wat in minder dan één procent van de gevallen voorkomt. Maar ook omdat een jongen als Marlon vrijgezel was. Dat hij op die site stond.

Ze begonnen elkaar berichtjes te sturen. Marlon had haar gevraagd zijn video's op TikTok te bekijken. Ze had die becommentarieerd. Toen hadden ze elkaar in het echt ontmoet in een café in Gamla Stan, dat in een kelder zit. Daar viel alles op zijn plek. Ze voelden zich met elke vezel in hun lichaam tot elkaar aangetrokken.

Ebba zet de laptop weer op het bureau. Dan draait ze zich om, trekt haar jurk omhoog en gaat schrijlings op Marlon zitten. Ze legt haar handen rond zijn hoofd, buigt voorover en fluistert in zijn oor.

'We zijn één uit een uit duizenden, baby.'

23

Lisa is nog nooit ondervraagd door de politie en heeft zelfs nog nooit iets meegemaakt wat ook maar in de buurt daarvan komt. Wat er het dichtstbij komt is de ondervraging thuis in haar jeugd, nadat ze verschillende keren geëxperimenteerd had. Toen haar vader Erland haar doordringend aankeek en haar vroeg hoe vaak ze stiekem had gerookt. Een keer had hij haar door elkaar geschud en gezegd dat ze haar sluwheid moest gebruiken wanneer jongens kattenkwaad uithaalden, om zich uit hachelijke situaties te redden.

Ze weet niet of ze ooit dat soort sluwheid heeft ontwikkeld. Ze heeft eerder haar kop in het zand gestoken zodra ze in de problemen kwam.

Avond van amateurs.

Tom heeft gelijk, dit is de avond van hersenloze idioten en zij is een van hen. Ze probeert een façade op te houden die iedereen doorprikt.

Wanneer ze bovenaan de trap komt, hoort ze een vreemd geluid. Ze blijft voor Ebba's kamer staan en legt haar oor tegen de deur. Marlon en Ebba zijn daarbinnen, maar praten niet. Ze hoort bewegingen, het bed dat kraakt, smakkende geluiden. Zijn het kussen? Nee, het klinkt alsof Ebba puft en zucht.

'Nee, stop, Marlon.'

Lisa klopt voorzichtig op de deur.

'Hallo, Ebba?' zegt ze.

'Stop.'

‘Hallo, Ebba, is alles in oké?’

Ebba lijkt haar niet te horen. Ze klopt nog een keer. Ditmaal harder. Ze bonkt letterlijk op de deur. Doet Marlon iets met Ebba wat ze niet wil?

‘Ebba?’

Ze heeft geen tijd om op een antwoord te wachten. Ze opent de deur, maar die wordt geblokkeerd door een spijkerbroek die op de grond ligt, dus ze moet haar hele lichaam gebruiken om hem open te duwen.

Voordat ze de deur helemaal kan openen en de kamer binnenkomt, hoort ze de stem van haar dochter weer.

‘Mama? Wat doe je?’

‘Ik wilde gewoon... kijken of alles in orde is,’ zegt ze.

‘Ja, natuurlijk is alles in orde. We zijn gewoon... aan het chillen. Kun je alsjeblieft gaan?’

Ze ademt diep in, probeert te kalmeren, na te denken. Misschien reageerde ze te heftig. Het bezoek van de agenten heeft haar uit balans gebracht. Ze denkt terug aan het moment dat ze bewust haar servet liet vallen om onder de tafel te kunnen kijken. Als ze nu naar binnen zou stormen wat zou ze dan zien, hun halfnaakte lichamen? Dan zou alles alleen nog maar erger worden. Haar dochter heeft bevestigd dat alles in orde is.

Ze trekt zich terug.

‘Oké, komen jullie zo voor het hoofdgerecht?’ vraagt ze.

‘Jaha! Doe die deur dicht!’

Wanneer ze de deur heeft gesloten, fatsoeneert ze haar haar en kijkt weer op haar horloge. Ze kan zich niet meer herinneren hoeveel minuten ze voor het hoofdgerecht gepland had, wanneer het zou beginnen en wanneer het zou eindigen. Maar dat ze achterlopen op schema is wel duidelijk.

In de eetkamer zitten Mikael, Sören en Camilla nog op hun plaats aan tafel. Het voorgerecht is afgeruimd en er staat een nieuwe fles Chablis op tafel, die alweer halfleeg is.

'Wie was dat?' vraagt Mikael.

Hij is blijven drinken. Ze ziet het aan zijn ogen.

'De politie,' zegt ze.

'De politie?' vraagt Sören. 'Is er iets aan de hand?'

'Iets op het werk,' zegt Lisa. 'Het incident waar ik het in de keuken over had, Camilla.'

Ze gaat zitten.

'Wil je erover praten?' vraagt die.

'Ik weet het niet...' begint ze. 'Ik denk dat alles nu onder controle is. Zullen we niet liever verdergaan met de volgende gang?'

Haar stem klinkt net zo stroef als ze zich voelt. Ze maakt aanstalten om naar de keuken te gaan, maar Sören houdt haar tegen.

'Wat voor incident op je werk maakt dat de politie op oudejaarsavond bij je thuis komt?' zegt hij. 'Het moet wel iets ernstigs zijn als de politie er zelfs op oudejaarsavond voor langskomt, Lisa,' voegt hij eraan toe.

Ze knikt, onbewust. Niet om Sören gelijk te geven, want dat wil ze niet, maar eerder alsof ze nog steeds probeert de ernst van de situatie tot haar door te laten dringen.

'Er is gisternacht ingebroken op het werk,' zegt ze. 'Vlak voordat jullie kwamen heb ik dat te horen gekregen.'

'Wat is er verdwenen?' vraagt Sören.

'Medicijnen die onder de Opiumwet vallen.'

'Waarom kwamen ze dan hier?' vraagt Sören.

'De inbrekers moeten mijn pasje hebben gebruikt om de medicijnkast te openen. Er is gisteravond ook ingebroken in onze auto. Ik had mijn sporttas op de achterbank laten liggen. Daar zat mijn pasje in.'

Ze zoekt Mikaels blik. Misschien – een stom verzoek – om haar te steunen, het over te nemen, het te hebben over iets waar zij zich liever niet mee bezig wil houden.

'Hebben ze dat gezegd, de politie?' zegt Mikael. 'Dat jouw

pasje bij de inbraak is gebruikt?'

'Nee, maar dat was niet nodig. Dat begreep ik zo ook wel.'

Hij fronst zijn voorhoofd, schudt zijn hoofd. Hij lijkt het niet te kunnen geloven. Dat met behulp van haar pasje en code het medicijnkastje is leeggehaald. Valt te bewijzen dat haar tas in de auto lag? Heeft de politie reden om haar verhaal niet te geloven, ook al is het autoraampje ingetikt?

'Jemig,' zegt Camilla. 'Wat ontzettend naar.'

'Dus de politie gaat uit van het technisch bewijs,' zegt Sören. 'Heb je iets tegen je zin moeten doen?'

Hij kijkt ernstig, alsof hij zich zorgen maakt over haar. Het voelt vreemd, en het maakt de hele situatie alleen nog maar erger.

'Nee,' zegt Lisa. 'Zij doen ook gewoon maar hun werk.'

' Je moet altijd op je rechten staan,' zegt Sören. 'Ze hebben niet het recht om zonder huiszoekingsbevel binnen te komen en toestemming daarvoor krijgen ze vanavond niet meer. Je moet weten dat ze alleen dwang mogen uitoefenen als je op gegronde redenen verdacht wordt en als het delict waarvan je verdacht wordt tot een gevangenisstraf kan leiden.

Sören hoeft het haar niet uit te leggen. Ze kent de Opiumwet.

'Wat zeg je nou?' vraagt Mikael. 'Dat ze een huiszoeking gaan doen? Zie je niet hoe gestrest ze daarvan wordt?'

Lisa ziet het voor zich. Vreemden die hun huis doorzoeken, nog meer vragen stellen, misschien monsters willen afnemen en zelfs inwendige onderzoeken doen. Aan het begin van haar carrière als verpleegkundige werkte ze met drugsverslaafden. Toen heeft ze gezien hoe de politie inwendige inspecties uitvoerde met latexhandschoenen tot aan hun ellebogen. Bij mannen en vrouwen die op straat leefden en al weken niet gedoucht hadden. Het was verschrikkelijk vernederend.

Ze mogen haar lichaam niet onderzoeken. Ze mogen haar niet tot een object reduceren, haar lichaam tot een voorwerp maken dat onderzocht moet worden.

Het fysieke is één ding. Voor het afnemen van een drugstest moet je naar een kamertje, waar je je kleren moet uittrekken en in een beker moet plassen. Zo schokkend is dat allemaal niet. Maar de mentale belasting is iets anders.

Haar hart gaat tekeer. Net als toen.

Alsof iemand zich aan haar heeft vergrepen.

'Ik probeer alleen maar te helpen,' zegt Sören.

'Bedankt voor je bezorgdheid, Sören,' zegt ze stijfjes. 'Maar de politieagenten waren heel professioneel en erg aardig.'

'Oké. Goed, Lisa,' zegt hij.

Het is alsof hij haar wil vertellen hoe ze zich moet gedragen. Haar een les in haar persoonlijke rechten wil geven die op het eerste gezicht bedoeld lijkt om haar gerust te stellen, maar die ondertussen alles alleen maar erger maakt. Alsof hij ervan geniet haar zich nog verwarder en ongemakkelijker te laten voelen. Ze haat de manier waarop hij haar naam blijft noemen wanneer hij tegen haar praat. Alsof ze een kind is.

Net als toen.

24

De timer op de oven tikt de laatste seconden weg. De tijd verstrijkt. Een nieuwe dag nadert. Maar het gaat langzaam. Te langzaam.

De vleesthermometer geeft zesenvijftig graden aan. Ze zet de oven uit, trekt haar ovenwanten aan en haalt de ovenplaat eruit. Daarna de aardappelgratin.

Ze laat het vlees en de gratin afkoelen en pakt haar telefoon, checkt haar berichten. Nog steeds geen antwoord. Ze klikt op het bericht dat ze heeft gestuurd om er zeker van te zijn dat het echt verzonden is.

'Is dat Tom?' zegt Camilla, die plotseling achter haar staat.

Als in een reflex stopt Lisa haar telefoon weg en draait zich om.

Ze verslikt zich zowat. Dat Camilla dat vraagt. Alsof ze haar gedachten kan lezen. Dan herinnert ze zich dat ze Tom aan het begin van de avond genoemd heeft, toen ze Camilla vertelde dat er iets op haar werk was gebeurd. Er zijn veel dingen waarvan ze spijt heeft dat ze die ooit met haar heeft gedeeld. Wat Tom betreft, daar heeft ze misschien nog wel de meeste spijt van. Natuurlijk had Camilla er vanavond met grote belangstelling kennis van genomen. Dat Tom nog steeds in Lisa's leven is.

'Ik wilde even kijken of er nieuws is van het werk,' zegt ze. 'Maar dat is niet het geval.'

'Kan ik iets meenemen?' vraagt Camilla.

Ze kijkt Lisa vreemd aan. Alsof ze haar probeert te doorgronden. Alsof ze denkt dat er meer achter het inbraakverhaal zit, iets wat Lisa niet met haar wil delen.

'Zou jij de rode wijn willen meenemen?'

Ze gaan terug naar de eetkamer en zetten het eten en de wijn op tafel.

'Alsjeblieft, tast toe,' zegt Lisa.

Ebba en Marlon zitten ook weer aan tafel. Ebba kijkt Lisa strak aan. Dat ze zonder toestemming haar slaapkamer binnen wilde gaan is een overtreding die ze haar moeder niet snel zal vergeven. Het is ten strengste verboden, ook als haar vriendje niet op bezoek is. Ebba's haar is verfomfaaid. Haar wangen zijn rood. Het is alsof het geflikflooi tussen hen nooit stopt. Ze raken elkaar aan terwijl ze opscheppen. Ze kunnen niet van elkaar afblijven. Alsof hun lichamen verbonden zijn met kleine onzichtbare elastiekjes.

Lisa herinnert zich dat gevoel. Hoe het is om verliefd te zijn.

Ooit was ze net zo verliefd op Mikael als Ebba nu op Marlon. Ze viel voor zijn zorgeloze levenshouding. Dat hij van het leven wilde genieten. Elke dag wilde doorbrengen alsof het zijn laatste was. Het was precies het tegenovergestelde van hoe zij was grootgebracht. Het was zo bevrijdend geweest. Alsof de hele wereld voor haar openlag.

Alles is nu anders. Ze kreeg een zeldzaam inkijkje in hun financiën toen ze het glas voor het zwembad betaalde. Er staat niets meer op de spaarrekening.

Ze zet haar vork in een stuk vlees. Uit de kleine gaatjes komt bloed omhoog. Ze schuift het vlees opzij, neemt een paar happen van de salade en laat haar blik over de gedekte tafel gaan. Heel even heeft ze overwogen om het tafelzilver te gebruiken dat ze voor hun trouwen hebben gekregen. Ze is blij dat ze niet aan die impuls heeft toegegeven. Het zilver mag nog een paar jaar op zolder blijven liggen.

Sören en Mikael zitten nu tegenover elkaar. Mikael schenkt wijn in. Hij heft zijn glas voor een snelle toost en klokt de inhoud naar binnen voordat Sören zijn glas überhaupt heeft kunnen pakken.

Aan haar kant van de tafel is het stil. Camilla neemt kleine, voorzichtige hapjes en negeert de miniportie gratin die ze zichzelf heeft opgeschept. Ook zij heeft haar blik op Mikael en Sören gericht, maar ze lijkt met haar gedachten ergens anders te zijn. Misschien denkt ze nog steeds aan Mikaels vraag, die hij stelde voordat de politie arriveerde. De vraag waarop hij geen antwoord heeft gekregen en die Lisa maar niet uit haar hoofd krijgt. Hoe Camilla eigenlijk zwanger is geraakt.

Camilla merkt dat Lisa naar haar kijkt. Ze glimlacht, een beetje verontschuldigend bijna, alsof ze zichzelf erop betrapt dat ze wat afwezig en stil is. Ze slikt en spoelt haar mond met wat water.

'Is het niet geweldig?' zegt ze en ze knikt in de richting van Ebba en Marlon. 'De kracht van de liefde.'

De twee horen wat Camilla zegt, glimlachen naar haar en kijken elkaar dan aan. Ebba begint te lachen.

'Als voor elkaar gemaakt, jullie twee,' gaat Camilla verder. 'Oerliefde, bewaard in jullie oude zielen en geïncarneerd in jullie lichamen. Voorbestemd om elkaar te vinden.'

Camilla heft haar glas naar hen.

Sören kijkt haar aan. Camilla merkt het.

'Mocht ik dat niet zeggen?' vraagt ze.

'Misschien moet je niet te hard van stapel lopen,' zegt Sören. 'Ze zijn nog maar net bij elkaar.'

'Nou en. Zo denk ik erover. Jij vindt dat toch hopelijk niet erg, Ebba?'

'Nee,' giechelt Ebba. 'Helemaal niet.'

Lisa probeert de gezichtsuitdrukking van haar dochter te lezen. Kijkt ze gegeneerd of maakt het haar blij? Misschien is Camilla een veel vrijgevochtenere, coolere en modernere moeder, eentje die hun verliefdheid toejuicht.

Bij elke andere vrouw zou Lisa hebben gedacht dat Camilla te veel wijn heeft gedronken en aan het raaskallen is. Maar alles wat ze heeft gezegd, is volkomen normaal voor haar. Lisa zal daar echter nooit aan wennen, ze zal zich blijven verwonderen over Camilla en dat bijzonder ongemakkelijke gevoel blijven houden, dat Camilla iemand is van wie ze geen hoogte krijgt en die onvoorspelbaar is.

'Wat doe je tegenwoordig?' vraagt ze aan haar.

De vraag klinkt lomp en verkeerd getimed. Maar ze voelt dat ze iets moet zeggen om Camilla's aandacht van Ebba af te leiden.

'Ik ben begonnen met lesgeven in de Alexander Techniek,' zegt ze. 'Heb je dat ooit geprobeerd?'

'Nee,' zegt Lisa.

'Het helpt tegen stress en zorgt voor betere bewegingspatronen en een juiste lichaamshouding. Het helpt veel mensen om het dagelijks leven beter aan te kunnen.'

'Hebben jullie daar nog wijn?' roept Mikael naar hen.

'Ja,' zegt Lisa.

'Nee, ik niet.'

Camilla houdt een leeg glas omhoog.

Mikael veert overeind en komt met de fles wijn in zijn hand naar hen toe. Hij loopt om Camilla's stoel heen, leunt vanaf haar rechterkant over haar heen en maakt er een poppenkast van, alsof hij de rol van een ober in een chic restaurant speelt. Hij schenkt het glas te vol.

Camilla legt haar hand op zijn uitgestrekte arm. Ze heeft haar bovenlichaam naar hem toegedraaid zodat hij in het diepe decolleté van haar broekpak kan kijken, iets waar hij dankbaar gebruik van maakt.

Hij had Lisa herhaaldelijk duidelijk gemaakt wat hij van Camilla's idiote ideeën en heftige persoonlijkheid vond. Maar tegenover Camilla zelf had hij nooit iets anders dan waardering getoond. Dit had waarschijnlijk te maken met haar schoonheid. Lisa betwijfelt of een man zich daartegen kan verweren. Mikael kon Camilla diep vanbinnen heel goed hartgrondig haten. En toch zou hij de uitnodiging om met haar naar bed te gaan niet afslaan.

Het zou haar niet verbazen als Camilla er minnaars op na hield. Haar huwelijk met Sören lijkt een praktische regeling. Een afspraak, zodat Camilla een zoon zou krijgen. En die had ze gekregen. Op de een of andere manier. In hetzelfde jaar dat Lisa Ebba kreeg.

Ze neemt een grote slok van de rode wijn. Die heeft zo'n volle, krachtige smaak dat hij in haar hele hoofd voelbaar is, in haar hele bovenlichaam. Voordat de gasten arriveerden had ze met zichzelf afgesproken een bepaalde hoeveelheid wijn te drinken, maar daar zit ze allang overheen.

Voordat Mikael terugloopt naar zijn stoel vult hij Lisa's glas weer bij. Ze probeert te gebaren dat ze een beetje wil, maar daar trekt hij zich niets van aan. Wanneer hij gaat zitten wankelt hij... alsof hij zich verstapt. Hij verliest zijn evenwicht en weet nog net een van de stoelleuningen vast te pakken voordat hij op de grond valt. Hij morst wijn uit de fles en er verschijnt een grote vlek op zijn broek.

Het wordt doodstil rond de tafel. Mikael heeft een gekwelde uitdrukking op zijn gezicht.

'Gaat het?' vraagt Sören.

Mikaels ogen zijn wazig. Een mengeling van te veel drank, pijn en iets om die pijn tegen te gaan.

'Niets aan de hand, dokter,' kreunt hij.

Maar het is overduidelijk dat hij pijn heeft.

'Gebruik je pijnstillers?'

Mikael reageert met een lach, een akelige, kille lach. Hij schudt zijn hoofd. De vlek op zijn broek is zo groot dat het lijkt alsof hij in zijn broek heeft geplast. Hij staat half voorovergebogen, leunt op de rugleuning van de stoel en blijft nog even zo staan voordat hij zijn rug helemaal strekt. Hij wacht tot de pijn afneemt, probeert in te schatten of het voorbij is en of het hem in zijn rug is geschoten.

Hij tilt zijn hoofd op en kijkt naar Sören, die aan de overkant van de tafel zit.

'Ik begrijp dat je graag een diagnose wilt stellen,' zegt hij. 'Met een veroordelende verklaring wilt komen over mijn gezondheid en hoe ik mijn leven leid. En misschien wil je meer weten over waarom dit huis in Lillängen staat en niet in Storängen, want dat lijkt verdomme toch zo vreemd. Zo vreemd dat je zelfs geen enkel vermoeden had dat je op weg was naar ons huis.'

'Het zijn twee verschillende wijken, daarom legde ik de link niet,' zegt Sören. 'Maar wat maakt het uit?'

Mikael lacht en schudt zijn hoofd. Hij houdt zich nog steeds vast aan de stoel, wacht tot zijn kracht en evenwicht terugkomen.

'Misschien moet je nu van de gelegenheid gebruikmaken om wat gal te spuwen over mijn mislukte, vage beroep, dat ik niets eerbaars doe met mijn leven, dat ik niet voldoe aan jouw nobele idealen. Jij die geen stap buiten de veilige provinciegrenzen hebt gezet, die het verschil niet merkt tussen een vintage chablis en een karaf rattenpis. Wat heb jij nou eigenlijk gezien in het leven? Wat geeft jou het recht om überhaupt te oordelen over mensen?'

'Kom op, Mikael, we gaan even naar buiten,' zegt Lisa.

'Nee, wacht. Misschien moet Sören eerst mijn bloeddruk meten?'

'Mikael, stop!' schreeuwt Lisa.

Mikael zwijgt eindelijk. Sören zegt niets en houdt Mikaels blik vast. Camilla zit met grote ogen te kijken. Marlon pakt Ebba's hand beet. Haar blik zegt alles.

Niet weer. Niet nu. Niet vanavond.

'Je hebt gelijk,' zegt Mikael. 'Ik denk dat ik maar even naar buiten ga.'

Hij loopt langzaam weg en het is duidelijk dat hij veel pijn heeft. Lisa volgt hem naar de gang en de trap af. Als ze bijna beneden is ziet ze hoe Mikael op de automatische piloot verder loopt, de voordeur uit, zonder een jas aan te trekken. Ze schiet in haar winterjas, stapt vlug in haar Uggs en loopt achter hem aan. Als ze buitenkomt ziet ze dat hij al halverwege de heuvel richting de Lillängsvägen is. Ze begint te hollen. De sneeuw wervelt om haar hoofd, waardoor ze moeilijk haar ogen open kan houden en Mikael nauwelijks ziet.

'Mikael, stop!' roept ze.

Wanneer ze op het kruispunt komt, houdt hij met beide handen de paal van een gemeentebord vast. Aan de ene kant staat LILLÄNGEN en aan de andere kant STORÄNGEN.

'Mikael, godverdomme!'

Het is alsof ze er niet is.

Hij houdt zijn pijnlijke rug kaarsrecht en buigt diep door zijn knieën. Dan, met een enorme brul die de ruimte om hen heen volledig vult, trekt hij de paal uit de grond en de sneeuw. Met het bord in zijn handen steekt hij de straat en de onzichtbare grens tussen Lillängen en Storängen over. Daar probeert hij de paal terug te duwen in de bevroren grond. Maar hij heeft niet genoeg kracht en uiteindelijk laat hij de paal tegen een sneeuwbank rusten.

'Noem je dit het niet verpesten voor Ebba?' Lisa is woest. 'Weet je nog wat je eerder vanavond tegen me zei?'

'Dat was eerder vanavond,' zegt hij. 'De zaken zijn, zeg maar, wat veranderd.'

'Doe normaal.'

'Ik probeer het!' zegt Mikael. 'En ik heb bewondering voor je, echt waar. Maar die zelfingenomen klootzak...'

'Het eerste wat je morgenochtend doet is dat bord terugzetten, begrepen?'

Mikael knikt. Ja, natuurlijk.

'Nu gaan we terug en bied je je excuses aan.'

Wanneer ze weer terug zijn wurmt Mikael zich uit zijn doorweekte broek en hangt hem aan een haakje.

'Ben je dronken?' vraagt Ebba.

Ze moet hen in de hal hebben staan opwachten.

'Ach welnee, ik ben gewoon gestruikeld,' antwoordt hij. 'Wat is er met jullie?'

Wanneer hij zich gaat omkleden blijft Ebba naar Lisa kijken.

'Hoe gênant kun je doen?'

'Papa slikt pijnstillers, Ebba.'

'Misschien moet hij dan geen wijn zuipen?'

Ze heeft gelijk. Ze is geen klein kind meer. Ze begrijpt het. Heeft het waarschijnlijk allang door.

Ebba loopt naar Mikaels broek en haalt hem van het haakje.

'Wat doe je?' vraagt Lisa.

'Ik leg hem bij de wasmachine,' zegt Ebba. 'Hij kan hier toch niet blijven hangen?'

Lisa sluit haar ogen en schudt haar hoofd. Jij hoeft dit niet te doen, denkt ze.

'Ik zal met papa praten,' zegt ze.

Maar Ebba is al weg.

Lisa gaat naar boven en loopt de eetkamer binnen. Sören kijkt op van zijn bord, ontmoet haar blik.

'Zijn rug?' vraagt hij.

Lisa knikt.

'Wat slikt hij?'

Zijn blik is die van een dokter. Recht op de man af. Klinisch. De oude orde is hersteld. Sören is de autoriteit en de anderen zijn patiënten.

Ze probeert een antwoord te formuleren, maar weet niet wat ze moet zeggen, hoeveel ze moet vertellen, waar ze moet beginnen. Het begon met RLS, een afkorting van het Engelse Restless Legs Syndrome. Het medicijn Madopark deed zijn intrede in hun leven, een dopamine. 50 tot 100 milligram

’s avonds en naar behoefte ook ’s nachts. Dat werd al snel elke nacht. Met bijwerkingen in de vorm van misselijkheid, overgeven. Het werd onmogelijk om nog samen in een bed te slapen. Codeïne was de volgende stap. Ze heeft geen idee wat hij vanavond heeft genomen.

‘Iets wat misschien niet zo goed samengaat met alcohol,’ zegt ze.

‘Maar heeft Mikael zijn rug goed laten onderzoeken?’ vraagt Sören. ‘Is er een MRI gemaakt?’

Lisa pakt een paar borden. Ze doet het iets te vlug, haar bewegingen zijn schokkerig en overhaast. Een mes glijdt van een bord en wanneer ze het probeert op te vangen, laat ze het bord op de grond vallen. Met een knal valt in stukken.

‘Shit.’

‘Laat me je helpen,’ zegt Camilla.

Lisa bukt en veegt de scherven bij elkaar met haar omzwachtelde hand, probeert te voorkomen dat ze zich aan de scherpe randen snijdt. Ze pakt een servet van de tafel en poetst een vlek op de vloer weg.

Ze ziet Mikael amper nog, overdag noch ’s nachts. Het beeld van hem wordt steeds vager. Wat ze ziet zijn de sporen die hij achterlaat, zoals deze vlek op de vloer. De kleren nat van het zweet in de wasmand. De remsporen in het toilet.

Alle gesprekken door de jaren heen. De verschillende problemen met hun gezondheid, waarmee ze elkaar besmetten, die samensmolten, gedeelde kwalen werden.

Je weet dat je me alles kunt vertellen, Mikael. Hier komen we ook wel weer uit.

Nu is het voor Sören en Camilla duidelijk hoe het echt met hem gaat.

‘Heb je een veger of zo?’ vraagt Camilla.

‘Ja, er ligt een kleine stoffer en blik in de bezemkast.’

Sören pakt de andere borden en volgt haar naar de keuken, terwijl Camilla de restanten van het bord dat op de grond stukviel opveegt. Ze praten niet. Iedereen is duidelijk onder de indruk van Mikaels uitval.

Wanneer Sören dicht bij Lisa komt voelt ze zich ongemakkelijk. Ze hoopt dat hij haar niets meer zal vragen over Mikael of de staat van hun huwelijk. Ze voelt aan zijn energie dat hij overweegt om een een-op-eengesprek met haar te beginnen. Het is iets wat ze allebei absoluut willen voorkomen. Tot Lisa's opluchting doet hij een paar stappen bij haar vandaan en kijkt naar het terrein aan de achterkant van hun huis.

'Hebben jullie een zwembad?' vraagt hij.

Camilla laat de stoffer en blik bij de muur liggen en gaat naast hem staan bij het raam.

'Dus jullie hebben het uiteindelijk toch laten aanleggen?' zegt ze. 'Geef toe dat je er nog geen spijt van hebt gehad.'

Het is aardedonker buiten. Lisa begrijpt niet hoe ze überhaupt iets kunnen zien. Het zwembad is nauwelijks te onderscheiden. Maar dan ziet ze dat een van de knopen van het zeil is losgeraakt en dat een hoek ervan wappert in de aanwakkerende wind.

25

Stockholm,
december, achttien jaar eerder

Door de voorruit lijkt het gekrioel van auto's op een zwerm bijen. Lisa leunt met haar hoofd tegen de hoofdsteun. Ze voelt een zeurende pijn. Die is er nu al zo lang. Achter haar zonnebril sluit ze haar ogen.

Ze draagt die niet om haar ogen af te schermen tegen het zonlicht, want het is buiten nu net zo donker als gisteravond, toen ze niet kon slapen. In deze tijd van het jaar wordt er bijna een halfjaar lang een verduisteringsgordijn dichtgetrokken, dat de Zweedse hoofdstad in somberheid hult en de inwoners van elkaar en de rest van de wereld isoleert. De auto's die ze 's nachts hoort en ziet rijden alsmaar rondjes. Degenen die met de trein het Centraal Station binnen komen rijden, zijn niet op doorreis naar een andere grote buitenlandse bestemming. Niemand maakt een tussenstop op Arlanda.

Stockholm is een eindbestemming.

Ze had nooit gedacht dat ze hier zou blijven. Het was altijd de bedoeling geweest om op een gegeven moment naar huis terug te keren. Thuis zeggen ze dat mensen die hun geluk zoeken in Stockholm denken dat ze heel wat zijn. De mensen die naar huis terugkeren hebben een wijze les geleerd.

Achter alle ramen branden adventskandelaars. Hun lichtdiodes schieten kleine bliksemschichten het donker in. Wanneer ze haar ogen half dichtknijpt, beeldt ze zich in dat ze een vreemd sterrenstelsel ziet. Zij is echter niet de eerste vrouw uit Blekinge in de ruimte. En ze is ook niet de eerste persoon die zich verloren voelt in de grote stad.

De avondroutine die zij en Mikael samen hebben is waar het leven nu om draait. Zij zittend op de wc, Mikael voor haar, gehurkt of geknield, met de spuit in zijn hand. Vastberaden en doelgericht zoals alleen hij dat kan zijn. Zoals hij is sinds zijn gesprek met Sören.

Kijk maar even de andere kant op.

De naald die haar huid doorboort. Als klein addergebroed sijpelt de oplossing onder haar huid. De slaperige vermoeidheid die volgt.

Zo hebben ze tegenwoordig seks.

Ze glimlacht terwijl er een traan vanuit haar ooghoek over haar wang rolt.

Haar hormoonspiegel moet omlaag. Sören heeft haar gewaarschuwd voor de bijwerkingen, de slaperigheid en het overmatig zweten, de migraine en misselijkheid, het verstoorde bioritme. Om zwanger te worden moet ze een chemische menopauze opwekken. Het lijkt de verkeerde route, maar Sören weet ongetwijfeld waar hij het over heeft.

Ze droomt zichzelf terug, dwars door het lawaai van auto's en een of andere sirene die door de decemberduisternis loeit. Ze verlangt naar een leven waarin mensen zijn wat ze zeggen te zijn, waarin ze geen lichaamstaal hoeft te interpreteren en niet tussen de regels door hoeft te luisteren. Waarin ze niet hoeft te gissen wat iemand echt bedoelt. Waar mensen niet zijn zoals Camilla.

Ze heeft haar niet meer gesproken sinds hun wandeling op Djurgården, bijna twee maanden geleden. Ze is niet van plan contact op te nemen. Het doet haar pijn dat ze haar nieuwe vriendin zo snel is kwijtgeraakt, net zo snel als ze haar heeft gevonden.

Zullen ze ooit weer nader tot elkaar komen? Hun schouders ophalen en vergeven en vergeten. Vaststellen dat Camilla een beetje gek was, maar dat dat door de hormonen kwam.

Ze haat het om het aan zichzelf toe te geven. Dat ze iemand mist die haar pijn heeft gedaan. Nooit eerder heeft ze zich zo eenzaam gevoeld als nu.

Toen ze Mikael vertelde wat Camilla had gezegd, was ze bang dat hij met alles zou willen stoppen, dat hij niet door zou willen gaan met de ivf-behandeling. Maar hij had gezegd dat hij met Sören ging praten en dat had hij gedaan, zonder haar. Ze wist niet in detail wat ze hadden besproken, alleen dat hij ervoor had gezorgd dat hun zaak met dezelfde vertrouwelijkheid zou worden behandeld als die van andere mensen. Lisa vroeg zich af of hij Sören had bedreigd, want sinds dat gesprek leek Mikael hem in de tang te hebben.

Wat Camilla betreft had hij zich ingehouden. Hij had niet gezegd wat hij echt van haar en haar idiote ideeën vond, omdat hij begreep dat de vriendschap belangrijk was voor Lisa. Persoonlijk vond hij haar echter compleet gestoord.

Maar niet op de dansvloer.

Is het al te laat? Kan hun huwelijk nog gered worden?

Ze wil er niet over nadenken. Ze wil niet die vrouw zijn die haar huwelijk opgeeft en op haar werk een minnaar heeft. Ze moeten een manier zoeken om elkaar weer te vinden voordat ze zwanger wordt, als dat überhaupt gebeurt. Een kind kan hun huwelijksproblemen niet oplossen. Ze moeten een kind niet met zo'n grote verantwoordelijkheid opzadelen.

Ze hebben elkaar heel veel beloofd, ten overstaan van een priester en een kerk vol familie en vrienden. Dat ze elkaar niets zullen verwijten, elkaar niet zullen veroordelen. Het was de gelukkigste dag van haar leven, geen twijfel mogelijk. Dat geluk was echt. Alles wat ze nu meemaken is niet echt, het is ruis veroorzaakt door stress en onkunde.

De auto stopt voor een rood licht.

'Ga je die de hele tijd ophouden?' vraagt Mikael.

Lisa ziet zichzelf in de achteruitkijkspiegel. Door de zwarte zonnebril ziet ze eruit als een beroemdheid op weg naar een afkickkliniek. Twee weken van hormoonbehandelingen, overmatig zweten en migraine.

Haar gezicht is opgezwollen. Haar lichaam is opgezwollen. Als Mikael een bocht iets te hard neemt, geeft ze weer over.

'Ik kan hem afdoen als je wilt.'

'Hoe is het met de hoofdpijn?'

'Rij nou maar gewoon voorzichtig.'

Ze steekt haar hand uit om de radio aan te zetten. Hij staat afgestemd op een van de commerciële radiozenders die in deze tijd van het jaar alleen maar kerstmuziek draaien.

Mariah Carey zingt *All I Want for Christmas Is You*. De stem snijdt door Lisa's hoofd. Ze zet de radio weer uit.

Mikael werpt haar een bezorgde blik toe, zegt niets en trekt dan zo voorzichtig mogelijk op wanneer het licht op groen springt.

Wanneer ze de kliniek binnenkomen worden ze naar een onderzoekskamer gebracht. Lisa wordt verzocht zich uit te kleden en iets wat lijkt op een wit hemd aan te trekken. Op de borst zit een verwassen blauw ziekenhuislogo. Mikael staat achter haar en masseert zachtjes haar schouders.

Er wordt op de deur geklopt en Sören komt binnen.

'Hoi,' zegt hij. 'Hoe is het met je? Ben je er klaar voor?'

'Ja, we zijn er klaar voor,' zegt Lisa.

Mikael loopt naar Sören toe en schudt hem de hand.

'Hoelang duurt het?' vraagt hij.

'Een kwartier, hooguit,' zegt Sören. 'Dan krijgen jullie koffie met wat lekkers. Lisa, het kan zijn dat je je daarna wat vermoeid voelt en dat je wat pijn ervaart.'

'Mag Mikael bij me blijven?'

'Mikael moet eerst voor het sperma zorgen, maar verder kan hij de hele tijd bij je zijn. Verder nog vragen?'

'Nee.'

Ze hebben alles al meerdere malen doorgenomen.

'Goed, loop maar met me mee.'

Sören bereidt de plaatselijke verdoving voor. Hij werkt snel en behendig. Zijn grote handen bewegen nauwkeurig en vlot.

'Doe je dit allemaal zelf?' vraagt Mikael.

'Ik heb jullie toch een persoonlijke behandeling beloofd?'

Mikael knikt instemmend. Het hoort vast bij hun overeenkomst.

'Normaal gesproken doe ik dit niet. Maar bij jullie wil ik er zeker van zijn dat alles goed gaat in de eerste, kritieke fase.'

Hij komt dichterbij.

'Lisa, ik weet dat je niet van naalden houdt.'

Ze schudt haar hoofd.

'Ik zal zo voorzichtig mogelijk zijn. Hier komt de verdoving. Gaat het?'

Lisa knikt. Ze wendt zich af, pakt Mikaels hand, knijpt er hard in en kijkt strak naar de muur. Haar hele lichaam verkrampt.

De injectie maakt een gat in haar. Ze voelt kort een pijnscheut en huivert.

Wanneer het voorbij is, kijkt ze naar beneden en ziet haar blote benen. Het hemd is omhooggeschoven. Ze is naakt vanaf haar middel. Ze heeft er altijd een hekel aan gehad om naar de gynaecoloog te gaan, maar dat heeft ze voorgoed achter zich gelaten.

Sören bereidt de volgende injectie voor. Die naald is aanzienlijk langer dan de vorige. Hij bevestigt hem aan een arm van een machine die met uiterste precisie werkt, door middel van ultrageluid.

De machine ziet er angstaanjagend uit. Als een robot die haar zal aanvallen.

Ze knijpt nog harder in Mikaels hand, voelt de botjes kraken. Hij schuift de stoel dichterbij en legt een hand op haar voorhoofd.

'Hou vol,' zegt hij. 'Het duurt maar een kwartiertje. Vijftien minuten.'

'Dan ga ik nu de follikels aanprikken, Lisa,' zegt Sören. 'Je hebt er mooie eitjes in zitten. Dat blijkt uit de echo's. Dus ik heb goede hoop.'

De machine naast hem begint tussen haar benen te bewegen. De naald prikt door de vaginawand en gaat dan dieper in haar. Ze probeert rustig adem te halen. Door de verdoving heen voelt ze vanbinnen een zuigende sensatie. Een onaangenaam, duizelig gevoel, alsof ze wegzinkt in een bodemloze oceaan. Ze sluit haar ogen en probeert alle gedachten en gevoelens uit te schakelen.

Ze wordt wakker doordat de naald langzaam weer uit haar wordt getrokken. Wanneer ze haar ogen opent, kijkt ze recht in het gezicht van Mikael. Hij glimlacht en zijn ogen zijn vochtig.

'Je was even weg,' zegt hij.

'Je hebt het goed gedaan, Lisa,' zegt Sören. 'Voel je je oké?'

'Een beetje versuft.'

'Dat is normaal. Het is zowel fysiek als mentaal stressvol. Dat hoort erbij.'

'Wat gebeurt er nu?'

'Je kunt blijven liggen. Ik rij het bed naar jullie kamer zodat je daar even rustig kunt bijkomen. Nu is Mikael aan de beurt.'

Mikael glimlacht scheef. In zijn ooghoek blinkt een traan. Hij doet geen moeite om hem weg te vegen.

'Nu worden we voortgeplant,' zegt hij.

Sören klopt hem op de schouder.

'Als jij de deur opendoet dan duw ik het bed.'

Er loopt een vrouw langs wanneer ze het bed de gang in rijden. Lisa ziet alleen haar lichaam, niet haar gezicht. In een oogwenk is ze om de hoek verdwenen. Alsof ze weg wilde duiken.

Er was iets met deze vrouw. Haar haarkleur, haar gestalte, haar manier van bewegen.

Ze beeldt zich dingen in. Dit kan niet kloppen. Wat heeft zíj hier te zoeken?

Het begint te borrelen in haar binnenste. Wat ze denkt is niet rationeel.

'Die vrouw,' zegt ze. 'Wie was dat?'

'Wie?' vraagt Mikael.

'Er was een vrouw in de gang toen je de deur opendeed. Wie was dat? Hoe heet ze?'

'Lisa, wat is er met je aan de hand?' vraagt Mikael.

'Sören, wie liep daarnet gehaast voorbij in de gang?'

'Dat was een van de verpleegkundigen.'

Wanneer Mikael met Sören is vertrokken begint haar hele lichaam te kriebelen. Ze ligt in het bed, staart naar het plafond van de patiëntenkamer. Een zuigend gat in haar buik. Ze probeert te kalmeren, terug te gaan naar de rustige, ritmische ademhaling die haar gered heeft tijdens de vijftien minuten die het duurde om haar follikels aan te prikken. Maar dat gaat nu moeilijker. Haar ademhaling is onregelmatig. Ze denkt de hele tijd aan de vrouw. De vrouw die in de gang voor hen wegdook.

In de afgelopen weken is er veel veranderd, zowel in haar lichaam als in haar geest. Maar ze is niet gek en ze beeldt zich geen dingen in. Dat weet ze heel zeker.

Camilla heeft eerder als verpleegkundige in dit ziekenhuis gewerkt en ze valt zo nu en dan nog in. Dat heeft ze haar zelf verteld. Is ze daarom hier, nu zij en Mikael hier ook zijn? Sören moet zich toch wel realiseren dat dit niet erg gepast is?

Ze weet absoluut zeker dat ze Camilla daarnet in de gang heeft gezien.

26

Lillängen, Nacka,
oudejaarsavond

'Dit zwembad laten aanleggen was het beste besluit ooit.'

Mikael komt terug, gekleed in een schone broek. Zijn pony is een beetje nat, alsof hij zijn gezicht heeft afgespoeld met water. Hij lalt niet. Dat doet hij nooit.

Het zwembad was de laatste fase van de bouw van het huis. Toen voor de eerste keer de herfst aanbrak en het bad met grote, grijze platen was bedekt, verdween de charme waar ze zo hard voor hadden gewerkt: de ligging van het huis op het terrein, met het zwembad pal voor het huis, het licht en het uitzicht als je binnen was, niets klopte meer.

Maar deze herfst heeft Lisa iets bedacht waardoor het eindelijk allemaal goed komt. Op een boerderij in Skåne heeft men het zwembad voor de winter afgedekt met een op maat gemaakte glazen plaat in plaats van met die lelijke grijze platen. Met een afdekplaat van glas kan de zwembadverlichting buiten het zomerseizoen aanblijven, ook al is het bassin leeg. Waardoor het houten dek dat eromheen ligt dezelfde sfeer oproept als op een warme zomeravond. Met een beetje warm water stromend over het glas zal het lijken alsof het zwembad nog steeds gevuld en verwarmd is.

Zelfs de rijkste families in Storängen hebben dit niet.

Sören en Camilla kijken Mikael onzeker aan wanneer hij naar hen toe loopt, bij hen gaat staan en uitkijkt over het achterste deel van het terrein.

'In de zomer loop ik hier altijd naar buiten,' zegt hij. 'Dan ga ik op de reling staan en maak een zweefduik, zo het water in!'

Hij lacht weer.

'Hoe gaat het met je?' vraagt Sören. 'Voel je je weer wat beter?'

Mikael was echt de weg kwijt daar op het kruispunt. Lisa kon alleen maar God op haar blote knieën danken dat de politie niet net op dat moment was verschenen en hem op heterdaad had betrapt toen hij de grens tussen Storängen en Lillängen probeerde te verplaatsen.

Sören maakt dit in hem los. Zijn vreemde opmerkingen, zijn ongemakkelijke vragen. Hun gezamenlijke verleden.

'Dit gebeurt soms gewoon,' zegt Mikael. 'Het is niet anders. Ik verlies mijn geduld als mijn rug opspeelt. Ik moet je mijn excuses aanbieden. Ik hoop dat je wat ik allemaal zei niet persoonlijk opvat.'

'Geen probleem,' zegt Sören. 'Ik neem het je niet kwalijk.'

In Storängen draait alles om de *gemeenschap*, of de *community*, zoals de inwoners van Storängen het noemen. In Lillängen is er niets, behalve de nabijheid van Storängen. Zijn hele leven is Mikael een deel van die gemeenschap geweest. De eerste paar jaar dat ze hier woonden heeft Lisa nauwelijks een voet buiten de deur gezet. Iedereen kende haar verhaal, maar niemand begreep wat er echt was gebeurd en niemand durfde contact te zoeken. Tegen de tijd dat ze weer op de been was, was het te laat om haar nog voor te stellen als een van de nieuwe buurvrouwen. Ze was oud nieuws. Beschadigd materiaal.

'Ik zou die zweefduik van de reling weleens willen zien,' zegt Camilla. 'Vooral met die rug van je.'

Ze glimlacht naar Mikael, een beetje plagerig.

Mikael begrijpt haar insinuatie.

'Jammer voor jou dat het zwembad leeg is en gesloten voor het seizoen,' zegt hij. 'Dus dat zal een andere keer moeten. Maar ik wed dat je niet met mij van het terras durft te springen.'

'Om hoeveel?' vraagt Camilla.

'Ik zou maar oppassen,' zegt Sören. 'Camilla grijpt elke kans aan om te zwemmen. En ze is niet bang om van grote hoogtes te springen.'

'Als jij het durft, durf ik het ook,' zegt Camilla. 'Zeg het maar.'

'Oké,' zegt hij. 'Dat zal ik onthouden.'

Lisa's verrassing wat betreft het zwembad was een poging om de klok terug te draaien. Om ervoor te zorgen dat Mikael zijn minderwaardigheidscomplex kwijtraakt en accepteert dat hij net zo goed is als andere mannen in Storängen. Een poging om dat wat hem fundamenteel veranderde ongedaan te maken.

De kant die het gesprek op gaat bevalt haar niet. Mikael en Camilla dagen elkaar uit. Hun persoonlijkheden vormen een giftige combinatie. Het verlangen om het licht aan te doen en Mikael de verrassing te laten zien, verdwijnt. Het mag gerust aardedonker blijven daarbuiten.

'Hebben jullie Ebba en Marlon gezien?' vraagt ze.

Ze heeft haar dochter niet meer gezien sinds ze met de doorweekte broek van haar vader naar de wasruimte verdween. De blik in haar ogen zal ze niet gauw vergeten. De teleurstelling in haar stem.

'Ik gok dat ze op Ebba's kamer zijn,' zegt Camilla.

Lisa gaat erheen en klopt op de deur. Deze keer wacht ze tot ze zeker weet dat er niemand is. Ze wil voor geen goud de kamer nog een keer zo binnenvallen. Wanneer niemand reageert, gaat ze naar binnen. Ze raapt de spijkerbroek op die eerder voor de deur lag en gooit hem in de wasmand. Elke centimeter van de vloer is bedekt met Ebba's kleren, pennen, blocnotes, boeken en verschillende make-upspullen. Ze laat haar blik over de muren gaan, over de nieuwe posters die Ebba heeft opgehangen.

Eternal Sunshine of the Spotless Mind. Edward Scissorhands. The

Cure – Boys Don't Cry. Cigarettes After Sex. Nick Cave & the Bad Seeds.

Haar maag trekt samen als ze bedenkt wat deze posters vertegenwoordigen. Het zijn verwijzingen naar films en muziek die meer bij de generatie van Mikael en haar passen dan bij die van Ebba. Waar heeft ze haar hang naar dingen van vroeger vandaan? Haar smaak botst met de hedendaagse cultuur en neigt naar het alternatieve, met indierock en met films die niet eens op Netflix te vinden zijn.

Ebba zal niet met zomaar iemand uitgaan, dat is duidelijk. Marlon past perfect in het plaatje.

Zoals Camilla al zei.

Misschien had Lisa Ebba meer de bevestiging moeten geven die ze zoekt, had ze moeten zeggen dat Marlon precies goed voor haar is, zoals zij denkt?

Zoals Camilla deed.

Het bed is niet opgemaakt. Waar zijn ze? Misschien zijn ze deze keer naar beneden gegaan, naar de tv-kamer?

Ze weet dat ze daar zou moeten kijken, maar Ebba's laptop staat open op haar bureau. Ze loopt erheen en kijkt op het scherm, leest. Ebba heeft de Matchbox-website bezocht, de site waarop Marlon en zij elkaar hebben gevonden, en heeft een screenshot gemaakt. Ze heeft het beeld bewerkt door een grote groene cirkel om het resultaat te tekenen – negenennegentig procent. Daarnaast heeft ze geschreven: *Zielsverwanten.*

Lisa probeert de verleiding te weerstaan om de rest van de computer te doorzoeken. Maar opent toch de browser en klikt op de zoekgeschiedenis. Ebba heeft een liefdeshoroscoop besteld. Lisa opent de site en begint te lezen. Ze steekt haar neus in iets wat haar niet aangaat. Wat ze doet is net zo erg als Ebba's dagboek lezen. Ze wil het venster sluiten, maar haar ogen worden naar de laatste woorden van de horoscoop getrokken.

Deze constellatie van dierenriemtekens kan maar op twee manieren eindigen.

Of jullie zijn het beste koppel ooit of jullie breken elkaar in duizend stukjes.

27

Storängen, Nacka,
oudejaarsavond

Onze gasten zijn er... vertel er later meer over... Kunnen we elkaar morgenochtend vroeg even bellen?

Tom weet niet voor de hoeveelste keer hij Lisa's sms'je leest. Het balkon bij de zolderverdieping van het oude gerechtsgebouw is nu volledig bedekt met sneeuw. Beneden ligt het parkje, wit en stil. Erachter bevindt zich de oude houthandel, die gesloopt zal worden en plaats moet maken voor woningen. Vlak ernaast ligt het treinstation Storängen. Een trein rijdt langzaam het station binnen, stiller dan normaal, het gehuil van de remmen wordt gedempt in de donkere winternacht. Er spatten vonken van de bovenleiding en de bleekgele verlichting in de wagons belicht de lege stoelen.

Waarom heeft ze niet gebeld? Ze had toch op zijn minst nog een bericht kunnen sturen.

Het is duidelijk dat ze vanavond geen contact met hem wil, dat haar gezin en de gasten haar aandacht opeisen. Maar ze moeten elkaar vannacht nog zien. Misschien moet hij haar eraan herinneren dat er nog een taak is waar ze niet onderuit kan. Maar voorlopig lijkt het beter om haar niet te storen.

Hij richt zijn blik weer op zijn appartement. Een vrijgezellenwoning, nauwelijks gemeubileerd, een tijdelijk verblijf, halverwege op weg naar nergens. Purple ligt in zijn gebruikelijke houding voor de televisie te soezen. Hij begint oud te worden. Oud voor een buldog.

Toms rugzak ligt op de grond, een eindje van de hond vandaan. Hij heeft het opgehaalde pakje nog niet uitgepakt, het pakje waarmee hij de avond wat aangenamer wilde maken, gewrichten wilde verwarmen en angst wilde bezweren.

Hij denkt aan het pakje dat hij heeft verstuurd, het voorwerp dat hij verkocht heeft. Hij is niet geheel blij dat hij het heeft weggedaan. Dat hoort echter bij het leven, afscheid nemen van dingen die je eigenlijk wilt houden. Het duurt een paar dagen voordat het geld op de rekening staat. Tot die tijd moet hij zich gewoon gedeisd houden. Als er één goed voornemen is dat hij voor zichzelf zou willen hebben, dan is het wel om niet meer zoveel geld over de balk te smijten.

Hij verbindt zijn telefoon met de stereo-installatie, selecteert zijn gebruikelijke playlist en gooit dan de telefoon op de bank. Hij loopt naar de keuken en wast zijn handen grondig met ontsmettingsmiddel, opent de koelkast, haalt er een ijskoud blikje Cherry Coke uit en spoelt het af onder de kraan voordat hij het open trekt en de donkere, bruisende drank in een met de hand afgewassen glas schenkt.

De jonge, mannelijke politieagent had gevraagd of hij die nacht iets had gehoord. Wat zou hij gehoord moeten hebben? De inbraak in Lisa's auto? Of de nauwelijks hoorbare klik van het openen van een medicijnkastje met een kaart en een code, door iemand die bekend is met de procedures bij Maria Regina, die zo nauwgezet bezig is geweest dat hij geen sporen heeft achtergelaten? Iemand die heel strikt is wat hygiëne betreft. Iemand als hijzelf.

Hij zet het glas op de salontafel in de woonkamer, loopt naar de boekenkast en pakt de mappen met het opschrift MICHIGAN STATE SPARTANS en NORTHWESTERN WILDCATS.

Hij gaat zuchtend op de bank zitten en legt de kaarten met spelersfoto's op tafel, probeert de wedstrijd van vanavond te visualiseren, welke speltactiek de Spartans zullen gebruiken om door de verdedigingsmuur van de Wildcats te komen. Het is mogelijk – maar niet helemaal zeker – dat hij een uitnodiging voor een nieuwjaarsfeest geaccepteerd zou hij hebben, als hij was uitgenodigd. Maar deze ervaring voor de tv is een feest op zich. Nieuwjaarswedstrijden hebben iets speciaals: de tribunes zitten vol en alle cheerleaders hebben nieuwe, huiveringwekkende stunts ingestudeerd.

De salontafel verandert in een schaakspel vol testosteron. Het slagveld is gereed en wacht op het beginsignaal. Hij voelt de spanning in zijn lichaam, alsof hij er zelf bij is, als een van de strijders op de linie.

Achter in de map zitten zijn kostbaarste kaarten, zijn verzameling spelers die hun carrière op de universiteit zijn begonnen en als sterspeler een plekje in de professionele competitie wisten te veroveren. Deze spelerskaarten zijn van de eerste editie, de verzameling is compleet en uniek, misschien is ze wel de beste ter wereld. Het verzamelen heeft hem jaren gekost, met duizenden uren achter de computer en vele lange reizen naar verschillende evenementen in alle uithoeken van het Amerikaanse continent. Dat heeft hem meer geld gekost dan hij wil toegeven, en ontelbare bezoekjes aan het postpunt in de supermarkt.

De vrouw die daar werkt, Franka, heeft geen idee waar hij mee bezig is. En alle anderen die hij ooit dicht bij zich heeft toegelaten evenmin. Lisa heeft hem weleens vergeleken met haar vader, die postzegels verzamelde en een Tre skilling banco geel beschouwde als het mooiste wat hij bezat. Als het huis in Lyckeby ooit in brand zou vliegen, zou hij zich meer zorgen maken over de postzegel dan over zijn huis.

Als er in Toms flat ooit brand zou uitbreken, zou hij deze map meegrissen voordat hij zou vluchten. Waarom? Misschien is het hemzelf wel niet helemaal duidelijk.

Hij haalt de goudomrande kaart van Graham Stoke Perkin tevoorschijn, de verdediger met wie hij studeerde en die na zijn jaren aan de universiteit het hopeloze team van de Houston Texans naar de overwinning leidde in de South Division. Vervolgens werden ze meteen uitgeschakeld in de play-offs, door de Baltimore Ravens.

Hij draait de kaart om en ziet de handtekening en de persoonlijke groet.

I love you no helmet!

Hij betast de kaart, de lijnen van de zwarte markeerstift die zijn oude vriend in zijn hand had gehouden.

Tom had in het begin van zijn studie alles tegen. Hij studeerde geneeskunde. Bovendien was hij een Europeaan. Die begrijpen niets van American football.

Maar verdomme, wat had hij hard getraind om in het team te komen. Hij voelt nog steeds het melkzuur in zijn keel wanneer hij eraan terugdenkt. Hij slaagde erin naam te maken, gedurende een tijdje althans. Maakte een aantal *fieldgoals*. Had een paar positieve vermeldingen in de lokale krant.

Toen het tijd was voor de Conference-finale kwam de grote kans. De coach vroeg hem tijdens een korte spelonderbreking onverwacht om in te vallen. Hij had nooit gedacht dat hij de kans zou krijgen als er zoveel op het spel stond, en hij maakte zich haastig klaar. Hij rende het veld op en nam plaats naast Perkins, die zoals altijd met zijn ogen op de grond gericht stond te wachten op het signaal om te gaan rennen en lichamen naar de grond te werken. Maar toen de scheidsrechter floot, besefte iedereen dat er iets mis was. Tom keek op naar de scheidsrechter, die zijn armen spreidde en een penalty gaf tegen de Wildcats. Daarna wees hij naar Tom en sprak in de microfoon: 'Vijftien yard straf, onsportief gedrag, verboden uitrusting.'

Iedereen keek naar Tom. De coach gooide het strategiebord op de grond en stampte erop. Zijn teamgenoten schuifelden bijna vijftien meter naar achteren. Tom spreidde zijn armen en deed een beroep op de scheidsrechter, hij begreep niet wat hij fout had gedaan. De coach schreeuwde dat hij van het veld af moest gaan. Het publiek joelde, schreeuwde en lachte.

Perkins legde een hand op zijn schouderbescherming en zei alleen maar: 'Geen helm.'

Tom leunt achterover op de bank, legt zijn handen op zijn hoofd en boort zijn vingers in zijn hoofdhuid. Hij rende het veld op in de Conference-finale zonder zijn helm op te zetten.

Hij mocht nooit meer invallen.

Uit de stereo-installatie klinkt de rauwe stem van Bruce Springsteen, het is ergens midden in een hit uit de jaren tachtig. Het doet nog steeds pijn. Bitterzoet en smeulend. Alsof hij bevroren is in het moment, versteend in de herinnering.

'De wedstrijd gaat bijna beginnen,' zegt hij hardop, tegen zichzelf en Purple. 'Nu zijn we er klaar voor, toch? *Go Wildcats*!'

Geen reactie van de hond.

Hij loopt nog een keer naar de boekenkast, naar de map zonder label op de rug. De documenten zitten in aparte plastic hoesjes, perfect gerangschikt in chronologische volgorde.

Op de rug van de map ontbreekt niet voor niets het label. Als iemand erin zou bladeren zou hij ter verantwoording worden geroepen. Als arts hoor je dit soort gegevens niet thuis te hebben. De identiteit van de patiënte zou snel onthuld worden. Haar persoonsnummer staat op elke pagina.

Slechts een enkele keer heeft hij het gehad over de informatie in de map. Hij bedoelde het goed, maar kreeg elke keer veel kritiek. Hij was de arts die niet wist waar hij het over had. De collega die niets met de zaak te maken had. De vriend die zich ongeoorloofde vrijheden permitteerde.

De idioot die zonder helm het veld van een footballwedstrijd op rende.

Uit een van de plastic hoesjes valt een foto. Hij buigt voorover en pakt hem op. De foto is genomen in een automaat in Nacka Forum, misschien achttien, negentien jaar geleden. In een vervlogen tijd, toen alles nog niet zo verdomd definitief was. Toen alles nog openlag.

Lisa's blonde haar was langer toen, haar gezichtsuitdrukking lijkt neutraal en onschuldig. Haar huid ziet er gezond uit en is glad. Ze heeft een eenvoudige schoonheid, naturel, en straalt levenslust uit. Haar blik is zowel verhullend als onthullend, alsof ze in beslag genomen wordt door een gedachte, een beslissing of een verlangen.

Alsof ze ervoor gekozen heeft een sms te sturen in plaats van hem te bellen.

Zoals ze toen was, nu is, en altijd zal zijn.

NAGERECHT

28

Lillängen, Nacka,
oudejaarsavond

Voordat ze Ebba's slaapkamer verlaat, probeert Lisa haar sporen op de computer uit te wissen, zodat haar dochter niet zal merken dat ze aan haar laptop heeft gezeten en in haar bestanden heeft zitten neuzen. Ze had niet willen geloven wat Ebba haar had verteld, dat Marlon en zij elkaar online hadden gevonden. De hele avond had ze gedacht dat haar dochter meer wist dan ze wilde vertellen. Wat ze op de computer zag bevestigde echter wat Ebba had gezegd. Door een internetdienst en een geavanceerd algoritme waren ze met elkaar gematcht.

Volgens de horoscoop moesten Sören en Camilla in dezelfde tijd als Mikael en zij in verwachting zijn geweest. Ze had toen in feite al geen contact meer met Camilla, maar gezien alle afspraken en gesprekken met Sören zou ze het op een gegeven moment toch te weten moeten zijn gekomen.

Wanneer Lisa de keuken weer binnenkomt zijn Mikael, Sören en Camilla het dessert aan het klaarmaken. Het nagerecht dat Lisa zelf heeft uitgekozen en zelf had willen serveren. Camilla lijkt zich helemaal thuis te voelen en heeft de leiding overgenomen. Ze beweegt zich vrijelijk, zoekt in de keukenladen alsof het haar eigen huis betreft.

Ebba en Marlon komen de trap op en voegen zich bij hen in de keuken. Zoals Lisa al dacht zijn ze beneden in de tv-kamer geweest om even niet bij de volwassenen te hoeven zijn. Ebba's slaapkamer is immers niet meer veilig nadat Lisa daar zonder toestemming binnenkwam.

Lisa ziet aan Ebba dat ze zich anders gedraagt na het debacle met Mikael eerder. Ze lijkt harder, meer in zichzelf gekeerd. Zoals ze dat soms kan zijn wanneer haar frustratie het kookpunt bereikt. Dit is niet het moment om te proberen het gedrag van haar man te verklaren en te verdedigen. Ze heeft het al zo vaak gedaan en uit ervaring weet ze dat het tot morgen moet wachten.

'Mama, we wilden met wat vrienden naar een feestje gaan om het nieuwe jaar in te luiden,' zegt Ebba.

Lisa moet op haar lip bijten om niet 'nee, geen sprake van' te roepen. Ebba en Marlon zijn hun bliksemafleider, zij moeten erger voorkomen. Ze vermant zich en probeert een goede reactie te bedenken.

'Waar wilden jullie dan naartoe?' vraagt ze.

'Naar een feest in Storängen.'

'Hebben jullie met Sören en Camilla gepraat?'

Ebba haalt haar schouders op.

'Kunnen we eerst verdergaan met het etentje en het er daarna samen over hebben?'

Ebba schudt haar hoofd.

'Het is al bijna half elf,' zegt ze.

Lisa kijkt op haar horloge. Dat klopt, over anderhalf uur begint er een nieuw jaar. Haar aftellen is helemaal de mist ingegaan. Ze is de grip op haar schema kwijt en haar strategie om de tijd op te delen heeft jammerlijk gefaald.

'Marlon en ik willen écht naar dat feest.'

'Is dat niet een beetje ongepast?' zegt Sören. 'We zijn hier te gast, als gezin. En we blijven niet al te lang. Lisa heeft een zware dag gehad. Het is beter dat we samen naar huis gaan.'

Lisa was zich er niet van bewust dat Sören zo dichtbij stond dat hij hun gesprek kon horen. Hij is duidelijk ook bezorgd. Net als Lisa lijkt hij niet te willen dat de tieners hen alleen achterlaten. Dat ze aan dezelfde kant staan is nieuw voor haar. Het voelt niet bepaald prettig.

Camilla komt erbij staan en steekt haar arm onder een arm van haar man. Trekt hem dicht tegen zich aan.

'Degenen die we liefhebben moeten we loslaten, toch schat?' zegt ze. 'Natuurlijk gaan de jongelui naar dat feestje.'

'Ik vind het echt niet gepast,' zegt Sören.

'Wat, papa?' zegt Marlon. 'Wát precies is er niet zo gepast?'

Marlon kijkt Sören aan met een blik vol opstandigheid, bijna minachting. Ebba pakt Marlons hand en knijpt erin.

'En het dessert dan,' zegt Lisa. 'Willen jullie daar niet wat van?'

'Lisa en Mikael hebben veel moeite gedaan om deze heerlijke maaltijd voor ons te bereiden en dan gaan jullie zomaar weg? Dat vind ik niet kunnen,' zegt Sören.

Lisa is het met hem eens. Maar dat kan ze niet zeggen.

'Maar mama, toe nou,' zegt Ebba. 'Het feest is hier in Storängen. Bij Steffe thuis.'

Steffe is de zoon van een bekende familie in de buurt. Ze wonen in een van de grootste en mooiste huizen in de wijk. Lisa kijkt ervan op dat het feest daar is. Ze dacht dat ze rond de jaarwisseling altijd naar een of ander Caribisch eiland gingen. Maar ze wil niet achterdochtig overkomen.

'Steffe,' zegt Camilla en ze lacht. Ze gooit haar handen in de lucht alsof de naam van de gastheer een teken van de goden is. 'Jemig, Sören, weet je dan niet meer hoe het is om achttien te zijn? Achttien! We moeten dankbaar zijn voor de tijd die we met deze twee kristalkinderen hebben gehad.'

'We waren van plan om een fles wijn mee te nemen,' zegt Ebba.

Mikael staat achter Marlon en Ebba. Lisa kijkt hem aan, in de hoop dat hij iets zal zeggen. Maar hij houdt wijselijk zijn mond.

'We hebben het daar over gehad, Ebba,' zegt Lisa. 'En trouwens, Camilla, Ebba en Marlon zijn zeventien, niet achttien.'

'Prima,' zegt Ebba. 'Misschien vind je dat ik die aangebroken fles Pommac die in de koelkast staat moet meenemen?'

'Ik vind dat jullie hier moeten blijven,' zegt Sören.

'Jullie?' Mikael mengt zich plotseling in het gesprek. 'Bepaal jij nu ook al wat zíj, mijn dochter, moet doen? Als ze naar een feestje wil dan heb jíj daar toch niets over te zeggen?'

Sören heft zijn handen in een verdedigend gebaar.

'Ik heb alleen gezegd wat ik ervan vind,' zegt hij.

'Mag ik een voorstel doen?' vraagt Camilla. 'We eten met z'n allen het dessert en proosten met een glas dessertwijn. Marlon en Ebba krijgen ook een glas. Daarmee sluiten we dit heerlijke diner samen af. Daarna kunnen ze wel naar hun feestje, toch? Dat is toch geen probleem?'

Sören kijkt zijn vrouw aan. Uiteindelijk knikt hij schoorvoetend. Hij wil echt niet dat Marlon gaat, dat is duidelijk aan hem te merken. Maar hij spreekt Camilla niet tegen. Waarschijnlijk doet hij dat nooit.

Toch klinkt Camilla's voorstel goed. Het is een soort compromis. Ongewoon redelijk voor haar doen. Lisa heeft zichzelf beloofd om Ebba te steunen, ook als dat betekent dat ze afstand van haar moet nemen.

'Oké,' zegt Lisa. 'Ik vind het goed.'

'Een beetje van het dessert kan toch wel?' zegt Marlon.

'Maar komen we dan nog op tijd?' zegt Ebba. 'We kunnen niet ná twaalven komen.'

'Dat redden we wel,' zegt Mikael. 'Kom, aan tafel.'

Alles voelt anders wanneer ze weer aan tafel zitten. Mikael en Sören halen het dessert en de Sauternes. Lisa zit doodstil en kijkt alleen maar, als een toeschouwer, als een bezoeker in haar eigen huis.

Waarom is er Sören er zoveel aan gelegen dat Marlon niet weggaat?

De hoofdpijn waar ze al de hele avond tegen vecht is zo hevig dat haar slapen kloppen. Een krampachtige gevoel in haar nek maakt haar een beetje duizelig en tegelijkertijd helemaal stijf. De tintelingen in haar lichaam worden steeds heftiger. Het straalt van haar hart, dat hard tekeergaat, naar haar armen en vingers. Als ze geen manier vindt om het minder te laten worden, zullen haar handen uiteindelijk gaan trillen.

Kom, Mikael, laten we even naar buiten gaan.

Nee, wacht. Misschien moet Sören eerst mijn bloeddruk meten?

Heel even sluit ze haar ogen om haar lichaam tot rust te laten komen. Ze haalt een paar keer bewust diep adem. In de duisternis achter haar oogleden ziet ze Ebba's oplichtende computerscherm met de informatie die ze daarnet heeft ontdekt. Ze opent haar ogen weer wanneer Mikael de schaal met het klassieke dessert Gino midden op de tafel neerzet. Fruit met geraspte witte chocolade uit de oven. Vijf minuten op 225 graden. Daarna als topping vanille-ijs.

Ze zet de lepel op de gestolde chocolade, duwt hem door een aardbei en een stukje banaan en wordt zich bewust van haar verstuikte pols, die onder het verband nog steeds een zeurende pijn veroorzaakt, maar het is pijn die ze nauwelijks nog registreert. Ze voegt er een stukje kiwi en wat ijs aan toe, maar laat de lepel op haar bord liggen. Ze pakt haar mes en tikt ermee tegen het dessertwijnglas om de aandacht van de anderen te trekken.

'Het is mijn beurt om een voorspelling te doen voor het komende jaar,' zegt ze. 'Ik denk dat degene die bij Maria Regina heeft ingebroken begin volgend jaar wordt gepakt. En dat deze persoon een zware straf te wachten staat.'

29

Ebba staat een tijdje voor het huis, in de kou. De discussie of ze wel of geen alcohol mee mochten nemen naar het feest was de druppel. Maar de stevige wandeling in de frisse lucht heeft haar een beetje gekalmeerd en heeft haar verhitte wangen doen afkoelen.

Een klein glas walgelijke, belachelijk zoete dessertwijn is alles wat ze meegekregen hebben.

Haar moeder had nul begrip getoond. In haar ogen zijn ze nog steeds kinderen, die ze moet beschermen. Ze ziet niet wat overduidelijk zou moeten zijn voor haar: dat ze nu groot zijn, volwassen, op weg naar een feest waar de feestgangers geen kind meer zijn. Deze zomer zullen Marlon en zij op de terrassen in de stad legaal elk drankje kunnen bestellen dat ze maar willen. Is haar moeder van plan hen dan te volgen om ervoor te zorgen dat ze niet te veel drinken? Zal ze met een of andere nieuwe regel komen, iets als 'zolang je in mijn huis woont, gelden mijn regels'?

Dat haar moeder het niet kan accepteren! Dat ze niet hun enige, bescheiden wens kan inwilligen. En zijzelf dan? Hoeveel flessen drank hebben ze al op? Hoeveel zullen er nog doorheen gaan voor de avond voorbij is?

Ze komt via de achterdeur de tv-kamer weer binnen. Marlon frunnikt wat aan de staande lamp naast de bank, trekt aan de kap. Is dat een tic van hem of is het een onbewuste uiting van lichamelijke onrust? Dan pakt hij zijn telefoon en stuurt iemand een bericht. Hij heeft nog steeds die gekwelde uitdrukking op zijn gezicht. Alsof hij een jeugddelinquent is, alsof hij iets verkeerd heeft gedaan.

Als hij nou maar niet van gedachten verandert. De avond is niet bepaald zo verlopen als ze hadden gehoopt. Hun ouders hebben niet bepaald vriendschap gesloten, zoals zij en Marlon graag hadden gewild.

Als ze met hem trouwt zullen ze, zeg maar, familie van elkaar worden. Haar moeder zou er waarschijnlijk de meeste moeite mee hebben om dat te accepteren. Ook al zegt ze dat ze het achter zich heeft gelaten, dat wat haar ziek heeft gemaakt. *Yeah, right.* Ebba wil er niet aan denken hoe het zal zijn nu haar moeder Sören weer heeft gezien. Hoelang zal het deze keer duren? Zal ze morgen überhaupt uit bed komen?

Marlons ouders weten nu wel hoe de situatie is, bij het vriendinnetje van hun zoon thuis. Hoe het huwelijk van haar ouders ervoor staat, hun geruzie, dat ze elkaar niet zoenen zoals normale getrouwde mensen doen, dat ze zelfs niet meer samen slapen. Dat haar vader chronische rugpijn heeft en aan zelfmedicatie doet met drank en pillen. Dat haar moeder een hysterische controlefreak is.

Er is hier geen toekomst, alleen een verleden.

Marlon heeft het erover gehad om naar het buitenland te verhuizen. Misschien al na iets van een jaar op de muziekopleiding. In Los Angeles zit een conservatorium. Als hij daarheen gaat, gaat zij met hem mee. Punt uit. Als hij haar nog steeds wil na vanavond.

Marlon kijkt op van zijn telefoon als zij haar schoenen uittrekt.

'Waar ben je geweest?' vraagt hij.

'Eventjes naar buiten.'

'Waarom? We moeten nu gaan.'

'Om iets te regelen.'

Marlon houdt zijn hoofd schuin.

'Wat heb je nu weer geregeld?'

Het idee was tijdens het dessert bij haar opgekomen. De sleutels van haar vader zitten in de zak van de broek die ze naar de wasruimte heeft gebracht. Hij is de enige die de sleutel van het huisje achter in de tuin heeft.

'We zouden toch iets meenemen?' zegt ze. 'Nou, dat heb ik geregeld.'

Op zijn sippe gezicht breekt een glimlach door. Ze voelt het in haar lichaam. Zijn warmte verspreidt zich naar haar. Ze drukt zich tegen hem aan. Marlon is niet vergeten wat ze hebben besloten en hij lijkt niet van gedachten te zijn veranderd.

Ze heeft het gevoel dat haar gezicht in brand staat wanneer hij haar diep in de ogen kijkt. Haar lichaam lijkt op elk moment te kunnen ontploffen. Ze weet wat haar opwindt en wat haar tot nu toe heeft tegengehouden. Ze begrijpt deze gevoelens. Maar er moet nu een einde aan komen.

Door de helling van het terrein is het tuinhuisje achter op het perceel vanuit het huis niet te zien. Aanvankelijk was het een schuurtje, gebruikt voor opslag. Daarna veranderde het in een fietswerkplaats. En toen de nieuwe regels voor tiny houses werden ingevoerd, had haar vader er zijn eigen mancave van gemaakt, waar hij nu alweer enkele jaren werkt en slaapt.

De deur is altijd op slot en er is maar één sleutel.

Toen Ebba in de herfst een keer naar het meer liep, zag ze haar vader door het kleine raam in de werkkamer. Hij stond op een stoel en tilde een van de plafondpanelen op. Toen hij haar zag, sprong hij van de stoel en liep snel naar het raam. Hij groette haar en probeerde normaal over te komen. Maar Ebba wist wat ze had gezien.

Het heeft geen zin om hun toestemming te vragen. Het kan haar ook niet schelen of ze het haar vergeven.

Ze heeft het heft in eigen handen genomen. Heeft ervoor gezorgd dat ze krijgt wat ze nodig heeft.

Het enige wat ze kan doen is zich losmaken en een nieuw leven beginnen met Marlon. Ze is bereid daar alles voor te doen. Seksuele problemen mogen niet in de weg staan. Wat ze heeft gezien en gehoord aan de eettafel maakt de druk alleen nog maar groter.

Maar er zijn manieren om je daarvan los te maken.

Een manier om je van alles los te maken.

30

'Camilla, wanneer heb je voor het laatst ingevallen bij het Söderziekenhuis?'

Sören heeft weer plaatsgenomen op de bank in de woonkamer, hij speelt wat met zijn telefoon. Mikael zit op de grond bij de muziekinstallatie en bladert door de bak met lp's. Alleen Lisa en Camilla bevinden zich in de keuken.

'O, dat is heel lang geleden,' antwoordt Camilla. 'Waarom vraag je dat?'

Lisa aarzelt even voordat ze antwoordt. Ze wil hun oude conflict niet weer aanwakkeren.

'Ik vroeg het me gewoon af,' zegt ze.

'Dat is zeker vijftien jaar geleden, misschien nog wel langer,' zegt Camilla.

Camilla zet de laatste dessertborden in de gootsteen en spoelt ze af met een beetje water.

'Ik kan me echt voorstellen wat voor dag je hebt gehad,' zegt ze. 'Wanneer er zoiets verschrikkelijks gebeurt als een inbraak. En dan ook nog moeten werken met stervende patiënten. Ik weet niet hoe je dat doet.'

Lisa loopt naar het koffiezetapparaat om koffie te zetten. Brengt Camilla het ter sprake om haar eraan te herinneren? Aan de inbraak, de tas, de politie.

Ze wil haar niet confronteren met haar vermoedens. Haar herinneringen zijn verre van betrouwbaar. Ze heeft Mikael wel honderd keer gevraagd wie de verpleegkundige op de gang was. En zijn antwoord was elke keer hetzelfde: hij wist het niet.

Camilla zet het laatste dessertbordje in de vaatwasser en droogt haar handen af aan het handdoekje. Een bedachtzame, onschuldige uitdrukking op haar gezicht. Ze komt dichterbij, zo dichtbij dat ze Lisa kan aanraken.

'Wanneer zijn de problemen met Mikael begonnen? Wil je erover praten?'

Diep vanbinnen wil ze niets liever dan iemand met wie ze kan praten. Ooit dacht ze dat Camilla die persoon was. Met haar oprechte blik slaagt Camilla er bijna in om haar opnieuw dat gevoel te geven.

Toen Mikael jong was begon het voor hem allemaal zo veelbelovend. Altijd de eerste die contact legde, altijd bezig met een idee. Hij begreep dat rijke mensen geen saai accountantstype wilden die hun geldzaken regelde. Ze wilden een leuke, vlotte gast. Mikael zag er goed uit, en meer nog: hij nam een bepaalde rol aan. Hij had het juiste kapsel, de juiste kleren. En de juiste glimlach om zijn lippen. Hij had dat beetje extra wanneer de klanten daarom vroegen, wat dat dan ook mocht zijn.

'Ebba,' zegt ze plotseling, hoewel ze dat niet wilde zeggen. 'Het is allemaal begonnen toen Ebba geboren werd. Ik werd ziek. Ik weet niet of je dit weet, maar ik ben heel erg ziek geweest en dat heeft jaren geduurd. Mikael stond er helemaal alleen voor.'

'Dat moet zwaar voor hem zijn geweest.'

Lisa knikt.

'Ik denk dat je gerust kunt zeggen dat het hem helemaal opgebrand heeft.'

'Hoe deed hij dat met zijn werk?' vraagt Camilla. 'Hij en zijn collega's leken dag en nacht aan het werk te zijn.'

Mikael balanceerde in die jaren op een slap koord. Hij gebruikte pillen om wakker te blijven. Vervolgens had hij iets nodig om in slaap te vallen. Het liep uit de hand. Zijn carrière bij dat chique bedrijf op Kungsträdgården brak in de knop. Dat waren de exacte woorden van zijn baas tijdens hun laatste gesprek: het ontslaggesprek. Mikael had met lege handen op straat gezet kunnen worden, maar hij kreeg een kleine ontslagvergoeding mee omdat de baas zei dat hij op hem gesteld was. Sindsdien heeft hij geen ander geld meer beheerd dan dat van hemzelf.

'Hij moest voor zichzelf beginnen en vanuit huis gaan werken,' zegt Lisa.

Ze drukt het knopje van het koffiezetapparaat in. Nog vijfenveertig minuten tot middernacht. Ze weet niet hoe dat om twaalf uur zal gaan, nu Marlon en Ebba er niet meer zijn.

Camilla legt een hand op haar arm.

'Ik zag dat jullie niet meer in hetzelfde bed slapen.'

Is Camilla in haar slaapkamer geweest toen Mikael en zij buiten waren? Of toen Lisa in Ebba's kamer was? Wat voor reden had ze om daar rond te neuzen?

'We weten allebei dat vruchtbaarheidsproblemen een zware wissel op een relatie trekken,' gaat ze verder. 'Na je ziekteverlof ben je weer begonnen te werken. Dat zal je seksleven er niet gemakkelijker op hebben gemaakt. Het werk van een verpleegkundige is zwaar en ondankbaar.'

Ze herkent dit patroon, Camilla die er recht op haar doel afgaat, rechtdoorzee, en recht op wat het meest privé is, zonder enige remming. Ze had het kunnen weten, maar het overrompelt haar elke keer weer.

'Is healer zijn gemakkelijker?' vraagt ze.

Camilla lacht en gooit de theedoek op het keukeneiland.

'Mag ik iets bij je uitproberen?' vraagt ze. 'Een oefening waardoor je je beter zult voelen. Kom eens bij me op de keukenbank zitten.'

Camilla gaat zitten en gebaart dat Lisa naast haar moet komen zitten.

'Wat ga je doen?'

'Een korte meditatie. Het duurt niet lang. Ga lekker zitten. Zorg ervoor dat je rug recht is.'

Lisa neemt naast Camilla plaats op de keukenbank en recht haar rug. Het voelt alsof haar jurk uit zijn naden gaat barsten.

'Haal een paar keer diep adem. Adem diep in en langzaam uit. Concentreer je op je onderlichaam.'

Lisa zakt in elkaar als ze probeert te ademen volgens Camilla's aanwijzingen. Ze probeert haar houding te corrigeren.

'Concentreer je op je buik en ontspan. Concentreer je op je onderrug en ontspan. Concentreer je op je borst en daarna op je onderrug. Ontspan.'

Camilla gebruikt een ingestudeerde stem. Ze klinkt als de stem bij een ontspanningsoefening op YouTube die Lisa heeft geprobeerd.

'Concentreer je op je schouders en ontspan.'

Doet ze dit met haar patiënten? Wordt ze betaald om mensen te vertellen dat ze zich moeten ontspannen?

Camilla houdt haar handen een centimeter boven Lisa's schouders. Een vreemde warmte verspreidt zich. Haar lichaam reageert en wordt zachter. Geleidelijk glijdt ze weg van de rommel in de keuken, van alles wat haar aandacht opeist. De jongelui, de gasten, de inbraak.

In haar hoofd verschijnt een foto. Het is haar vader, Erland. Ze ziet hem duidelijk. Hij staat met zijn fiets bij het hek van zijn ouderlijk huis. De foto is genomen door een Duitse fotograaf. Het is de foto die Camilla in haar hand hield tijdens die rampzalige avond op Stureplan.

'Nu gaan we naar je armen,' zegt Camilla. 'Voel je armen en ontspan.'

Lisa's ademhaling is nu rustiger, zwaarder. Haar schouders en armen zakken naar beneden en vinden hun natuurlijke houding.

'Ontspan je gezicht. Je achterhoofd en je hele hoofd.'

Camilla's vingers raken heel licht de haren in haar nek aan. Het wordt er zo warm dat het bijna brandt.

'Voel je hartchakra, dat is het centrum van je emoties.'

De foto verdwijnt in een draaikolk van zuigend licht, als water dat door de afvoer uit de badkuip wegstroomt.

'Voel de pijn die je in het verleden hebt ervaren.'

Lisa wil naar haar lichaam luisteren. Ze gaat nu ergens heen, naar een contemplatieve rust. Het lichaam verlangt ernaar, wil zich volledig ontspannen.

'Adem door je mond en breng de lucht naar de pijn die je in je verleden hebt ervaren, naar je hartchakra. Laat je adem een healing zijn voor je emotionele pijn.'

Lisa zuigt door haar mond lucht naar binnen terwijl Camilla's woorden haar lichaam doordesemen.

'Ga terug naar de emotionele pijn die je in het verleden hebt ervaren en voel hoe de intensiteit minder wordt. Doe dit drie keer.'

Haar lichaam is nu volkomen stil. Maar in haar bewustzijn rent ze een lange heuvel af, de wind strijkt langs haar lichaam. Ver beneden haar staat een figuur. Daar rent ze naartoe.

Is dat Marlon? Hij lijkt erg veel op haar vader, op de oude foto.

Ze hoort een mannenstem roepen. Dan hoort ze het geluid van iemand die op een deur klopt.

Doe die deur open!

Mikael ligt bewusteloos in het toilet van het kantoor. Bij zijn voeten ligt een pillenstrip. Zijn bretels hangen losjes langs zijn lichaam, zijn overhemd is losgeknoopt, zijn nek is rood en zijn gezicht wit.

Doe die deur open!

Mannen stormen naar binnen, schudden aan hem, beginnen te reanimeren.

Lisa probeert te begrijpen waar de stem vandaan komt en van wie die is. Ze kent hem zo goed. Maar het is niet de stem van Mikaels baas, niet die van haar vader en niet die van Marlon. De stem komt van achteren.

Ze verhoogt haar tempo, rent nog sneller, weg van de gang bij het kantoor, weg van de stem.

We moeten je bloeddruk omlaag zien te krijgen.

Haar lichaam staat in brand. Het briesje dat net zo verkoelend voelde is nu zo heet als vuur. Ze wil de vlammen bestrijden, het vuur blussen met haar armen, maar ze blijft volkomen stil zitten. Ze wil haar ogen openen, maar dat lukt niet.

Ze is nu in de klinisch witte kamer, op de afdeling verloskunde, in het Söderziekenhuis.

'Adem in door je hartchakra. Adem uit door je neus. Met heel je hart.'

De koude echoscanner beweegt over haar buik, die met gel is ingesmeerd.

Er is iets mis met het geluid van het hart!

'Alle pijn die je in je draagt, vermindert in intensiteit. Vermindert maximaal.'

Een luid alarm vult de kamer, haar hoofd, de hele wereld. Iemand komt naar het bed rennen waarop ze ligt.

'Nu kun je je ogen weer openen,' zegt Camilla. 'Voel je je beter?'

Lisa opent haar ogen. Haar hoofd is helder en stil.

De klok op de oven geeft aan dat het over een halfuur middernacht is.

31

'Ik moet me omkleden. Ik ben zo terug.'

Lisa loopt naar de slaapkamer, ze ruikt haar zweet. Haar jurk plakt aan haar rug. De hitte die ze voelde tijdens Camilla's behandeling was niet ingebeeld, die was zeer reëel. De beelden die bij haar opkwamen. De herinneringen die weer naar boven kwamen.

Die waren ook niet ingebeeld. Het waren allemaal echte herinneringen.

Ze loopt de doucheruimte in en laat haar jurk op de grond vallen.

Ze voelt zich merkwaardig kalm, maar ze is niet moe. Integendeel, op de een of andere manier voelt ze zich energieker dan daarvoor. De meditatie was erop gericht emotionele pijn te helen. Maar ze voelt zich verre van genezen. Ze voelt zich ontwaakt, als uit een lange, diepe slaap. De woede die ze zo lang heeft onderdrukt is terug. De haat is terug.

Camilla moet speciale gaven hebben. Ze kan haar handpalmen en vingers heet laten worden. Met haar stem kan ze iemand van het heden meenemen naar momenten van intense emoties. Maar ze kan niet genezen.

Camilla is gek. Zo gek dat ze gevaarlijk is.

Lisa wil het liefst douchen, maar het is bijna middernacht. Ze spoelt haar oksels af met wat water en opent de badkamerkast.

Het is allemaal chemie.

Op Mikaels plankje ziet ze dat er iets nieuws aan hun verzameling is toegevoegd, een medicijn genaamd Concerta, een stimulerend middel dat gebruikt wordt voor de behandeling van ADHD. Als de diagnose algemeen bekend was geweest toen hij opgroeide, had Mikael eerder hulp kunnen krijgen. De werkzame stof methylfenidaat is een sterk stimulerend middel en helpt bij concentratieproblemen.

De avond gaat niet meer over Ebba. Die gaat over haarzelf. Ze zal nooit de reeks toevalligheden begrijpen die haar in deze situatie heeft gebracht. Maar erover piekeren heeft totaal zin. Ze kan de avond beter benutten om aan Sören, Camilla en zichzelf te bewijzen dat ze hersteld is, dat de duisternis geen macht meer over haar heeft. Het maakt niet uit hoeveel ze Camilla en Sören haat.

Ze hoeft nog maar even de schijn op te houden. De woede die in haar is opgewekt mag het laatste deel van de avond niet verpesten. Nu ze het tot zover gered heeft kan ze het nog wel even volhouden.

Ze ziet Mikaels bètablokkers en overweegt er eentje te nemen, om de woede die in haar opborrelt te onderdrukken.

Plotseling ziet ze in de badkamerspiegel Mikael in de deuropening staan.

'Waarom ben je uit de keuken weggegaan?' zegt hij. 'Wat ben je aan het doen?'

'Ik heb Camilla gezegd dat ik even iets anders moest aantrekken. Heb ik daar soms je toestemming voor nodig?'

Ze loopt terug naar de slaapkamer. Mikael volgt haar en gaat op de rand van het bed zitten. Met grote ogen kijkt hij naar haar op.

'Camilla maakt zich zorgen om je,' zegt hij.

'Ik reageerde nogal heftig op haar behandeling,' zegt ze. 'Maar alles is oké.'

Ze opent de kleerkast en haalt er een zwarte, ruimzittende broek en een zwarte collegetrui uit.

'Wat denk je, kan dit?'

Mikael haalt zijn schouders op.
'Wat is er in de keuken gebeurd?'
'Camilla begeleidde me bij een meditatie. Ik zag mijn vader en Marlon. Toen ik mijn ogen sloot en haar instructies opvolgde, vermengden hun gezichten en lichamen zich met elkaar. Ik was opeens in je oude kantoor.'
'In mijn kantoor?'
'Ik zag je op de wc, die keer dat je instortte. Het incident dat tot je ontslag leidde.'
Mikael legt een hand op zijn voorhoofd en kijkt naar de vloer.
'Daarna lag ik weer in het ziekenhuis. Het begon met een routinecontrole, om mijn bloeddruk te meten.'
'Wat? Waar heb je het verdomme over?'
'Het was alsof alles weer echt gebeurde.'
Mikael gaat op het bed liggen. Hij ademt lang uit en eindigt met iets wat klinkt als gesnik. Wanneer hij het niet langer kan binnenhouden, begint zijn hele bovenlichaam te schokken en biggelen de tranen over zijn wangen.

32

Lillängen, Nacka en Stockholm,
april, zeventien jaar eerder

Dat vreemde getik is terug in haar lichaam. Ze weet niet wat het is, maar het voelt alsof iets in haar binnenste aan het pruttelen is.

Komt het door wat er in haar buik groeit?

Is dit hoe het voelt?

Ze is nu achttien weken zwanger. Haar buik is al zo dik dat een vrouw die ze laatst in het Nacka Forum tegenkwam dacht dat ze al dertig weken zwanger was. Ze wordt laat op de dag wakker en voelt zich zo zwaar en stijf dat ze, om op te staan, eerst beide voeten op de grond moet zetten, zich in een zittende positie moet hijsen en zich als het ware moet afzetten. In de afgelopen week is ze een aantal dagen niet in staat geweest om uit bed te komen. Zodra ze wakker wordt komen de aanvallen van een diep doordringende hoofdpijn. Soms is één zijde van haar lichaam helemaal gevoelloos. De eerste keer dat het gebeurde dacht ze dat ze verlamd zou raken. Bewegen maakt het alleen maar erger, het enige wat ze kan doen is in bed blijven liggen.

Alle geuren in het huis worden sterker, komen harder binnen. De pasgeverfde muren, de met was behandelde vloer, de geur van Mikaels lichaam, haar eigen adem. Met licht is het al net zo erg. De gordijnen blijven gesloten, soms dagen achtereen.

Ze zit geknield voor de uitgetrokken lade onder de kookplaat, pakt de laatste verhuisdozen van de keuken uit. Haar armen kunnen nauwelijks de pannen uit de doos tillen. Haar onderrug doet pijn, haar schouders, haar heupen. Ze pauzeert even, wrijft over haar stijve nek.

Ze reikt in de verhuisdoos om er een soepterrine uit te tillen. Niet te geloven hoeveel spullen ze hebben. Alsof ze verwachten het ene grote feest na het andere te geven. Maar ze hebben geen van beiden een grote familie. En met elk jaar dat voorbijgaat, zien ze hun vrienden minder.

Het is doodstil buiten. Op een doordeweekse middag in april lijkt het alsof de wereld stilstaat. Het enige teken van leven is de zon die naar de horizon zakt om plaats te maken voor de nacht. In het appartement waar ze vroeger woonde, kon ze de Katarina-lift en Slussen aan de ene kant van het pand zien en het stadhuis aan de andere kant. Wanneer ze hier door de grote panoramaramen naar buiten kijkt, ziet ze slechts eindeloze boomtoppen. Ze had ernaar verlangd om weer dicht bij de natuur te zijn. Wonen in een huis met een tuin vond ze een vereiste om een kind groot te brengen. Maar het voelt helemaal niet zoals ze had gedacht. Het voelt eenzaam en verlaten.

Ze weet niet hoe ze alles wat er nog in de doos zit in de laden moet krijgen, begrijpt niet eens wat het allemaal is. Huwelijkscadeaus zouden verboden moeten worden.

Ze gaat op de vloer liggen. De warmte daarvan is als een balsem voor haar getergde spieren. Ze legt haar handen op haar buik en probeert het getik op te laten houden. Ze probeert al haar energie naar binnen te laten gaan, om het leven dat daar groeit koste wat kost te behouden.

Ze wordt wakker wanneer Mikael thuiskomt. Ze komt iets te snel overeind en moet een vlaag van hevige misselijkheid onderdrukken.

Mikael laat zijn schoudertas op de grond vallen, loopt snel naar haar toe, gaat achter haar zitten en slaat zijn armen om haar schouders.

‘Ben je gevallen?’

‘Nee, ik ben even gaan liggen.’

‘Ik heb je toch gezegd dat je niet alles hoeft uit te pakken.’

Ze knikt, ze weet het.

‘Hoe voel je je eigenlijk?’

‘Ik denk dat ik zwanger ben,’ antwoordt ze.

Haar mond en keel branden van het maagzuur. Na de eicelpunctie vloeide ze, was ze doodmoe en had veel last van menstruatiepijn. Mikael was nog nooit zo bezorgd om haar geweest. Maar toen kregen ze het nieuws dat de bevruchting geslaagd was. Het was een wonder. Mikael was in een soort nesteldrangmodus gekomen. Hij kocht alle babyspullen en ging op zoek naar een nieuwe auto. Hij beschermde haar, zorgde voor haar. Sören had tegen hen gezegd dat ze nu maar eens moesten wennen aan het idee dat dit echt was, net als elke andere zwangerschap.

Maar zoals ze zich voelt... dat kan niet normaal zijn.

Het klinkt raar als ze haar eigen stem hoort zeggen dat ze zwanger is. Diep vanbinnen had ze nooit gedacht dat het zou gebeuren.

‘Dit kan zo niet langer,’ zegt Mikael. ‘Je bent doodop. Je hebt nu al weken migraine. Je moet naar het ziekenhuis.’

‘Nee, dat weiger ik!’ brult ze. ‘Elke keer wanneer ik daar kom, moet ik alles opnieuw uitleggen. Ja, ik heb een hoge bloeddruk, maar die is onder controle. Elke keer een nieuwe verpleegkundige. Groundhog Day. Deze tintelingen in mijn lichaam worden alleen maar erger wanneer ik naar het ziekenhuis ga.’

‘Maar je bent verdomme notabene zelf verpleegkundige.’

Ze kijkt naar hem. Wat bedoelt hij daarmee?

‘Ik bel Sören,’ zegt hij.

‘Nee, niet doen,’ zegt Lisa. ‘De volgende echo is al over een paar dagen.’

‘Niks mee te maken, hij moet nu een controle doen.’

Een paar uur later ligt ze weer in de onderzoekskamer van de vruchtbaarheidskliniek. Sören heeft meteen tijd voor hen vrijgemaakt. Hij heeft een paar testen bij haar gedaan.

Terwijl ze op de uitslagen wachten, voelt ze de trekkende pijn van het vorige bezoek terugkomen, alsof er een nieuwe punctie heeft plaatsgevonden.

Was het Camilla die ze die dag in de gang heeft gezien? De migraine en de pijnstillers hebben haar geest vertroebeld. Ze is onzeker over wat ze echt heeft meegemaakt en wat verbeelding is.

Sören komt binnen en gaat op de rand van het bed zitten.

'Ik heb nieuws. Goed en slecht nieuws. Wat niet ongewoon is in deze situatie. Maar voor de zekerheid gaan we een echo maken.'

'En het slechte nieuws?' vraagt Mikael.

Sören kijkt hem kort aan, trekt een verontschuldigend gezicht, en richt zijn aandacht dan weer op haar.

'Je hebt een hoge bloeddruk, Lisa. Die wordt veroorzaakt door wat wel bekendstaat als zwangerschapsvergiftiging, pre-eclampsie in dokterstaal.'

'Is het ernstig?' vraagt ze.

'Het wordt meestal pas later ontdekt, in het laatste trimester. Als de ziekte zo vroeg in de zwangerschap begint, is de kans op complicaties groter, dus we moeten het serieus nemen. Maar het kan behandeld worden.'

Mikael veert op uit zijn stoel. Draait op zijn plaats. Houdt met zijn handen vertwijfeld zijn hoofd vast.

'Je hebt haar vraag niet beantwoord,' zegt hij. 'Is het ernstig?'

'Jaarlijks wordt ongeveer een op de tien zwangere vrouwen in Zweden erdoor getroffen. We moeten je bloeddruk goed in de gaten houden en je moet het heel rustig aan doen tijdens je zwangerschap.'

'Waarom is dit niet eerder ontdekt?' vraagt Mikael.

'De kans dat een zwangerschapsvergiftiging zo vroeg bij een normaal routinebezoek wordt ontdekt, is erg klein.'

'We zijn klaar met die regelmatige routinecontroles,' zegt Mikael. 'Vanaf nu komen we rechtstreeks naar jou.'

'Lisa moet vanaf nu haar bloeddruk in het ziekenhuis laten controleren. Niet bij mij, dat gaat helaas niet. Maar zodra er iets is waarover jullie je zorgen maken, nemen jullie contact met me op, zoals jullie nu ook hebben gedaan.'

'Wat zou er kunnen gebeuren?' vraagt Lisa.

'De groei kan worden belemmerd. En er bestaat een risico op vroeggeboorte.'

'Kan het kind sterven?' vraagt Mikael.

'Ja,' zegt Sören. 'Maar dat is heel zeldzaam.'

CHAMPAGNE

33

Lillängen, Nacka,
oudejaarsavond

Het Solliden-podium in Skansen vult het grote tv-scherm. Zo meteen zal een acteur Lord Tennysons beroemde gedicht 'Ring Out, Wild Bells' voorlezen. Mikael heeft zijn tranen gedroogd, maar op zijn gezicht zijn nog duidelijk de sporen te zien, in elk geval voor Lisa. Hij ziet er bleek uit, berustend. Hij heeft een fles vintage champagne geopend en de vier glazen die op de salontafel staan ingeschonken.

Nu Ebba en Marlon vertrokken zijn, hangt er een merkwaardige stilte in de woonkamer. Lisa merkt de verandering niet alleen bij Mikael op, maar ook bij Sören en Camilla, die dicht tegen elkaar aan op de bank zijn gaan zitten. Iedereen neemt zijn toevlucht tot het televisieprogramma. Toen de tieners er nog waren, konden ze een toneelstukje opvoeren. Nu is het alsof het doek is opgetrokken en de werkelijkheid zich in al haar naaktheid heeft ontbloot. Vanaf nu is alles improvisatie.

Het was Sörens stem die ze hoorde tijdens de meditatie, toen er beelden uit verschillende periodes in haar leven in haar onderbewustzijn werden getoond, als de stem van een almachtige God. Ooit hing zijn carrière aan een zijden draadje door haar klacht bij het tuchtcollege dat er medische fouten waren gemaakt. Het was het dieptepunt van een verschrikkelijke tijd.

Wat Camilla haar had voorgesteld tijdens die wandeling in

Djurgården betekende definitief het einde van hun vriendschap. Het was zo absurd, zo beledigend, zo onbeschoft.

Camilla heeft er vanavond haar verontschuldigingen voor aangeboden, voor dat ze toen te ver is gegaan. Draagmoederschap is niet toegestaan in Zweden. Maar er zijn grijze gebieden. Camilla had gezegd dat adoptie mogelijk was nadat het kind was geboren. Een geheime overeenkomst waar alleen zij vieren van af zouden weten, zo had ze het voor zich gezien. Sören had alle kennis. Samen hadden ze alle contacten.

Hoe ze precies had gedacht dat dat in de praktijk zou werken, had Lisa nooit begrepen. En dat wil ze nu ook niet weten.

Ze moeten een andere vrouw hebben gevonden, want Marlon is er immers. En dat moest snel gebeurd zijn. *As we speak* loopt Marlon hand in hand met haar dochter door Storängen, op weg naar een nieuwjaarsfeest. Soms is het leven wel heel bijzonder. Het kan raar lopen.

'Blijven we hier voor de televisie zitten?' vraagt Lisa. 'Willen jullie niet naar buiten, om te proosten op het nieuwe jaar en naar het vuurwerk te kijken?'

'Dank je, Lisa,' zegt Sören. 'Maar ik zit hier prima.'

Camilla, die tegen de schouder van haar man leunt, ziet er afgemat uit en schudt vermoeid haar hoofd.

Ze hebben het toneelstukje opgegeven en zich in hun bubbel teruggetrokken. Ze zouden waarschijnlijk willen dat ze alweer thuis waren.

'Kom,' zegt Mikael tegen Lisa. 'Jij en ik kunnen wel naar buiten gaan om naar het vuurwerk te kijken.'

De ruimte waarin ze zich bevinden, wordt verlicht door een paar bouwlampen die op het plafond gericht staan en die op de een of andere manier knipperen op de maat van de muziek. Het rustieke houten plafond lijkt bijna wit in het felle licht. Er zijn heel wat jongens en meisjes van scholen in de buurt en een heleboel mensen die Ebba niet kent. Bij de ene muur staat een dj bij een dj-booth van pallets met jonge dansende mensen ervoor. Bij de ingang staat een lange tafel met flessen sterkedrank, wijn, frisdrank en plastic bekertjes.

Ebba pakt de hand van Marlon en trekt hem naar de dranktafel. Ze schenkt een drankje in en slaat het in één keer achterover.

'Rustig aan, Ebba,' zegt Marlon.

'Nog eentje,' zegt ze. 'Ik wil er nog een.'

Ze slaat haar armen om Marlons schouders en duwt hem terug naar de deinende menigte op de dansvloer. Hij lacht, schudt zijn hoofd. Ze drukt haar lichaam tegen hem aan, leunt achterover en schudt met haar haar. Bij elke beweging voelt ze alle ellende langzaam van haar afglijden. Ze wil er niet meer aan terugdenken. Ze wil überhaupt niet meer denken.

Een jongen die Marlon kent komt op hen af en zegt iets tegen Marlon. Ebba hoort niet wat hij zegt, zo dicht bij de luidsprekers hoor je sowieso niets. Maar het kan haar niet schelen, ze danst verder, gooit haar armen in de lucht en draait rond en rond. De jongens kijken naar haar.

Wanneer Marlon en de jongen uitgepraat zijn, komt hij terug en omhelst haar van achteren. Hij heeft twee plastic glazen champagne in een hand en kust haar nek.

De dj zet de muziek af en uit de luidsprekers klinkt *tien, negen, acht…*

'Kom, laten we naar buiten gaan,' zegt Marlon.

Ze laten zich met de stroom mensen meevoeren naar de binnenplaats. Ebba is tig keer langs de houthandel gelopen toen ze door de buurt liep, en dit is de eerste keer dat ze aan deze kant van het hek is. Langs de hele binnenplaats staan bouwvallige schuurtjes en berghokjes. Nu is het terrein vol met jongeren, met in het midden de organisator van het feest, de jongen met wie Marlon zonet sprak, rond een groot rek met vuurpijlen.

'Drie, twee, één! Gelukkig nieuwjaar!'

Ze tikken hun glazen tegen elkaar en drinken. Wanneer Ebba haar glas heeft leeggedronken laat ze het op de grond vallen, pakt met beide handen Marlons hoofd beet en kust hem.

'Ik hou van je,' zegt ze. 'Ik hou zo verdomd veel van je.'

Lisa en Mikael staan boven op de heuvel achter in hun tuin en kijken uit over het meer. De Hammarby-skipiste, verblindend wit onder de felle lampen, doemt op aan het verste punt van het meer, waar het overgaat in het Sickla-kanaal. Verderop is de Stockholmse Globe Arena te zien, gehuld in het verleidelijke paars van de gevelverlichting.

In de verte horen ze een scherp fluitend geluid. Boven de hoge boomtoppen van het natuurreservaat van Nacka schiet een vuurpijl de lucht in. Hij explodeert in een blauwe bal die verandert in een schittering van duizend sterretjes. Er volgt nog een vuurpijl en daarna nog meer. Van alle kanten schiet er vuurwerk de lucht in. Gefluit, gegier en knallen verbrijzelen de duisternis met zijn veelkleurige vlammen, omhullen de ijzige wind met de geur van buskruit.

Lisa draait zich om naar Mikael en tikt haar champagneglas tegen het zijne.

'Gelukkig nieuwjaar,' zegt ze.

'Gelukkig nieuwjaar, Lisa,' antwoordt hij.

Hij tast met zijn hand naar die van haar en knijpt er hard in. Zijn handpalm is warm. Op de een of vreemde manier zijn zijn handen altijd warm.

Ze staan lange tijd te kijken naar het schouwspel voor hen. Lisa heeft haar winterlaarzen en een donzen jack aangetrokken, en toch krijgt ze het al snel koud. Mikael is naar buiten gegaan op zijn dunne leren schoenen, maar hij staat daar roerloos en vertoont geen enkel teken dat hij het koud heeft. Integendeel, de kou lijkt juist een rustgevend effect op hem te hebben.

Het vuurwerk dat zich voor hun ogen ontvouwt is vrijgekomen energie die warmte, licht en geluid creëert. Het doet haar aan dingen terugdenken.

Het is allemaal chemie.

Zo was hij tijdens hun huwelijksdiner zijn toespraak voor haar begonnen. Mikael had het profiel Natuur en Techniek gekozen op de middelbare school in Nacka, zoals alle slimme jongens in die tijd deden. Toen hij naar de universiteit ging koos hij voor de studie economie, omdat hij dacht dat hij daarmee gemakkelijker veel geld zou kunnen verdienen.

Er zijn lichamen en antilichamen. Er is materie en antimaterie. Er zijn plus- en minpolen.

Ze herinnert zich nog steeds elk woord.

Ze waren met honderdeenenzestig gasten in een conferentiecentrum buiten Stockholm, verspreid over een groot aantal tafels, in twee zalen die met elkaar verbonden waren door een opengetrokken tussenwand. Mikael had in het midden gestaan, zodat iedereen hem kon zien. Het merendeel deel van de aanwezigen had een universitaire opleiding genoten en begreep zijn toespraak. Een oude vriendin uit Blekinge vond het een beetje hoogdravend, maar de meeste mensen waren net als Lisa gefascineerd door de mooie en intelligente man die sinds die middag haar echtgenoot was.

De toespraak had haar en alle gasten meegenomen op een droomreis langs atomen en hun bewegingspatronen, naar de neurotransmitters in de hersenen, naar de reactie van het lichaam daarop, en naar de afstotende en aantrekkende krachten van magneten.

Zijn punt was dat de wetten van de wetenschap de liefde niet konden verklaren. Liefde was de grote antithese, de uitzondering in de orde van de planeten en de orde van alles. Het enige wat niet rationeel bewezen en verklaard kon worden door menselijke concepten als wiskunde en het alfabet. Liefde was energie die niet getransformeerd kon worden, die niet constant was, die niet vanzelfsprekend was en die voortdurend onderhouden moest worden.

Zij maakte ons menselijk.

Zij heeft ervoor gezorgd dat we konden overleven.

Zij is fragiel, maar tegelijkertijd is ze de sterkste kracht op aarde. Ze is in staat om onmogelijke barrières te doorbreken en maakt alles mogelijk. Liefde was een onzichtbaar kompas. Zij kon niet in twijfel worden getrokken, kon alleen maar gevolgd worden. We kunnen haar niet creëren, niet vernietigen, niet kiezen.

De liefde koos ons omdat we de perfecte chemie hebben.

Met die woorden eindigde hij zijn toespraak.

Nu heeft de liefde voor Ebba en Marlon gekozen. Nu rennen zij voor hun leven.

Lisa draait zich om en kijkt naar hun huis, het huis dat ze samen hebben gebouwd. Haar telefoon trilt in haar jaszak. Ze negeert het, veronderstelt dat het een van die sms'jes is van vrienden en kennissen die één keer per jaar iets van zich laten horen. Ze wil niet gestoord worden tijdens dit moment met Mikael.

Er zijn door de jaren heen genoeg storingen geweest, dingen die tussen hen in zijn komen te staan en die de energie die hen verbond hebben verzwakt. Maar zelfs dat hoort bij het mens-zijn. Liefde is niet altijd zuiver en ze is niet één enkele kracht. Zo eenvoudig is het niet.

Was het Tom die eindelijk haar sms beantwoordt? Van tijd tot tijd is hij op de achtergrond geweest, als een verboden schaduw, een alternatief, een toevluchtsoord wanneer de liefde pijn deed.

Als ze hier met hem had gestaan, hoe zou haar leven er dan hebben uitgezien?

'Ben je blij dat we hier nog steeds samen staan, jij en ik?' vraagt Lisa.

'Ja,' zegt Mikael. 'Ja, daar ben ik blij om.'

Zijn stem klinkt leeg. Ze weet dat hij dronken is, misschien zelfs voorbij het punt waarop hij nog toerekeningsvatbaar is. Waarschijnlijk heeft hij niet alleen maar alcohol tot zich genomen, maar ook iets voor zijn rug, zijn angsten, zijn rusteloze benen of zijn ADHD. Ze heeft hem er zo vaak om gehaat. Maar diep vanbinnen weet ze dat hij het niet kan helpen en dat ze het hem niet kwalijk kan nemen. Ze weet waardoor het zo geworden is, waardoor híj zo geworden is.

'Wat een klotejaar,' zegt hij met een plotselinge helderheid in zijn stem.

Het is alsof dit het eerste is wat hij in maanden heeft gezegd. Hij heeft veel gepraat, ook vanavond, maar niets van wat hij heeft gezegd klonk zo oprecht als dit. Het is alsof hij eindelijk terug is, aanwezig, alsof hij weer zichzelf is.

'We hebben elkaar,' zegt ze. 'Ons mooie meisje en ons huis. Laat het nieuwe jaar ons een nieuwe kans geven.'

'Het spijt me, Lisa.'

'Wat spijt je?'

'Alles.'

34

Wanneer Lisa en Mikael door de schuifdeur de woonkamer binnenstappen, heeft Camilla de tv uitgezet en weer muziek opgezet. Mikael loopt naar de muziekinstallatie, kijkt wat ze heeft opgezet en gaat naast haar op de grond zitten. Lisa hoort hen praten als ze langsloopt. Die echte aanwezigheid die ze bij Mikael voelde op de heuvel met het uitzicht op het meer, is verdwenen. Hij is terug in de rol die hij de hele avond al speelt, kletst over futiliteiten om zijn bitterheid in bedwang te houden en de tijd door te komen tot de gasten naar huis gaan. Dit is niet de Mikael die ze kent, niet de man met wie ze trouwde. Hij is weer een vreemde.

Alles.

Wat bedoelde hij daar eigenlijk mee?

Ze loopt naar de keuken en pakt haar telefoon uit haar zak. Ze begint het bericht op het scherm te lezen, maar ze begrijpt het niet. Het is iets over de auto en de carport. Haar hart begint sneller te kloppen, ze krijgt het warm in haar winterjas. Ze tikt op een toets om het hele bericht nog een keer te lezen, maar wordt onderbroken door een klokkend geluid.

Sören staat bij het aanrecht en schenkt een glas rode wijn in. Ze verstijft wanneer hun blikken elkaar kruisen en stopt haar telefoon weer in haar zak.

'Ik heb na de bevalling nooit de kans gehad om met je te praten,' zegt hij. 'Maar ik wil dat je weet dat ik je begrijp.'

Is het zijn manier om sorry te zeggen? Hij kan het onmogelijk begrijpen. Het maakt niet uit hoeveel bevallingen hij heeft gedaan, hoeveel jaren ervaring of expertise hij heeft. Hij kan en zal nooit begrijpen wat zij heeft meegemaakt.

Ze had gehoopt dat de avond voorbij zou gaan zonder dit gesprek te hoeven voeren. Maar nu zijn ze voor het eerst alleen in een ruimte, overgeleverd aan elkaar, zonder een mogelijkheid om te ontsnappen.

'Ik heb onze klacht niet bij het tuchtcollege ingediend,' zegt ze.

Hij knikt. Natuurlijk weet hij dat.

'Ik had het niet erg gevonden,' zegt hij. 'Ik heb zelf die dag en die nacht wel honderd keer opnieuw afgespeeld. Ik zou het weer zo hebben gedaan. Ik hoop dat je begrijpt hoe het voor mij is geweest.'

Lisa kijkt naar haar handen en zegt niets.

'Op dezelfde dag dat Ebba met een keizersnede ter wereld kwam, kwam er een andere vrouw binnen met soortgelijke symptomen,' vervolgt hij. 'Wat er met haar is gebeurd heeft mij diep geraakt. Ze had een veel te hoge bloeddruk. Ze kreeg stuipen en uiteindelijk een beroerte. Dat is onze ergste nachtmerrie, Lisa. Ik wilde niet dat jou dat zou overkomen.'

'Wat is er met de vrouw en haar kind gebeurd?'

'Ze zijn allebei overleden.'

'Wie was zij?'

'Ze was een slachtoffer van mensenhandel. Ze had geen familie of vrienden in Zweden. Als er iemand was geweest die zich om haar had bekommerd, was ze niet in zo'n slechte toestand het ziekenhuis binnengebracht.'

Lisa loopt naar de kraan, vult een glas met water en begint te drinken. Het is verschrikkelijk. Ze voelt mee met de onbekende vrouw. Voelt zich dankbaar voor Ebba. Maar wat Sören heeft gedaan is en was verkeerd en dat zal nooit veranderen. Zo denkt Lisa erover en niets kan haar van gedachten doen veranderen, zelfs niet dat wat Sören haar zojuist heeft verteld. Ze begrijpt wat hij probeert te doen. Hij probeert zich te rechtvaardigen. Maar Lisa heeft geen medelijden met hem.

'Dat onze kinderen samen zijn?' zegt ze. 'Wat heb je daarover te zeggen?'

'Stockholm is een kleine stad. Ook al proberen we onszelf wijs te maken dat het het centrum van de wereld is.'

Hij neemt een slok van zijn wijn, haalt zijn schouders op en glimlacht, hij lijkt een beetje weemoedig. Ze heeft die glimlach nog nooit gezien, heeft hem nooit gezien als een kwetsbaar mens van vlees en bloed.

'Maar wat vind je ervan?' vraagt ze.

'Als ik in het lot geloofde, zou ik misschien denken dat het voorbestemd is, om wat voor reden dan ook. Maar zoals je weet geloof ik niet in zulke dingen.'

'Dus hoe pakken we dit aan?'

'Als we ons ertegen verzetten, wordt het alleen maar erger. Ze zijn jong. Ze staan op het punt om hun eindexamen te doen. Wie weet welke kant ze daarna op gaan.'

Hij pakt de fles en vult zijn glas weer bij. Hij moet meer drinken, ook al is de avond voorbij. Het lijkt bijna een soort zelfmedicatie.

'Mag ik je iets vragen?' zegt ze.

Sören zet de fles neer en kijkt haar weer aan.

'Je mag me alles vragen.'

'Waarom bleef je nadat de politie hier was hameren op mijn rechten?'

'Ik heb te vaak gezien dat de politie haar bevoegdheden overschrijdt. Ik denk dat het een soort automatisme is.'

'Ik ben je patiënt niet meer.'

'Dat weet ik,' zegt Sören. 'Misschien is het beroepsdeformatie. Ik probeerde alleen maar te helpen.'

Hij haalt lichtjes zijn schouders op.

Hij probeert haar weer te manipuleren. Hij probeert redelijk te zijn, tot een wapenstilstand te komen, een streep te zetten onder wat geweest is, voordat hun wegen zich weer scheiden.

Maar ze is niet in staat tot een verzoening. Na lange jaren van herstel is ze er uiteindelijk weer bovenop gekomen, maar het heeft haar wonden niet geheeld. Ze is niet meer de oude. De pijn zit nog steeds in de weg en dat zal altijd zo blijven.

Ze weet niet eens of het verhaal van de andere vrouw waar is. In Zweden sterven maar weinig vrouwen tijdens de bevalling. Als het waar is dat het gebeurde op de dag dat zij met haar hoge bloeddruk binnenkwam, zou dat de behandeling die ze kreeg kunnen verklaren. Maar dat maakt geen verschil, het verandert niets.

Ze vertrouwde Sören haar leven en haar toekomst toe.

Ze zal hem nooit meer vertrouwen.

35

Lisa probeert de gedachten te verdringen aan wat er tijdens haar bevalling is gebeurd, probeert het gesprek met Sören en het verhaal over de andere vrouw te vergeten. Ze merkt dat er weer een kloppend gevoel in haar borst is, een gehamer dat via haar slagader in haar keel omhoogkruipt, haar hoofd in.

Ze pakt haar telefoon en ziet de gemiste oproepen en de sms waarvan ze maar de helft heeft kunnen lezen.

De carport.

Buiten is het stil. Het enige wat ze hoort is de wind die waait door de vallende sneeuw, waar geen eind aan lijkt te komen.

Ze doet de deur open. Het heeft zo hard gesneeuwd dat de sporen van het politiebezoek zijn uitgewist. Ze zet een eerste stap en voelt haar schoenen wegzakken in de sneeuw, natte kou dringt door haar panty heen.

Verderop ziet ze voetafdrukken in de sneeuw. Iemand is de heuvel op gelopen, langs het hek, om niet ontdekt te worden. Grote voeten, ongetwijfeld van een man. De auto staat nog onder de carport, ogenschijnlijk onaangeroerd.

Alles ziet er uit als eerder op de avond. Het zijraampje is ingetikt. De auto ziet er nog net zo koud en leeg uit. Het is slechts een paar uur geleden dat ze ontdekte dat haar sporttas was gestolen. Maar het voelt als een eeuwigheid.

Het idee dat iemand in hun auto heeft ingebroken lijkt nog steeds onwerkelijk, het komt zó dicht bij hun privéleven dat ze niet kan geloven dat het waar is. De auto bracht hen dagelijks van A naar B, bracht Ebba 's avonds en in de weekenden naar haar activiteiten, en vervoerde de broodnodige levensmiddelen. Hij was als een extra gezinslid. Hij had een veilige plek moeten bieden. Net als het Maria Regina.

Net als haar lichaam.

Ze loopt de carport in, niet wetend wat ze zoekt. Iets wat ze nog niet eerder heeft gezien, iets wat zou kunnen verklaren wat er gebeurd is. De voetafdrukken stoppen onder de carport. Ze strijkt met haar hand over de motorkap terwijl ze naar de andere kant loopt.

'Lisa.'

Ze springt op van schrik. De stem komt uit de donkerste hoek van de carport, waar de grasmaaier, de harken en de buitenpotten staan.

Een figuur komt op haar af, alsof hij is gehouwen uit de duisternis.

Ze grijpt naar haar telefoon, haar slapen kloppen, haar vingers tasten.

'Wie is daar?'

Ze slaagt erin de zaklamp van haar telefoon te activeren en richt de lichtbundel op de stem en de duisternis.

Een hand gaat omhoog. De handpalm licht wit op in de lichtbundel en laat het gezicht en de rest van het lichaam in de schaduw.

'Ik wilde niet aanbellen.'

'Tom?' sist ze. 'Wat doe jij hier?'

Hij staat nu recht voor haar en steekt zijn hand naar haar uit. 'Ik moet met je praten.'

Marlon leidt Ebba over de dansvloer naar een deur aan de andere kant van de ruimte. Hij opent die en ze lopen verder door een lange gang. Alles is stoffig en overal ligt rotzooi.

Ebba trekt aan zijn arm, laat hem stoppen, slaat haar armen om zijn nek en kust hem. Ze is warm, haar hele lichaam pulseert.

Marlon beantwoordt de kus niet en trekt haar verder. Er is iets griezeligs en tegelijk opwindends aan de vervallen houthandel. Ze blijft weer staan.

'Waar gaan we heen?' vraagt ze.

'Kom,' zegt Marlon. 'Nog een klein stukje. Heb je dat wat je geregeld hebt meegebracht?'

'Ja, natuurlijk,' zegt Ebba.

Hij verlicht de donkere ruimte met de zaklamp van zijn telefoon.

'We gaan naar boven.'

Hij loopt naar een ladder en richt het licht op een gat in het plafond.

'Wat is daarboven?'

'De hemel.'

Ebba giechelt.

Marlon begint de ladder te beklimmen en zij volgt.

Wanneer ze op de zolder komen, ziet Ebba door twee dakramen hoe vuurwerk de wereld verlicht. Dansmuziek galmt dof door de ruwe tegels van de vloer. Ze bevinden zich aan het einde van het gebouw. De buitenmuur staat zo dicht bij het spoor dat het geknetter van de hoogspanningsdraden te horen is. De zolderkamer is nagenoeg leeg, op een oude werkbank bij het raam na, met daarop verschillende gereedschappen en wat plastic flessen, een matras midden op de vloer, en een roestige oude radiator die tikt wanneer hij zijn warmte door de kamer verspreidt. Het ziet eruit als een decor uit een toneelstuk of een oude film. Alsof ze hebben ingecheckt in een suite in een saloon in een spookstad in het Wilde Westen, waar men op hun komst heeft gewacht.

'Het is perfect,' zegt ze.

Een geheim liefdesnestje, zonder inkijk of storende ouders,

onder de blote nachtelijke hemel, met alleen de sterren als getuigen.

'Dit hadden we toch afgesproken?' vraagt Marlon.

Ebba knikt.

Het was precies wat ze hadden afgesproken.

36

Stockholm,
augustus, zeventien jaar eerder

'Lisa Kjellvander?'

Ze kijkt op wanneer ze haar naam hoort. Weer een verpleegkundige die ze nog niet eerder heeft gezien. In het begin ging Mikael altijd met haar mee naar de controles, maar de laatste weken heeft hij haar alleen laten gaan. Vandaag had hij een belangrijke afspraak met een klant. Hij wil dat ze hem belt zodra ze klaar is.

Lisa volgt de verpleegkundige vanuit de wachtkamer naar een kleine behandelkamer en gaat op een bezoekersstoel zitten.

'Ik begrijp dat we je bloeddruk opnieuw moeten controleren?' zegt de vrouw. 'Even kijken, waar zijn we nu, in week vijfendertig, toch?'

'Ja, dat klopt,' zegt Lisa. 'Niet zo lang meer.'

De drukkende nazomerhitte is typisch voor deze tijd van het jaar, wanneer de scholen weer beginnen. Er hangt onweer in de lucht. Lisa draagt slechts een dun zomerjurkje. De stof spant over haar zwangere buik. Toen ze zichzelf in de spiegel bekeek voordat ze van huis vertrok, vond ze dat het er volkomen absurd uitzag. Nog vijf weken. Ze kan zich niet voorstellen dat de buik nog groter zal worden.

'Je was hier vorige week ook zie ik, en toen zag alles eruit zoals verwacht, gezien je pre-eclampsie.'

'Ik heb geen zwangerschapsvergiftiging,' zegt Lisa. 'Ik heb

gewoon een verhoogde bloeddruk. En die schommelt nogal. Ik controleer die zelf thuis.'

De verpleegkundige glimlacht en knikt. Ze bevestigt de opblaasbare band om Lisa's bovenarm, pompt een paar keer om de juiste druk te krijgen, pakt de meter en telt stilletjes in zichzelf.

'Hoe voel je je vandaag?'

De verpleegkundige kijkt niet op van de meter. De tintelingen komen terug, ze trekken door haar lichaam. Ze wil niet dat het gebeurt, niet nu, niet weer. Maar ze weet niet hoe ze het moet stoppen. De laatste dagen zijn niet goed geweest. Ze heeft haar dosis sterke migrainepillen moeten verhogen om te kunnen slapen. Slaap is de enige redding. Wanneer ze wakker is, is ze zo slaperig en misselijk dat ze geen energie heeft om iets te doen.

'Ik voel me goed,' zegt ze. 'Ik heb hoofdpijn, ben een beetje moe, maar verder niets bijzonders.'

De verpleegkundige houdt haar ogen nog steeds gericht op de bloeddrukmeter. Op haar voorhoofd verschijnt een frons.

'Ik leg elke keer uit dat mijn bloeddruk de hoogte in schiet wanneer ik op controle kom,' zegt Lisa. 'Ik ben verpleegkundige net als jij, maar om een of andere reden lijk ik het wittejassensyndroom te hebben ontwikkeld.'

De verpleegkundige verwijdert de band om haar arm en legt de bloeddrukmeter op de tafel.

'Je bedoelt dat de metingen hier een hogere druk laten zien dan thuis?'

'Ja, absoluut.'

'Wat voor apparatuur heb je thuis?'

'Ik heb thuis precies dezelfde bloeddrukmeter.'

Ze noteert iets op een papier. Zijn het getallen?

'Hoe was de weg hiernaartoe? Moest je je haasten?'

'Nee, helemaal niet. Ik ben met de taxi gekomen.'

Ze had onderweg het raampje van de taxi naar beneden

gedraaid voor wat verkoeling van de wind, in een poging wat frisse lucht binnen te krijgen die de aanhoudende kloppende hoofdpijn zou kunnen verzachten.

'Ik stel voor dat je even gaat liggen,' zegt de verpleegkundige. 'Ik zal met de dokter overleggen. Rust maar even, dan nemen we de bloeddruk over een kwartiertje of zo weer op, is dat goed?'

'Hoe hoog was mijn bloeddruk dan?' vraagt Lisa.

'Nu is hij te hoog. Maar over een kwartiertje meten we hem nog een keer, wanneer je wat gerust hebt.'

De verpleegkundige verlaat de kamer en sluit de deur achter zich.

Het bijzondere aan Sörens praktijk is dat hij de patiënten helemaal begeleidt, van het zaadje tot het vruchtje, zoals hij het zegt. Vanaf de voorbereiding op de ivf-behandeling tot en met de bevalling. Er is geen verandering van het team, geen detail wordt verwaarloosd, niets wordt aan het toeval overgelaten. De bloeddrukcontroles zijn de enige uitzondering. Het is een eenvoudige handeling die iedereen kan uitvoeren.

En toch is het zover gekomen. Ze had vlak voordat ze in de taxi stapte haar bloeddruk nog gemeten. Toen was die niet bijzonder hoog.

Ze pakt haar telefoon, klimt op het met papier bedekte bed en gaat liggen. Ze typt een sms voor Mikael.

Ik ben hier nog wel even. Ze willen de bloeddruk opnieuw controleren. Blijkbaar hoog nu.

Vrij snel komt het antwoord.

Wil je dat ik kom?

Nee, dat is niet nodig. Ik bel je later.

Ze legt haar telefoon weg, sluit haar ogen en probeert diep adem te halen, probeert de tintelingen in haar lichaam te onderdrukken. Ze legt haar handen op haar buik, om het leven dat daar groeit ertoe te zetten behulpzaam te zijn in plaats van mama problemen te bezorgen. Ze had nu toch wel graag gewild dat Mikael er was, maar tegelijkertijd wil ze niet dat hij zijn belangrijke afspraak afbreekt. Mikael weet hoe hij met deze mensen moet praten, hoe hij voor haar moet opkomen, hoe hij ze moet laten luisteren.

Buiten rommelt het. Lisa kijkt omhoog en ziet een donkergrijze lucht met blauwe en rode strepen. Als een enorm blauw oog boven Södermalm.

Het tikken of tintelen, of wat het ook is, iets wat ze niet kan beschrijven, neemt niet af. Integendeel, het wordt erger. Ze tast naar haar telefoon, wil Mikael sms'en dat hij snel moet komen.

Dan gaat de deur open en komt de verpleegkundige weer binnen.

'Hallo,' zegt ze. 'Voel je je nu beter?'

'Ik weet het niet,' zegt ze. 'Geen verschil, denk ik.'

'We gaan je bloeddruk opnieuw meten.'

De handeling wordt herhaald. Aan de blik van de verpleegkundige te zien lijkt hij niet gezakt.

'Lisa,' zegt ze. 'Ik heb met de dokter overlegd. We brengen je naar de afdeling verloskunde.'

'Verloskunde? Zijn jullie gek geworden?? Ik ben pas over vijf weken uitgerekend.'

'Het is voorlopig gewoon een voorzorgsmaatregel. Je hebt een gevaarlijk hoge bloeddruk.'

'Ik heb een schommelende bloeddruk. Die piekt soms en gaat daarna weer omlaag.'

'We zullen je bloeddruk constant in de gaten houden. En we overleggen met jou voordat we beslissen over verdere stappen. Blijf liggen, dan gaan we het bed verplaatsen.'

Verdere stappen? Waar heeft ze het over?

'Ik wil mijn man bellen,' zegt Lisa terwijl ze haar de gang op rijden. 'En je moet contact opnemen met Sören Isaksson, nu meteen. Hij is onze specialist en hij heeft beloofd te helpen wanneer er iets gebeurt.'

'Sören Isaksson is degene met wie ik heb gesproken,' zegt de verpleegkundige. 'Hij is al op de afdeling.'

Ze nemen de lift naar boven. Lisa wordt naar een kamer op de afdeling verloskunde gereden. De verpleegkundige sluit haar aan op een geavanceerdere bloeddrukmeter die continu haar druk controleert.

'Kun je alsjeblieft je jurk omhoogtrekken,' vraagt ze.

Lisa doet wat haar gezegd wordt en toont haar grote buik. Die wordt met een doorzichtige, koude gel ingesmeerd.

'We gaan naar de harttonen luisteren.'

Het metaal van de echograaf voelt koud aan op haar huid. De hoofdpijn heeft nu een piek bereikt. Ze hoort de harttonen, als een oproep van een andere planeet. Ze kan niet wachten tot de zwangerschap eindelijk voorbij is. Haar moeite zal beloond worden.

Maar ze moet het nog een paar weken volhouden.

'Blijf gewoon rustig liggen en je zult zien dat alles goed komt. We controleren je bloeddruk en de harttonen. Je krijgt zo een kalmerend middel van me, dat helpt je om te ontspannen.'

Lisa krijgt een bekertje met twee pillen en een beker met water. Ze neemt de pillen in.

'Wanneer kan ik naar huis?' vraagt ze.

'Dat beslist de dokter. Het hangt af van hoe het zich ontwikkelt.'

'Mag ik een deken? Ik heb het koud.'

De verpleegkundige pakt een deken en legt die over haar heen.

'Dank je,' zegt Lisa. 'Ga je nu weg?'

'Mijn dienst zit erop. Iemand anders komt zo bij je.'

Ze wordt weer alleen gelaten. Met het lage gezoem van de machines waar ze aan ligt en met het gerommel in de lucht. Ze sluit haar ogen en probeert zich te ontspannen.

Na een tijdje, misschien een halfuur, gaat de deur weer open en komt Sören binnen. Ze ziet meteen dat er iets met hem is. Hij richt zijn blik op het scherm dat verbonden is met de bloeddrukmeter. Dan gaat hij naast haar zitten.

'Hoi, Lisa. Hoe gaat het met je?' vraagt hij.

'Zeg jij het maar,' antwoordt ze.

'Ik maak me een beetje zorgen,' zegt hij. 'Maar we wisten van dit probleem en we hebben het al die tijd in de gaten gehouden. We moeten je bloeddruk omlaag zien te krijgen.'

'Dus wat doen we?'

'We gaan je een sterker medicijn geven. Dit wordt intraveneus toegediend. Daarna houden we je hier ter observatie. Als je wilt kunnen we je nog iets rustgevends geven om te slapen. Wil je dat?'

'Ik wil niet slapen.'

'Iets om je te helpen ontspannen dan?'

'Oké.'

'Dan beginnen we daarmee.'

Hij haalt een spuit uit de zak van zijn witte jas. Die komt plotseling, onverwacht. Ze had niet gedacht dat hij de injectie zelf zou geven. Maar dan herinnert ze zich dat ze dit hadden afgesproken. Dat hij er bij elke stap van het proces zou zijn.

De naald prikt in haar arm en ze voelt zich onmiddellijk warmer en rustiger.

'Nu ga ik beginnen met de intraveneuze bloeddrukverlagende medicijnen, Lisa,' zegt Sören. 'Probeer te ontspannen.'

Lisa vraagt zich af of Sören bang is dat ze stuipen krijgt. Ze heeft gehoord dat dat een risico is bij zwangerschapsvergiftiging. Daarom is het zo belangrijk dat ze zich ontspant.

Hij bevestigt voorzichtig de naald met de kleine slang. Het lijkt erop alsof ze een infuus krijgt.

'Zo, we laten dit even zijn werk doen. Ik moet nu mijn ronde lopen, maar ik ben zo terug, oké?'

'Oké,' zegt ze. 'Bedankt, Sören.'

Het zachte geluid van een alarm wekt haar. Het is een signaal dat zich met regelmatige tussenpozen herhaalt. Ze wil net gaan zitten als de deur openvliegt. Sören rent naar de machine die naast haar staat. Hij trekt het echoapparaat dichterbij en maakt een nieuwe echo. Het koude metaal glijdt haastig over haar ingesmeerde buik. Zijn bewegingen zijn schokkerig, gespannen. Hij schudt zijn hoofd.

'Sören, wat is er aan de hand?'

Hij antwoordt niet. In plaats daarvan reikt hij naar een knop en vult een nieuw alarm de kamer, veel luider dan het vorige. Boven de deur begint een rode lamp te knipperen.

De deur vliegt weer open en een vrouw stormt naar binnen.

'Ik hoor geen hartslag, Lisa,' zegt Sören. 'Je moet nu bevallen.'

'Nu? Dat kan toch niet...'

De vrouw achter haar zet een masker op Lisa's gezicht en zegt: 'Lisa, tel af vanaf tien.'

Tien.

Ze haalt paniekerig adem onder het masker dat op haar gezicht geplakt zit.

'Rustig. Adem gewoon.'

Negen.

De verdoving begint te werken terwijl het bed snel de gang op wordt gereden. Sören loopt naast haar.

De stem van de vrouw klinkt bekend. Is de verpleegkundige van daarnet teruggekomen?

Een nieuwe deur wordt opengegooid en Sören roept instructies terwijl hij naar de operatiekamer snelt.

Acht.

De verpleegkundige antwoordt Sören. Ze hoort hen zeggen dat ze nog maar een paar seconden hebben.

Lisa buigt haar hoofd achterover, probeert de vrouw te zien, maar ze wordt verblind door een tl-buis aan het plafond. Ze knippert. Het wordt haar zwart voor de ogen. Dan kan ze weer zien, maar de verpleegkundige is niet zichtbaar.

Zeven.

Sören knipt haar jurk en onderbroek kapot. Ze voelt zich gewichtloos.

'Het komt goed, Lisa.'

De woorden zijn als een fluistering. De stem van de verpleegkundige klinkt zo bekend. Ze raakt Lisa's armen aan. De aanraking is niet te missen.

Haar lichaam wordt zwaarder en rustiger.

Ze is in veilige handen. Er zijn geen vreemden meer om haar heen en ze hoeft niet haar op haar hoede te zijn. De mensen die bij haar in de operatiekamer aanwezig zijn kennen haar goed, ze weten alles over haar toestand.

Zes.

Lisa legt haar hand op de arm van de verpleegkundige en fluistert: 'Dank je, Camilla.'

KOFFIE

37

Lillängen, Nacka,
oudejaarsavond

Lisa richt de zaklamp van haar telefoon op het dak van de carport zodat Tom niet verblind wordt door het licht.

'Waarom heb je mijn sms niet beantwoord?' vraagt ze.

'Ik heb geprobeerd je te bellen,' antwoordt hij. 'Waarom heb je niet opgenomen? Je bent anders nooit zo moeilijk te bereiken.'

De gemiste oproepen. Ze waren allemaal van een onbekend nummer. Hij moet gebeld hebben vanaf de vaste lijn op zijn kantoor.

'Het was een zware avond,' zegt ze.

Het klinkt als een zwak, belachelijk excuus.

'De gasten, de ouders van het vriendje. We kennen ze, Tom. Jij ook. Of je weet tenminste wie de vader is.'

'Wie dan?'

'Sören Isaksson.'

'Ga weg!' zegt Tom. 'Gaat Ebba met zijn zoon? En jullie wisten dat niet?'

'We hadden geen idee.'

Tom haalt zijn handen door zijn haar en schudt zijn hoofd. Hij probeert te verwerken wat hij net heeft gehoord, probeert het te begrijpen, net als Lisa de hele avond.

Hoe hun kinderen elkaar hebben gevonden.

'Weet je nog waar ik je in het voorjaar voor Ebba's geboorte om heb gevraagd?' vraagt Lisa.

'Hoe zou ik dat kunnen vergeten?' zegt Tom. 'Je was ervan overtuigd dat je geen zwangerschapsvergiftiging had.'

'Ik had gelijk. De urinetest die je afnam bevestigde dat.'

Tom knikt.

'Maar de grote Sören Isaksson wilde er niets van weten. Hij was zo zeker van zijn zaak,' zegt hij. 'Het spijt me, Lisa. Ik begrijp hoe verschrikkelijk dit voor jou moet zijn.'

Hij doet een voorzichtige stap naar voren en omhelst haar.

'Waarom ben je hier?' vraagt ze.

'Omdat je met me mee moet naar het werk. De vervangende medicijnen zijn net per koerier afgeleverd. Er zijn twee handtekeningen nodig voor ontvangst.'

Ze slaakt een diepe zucht. Ze had het kunnen weten toen Tom het over vervangende medicijnen had. Van het personeel dat vanavond werkt is verder niemand bevoegd.

'Is mijn pasje gebruikt bij de inbraak?' vraagt ze. 'De politie is hier geweest, maar ze wilden er niets over zeggen.'

'Ja,' zegt Tom. 'Dat klopt, jouw pasje is gebruikt. Maak je geen zorgen, niemand zal denken dat jij het bent geweest.'

Wanneer Lisa weer binnenkomt zitten de gasten op de bank. Op de salontafel voor hen staat een dienblad met koffiekopjes en een schaaltje bonbons. Sören is aan het bellen.

'Hij probeert de taxicentrale te bereiken,' zegt Camilla.

'Ik moet naar mijn werk om iets te regelen,' zegt Lisa.

'Nu, op dit tijdstip?' vraagt Camilla.

Lisa knikt.

'Om Tom te zien?' Camilla glimlacht en ze kijkt haar met een veelbetekenende blik aan.

'Je zei toch dat ene Tom je had gebeld toen je thuiskwam van je werk,' gaat ze verder. 'Ik neem aan dat het de Tom van vroeger is?'

'Ja, het is die Tom,' zegt Lisa. 'Hij en ik zijn de enigen die mogen tekenen voor de nieuwe medicijnen.'

'Ziet hij er nog steeds zo goed uit? En is hij nog steeds vrijgezel?'

Ze vraagt het zonder blikken of blozen, ook al zit Sören naast haar.

'Ik ben over een halfuur terug.'

Camilla's glimlach wordt nog breder.

Mikael komt de woonkamer weer binnen.

'Ga je weg?' vraagt hij.

'De nieuwe medicijnen zijn aangekomen. Ik moet alleen even tekenen voor ontvangst. Ik ben zo terug.'

'Het lijkt erop dat er voorlopig geen taxi te krijgen is,' zegt hij. 'Dus dan moet ik ondertussen onze gasten maar vermaken. Kom gauw terug, oké?'

Ze ziet hem naar de drankkast lopen en naar een fles cognac kijken.

Lisa loopt de heuvel af naar de Lillängsvägen, waar Tom in zijn auto zit te wachten. Ze gaat op de passagiersstoel zitten. Hij pakt haar hand en knijpt erin. Dan rijdt hij weg.

Toen Tom haar tijdens haar zwangerschap de resultaten van haar urinetest liet zien, bevestigden die wat ze al die tijd al had vermoed. Dat Sören het bij het verkeerde eind had. Haar urine bevatte geen spoortje eiwit. Niets duidde op zwangerschapsvergiftiging, ze had alleen een schommelende bloeddruk. Sören had de uitslag genegeerd en deed alsof Tom, een collega van hem, lucht was.

Tom was heel verontwaardigd geweest over Sörens arrogantie. Dat die de testresultaten zomaar wegwuifde en zijn medische kennis niet serieus nam. Dat hij niet eens de moeite had genomen om uitleg te geven.

Ze merkt dat hij er nog steeds boos over is. Maar ook al verschilden de twee artsen van mening over een eventuele zwangerschapsvergiftiging, ze waren het er wel over eens dat Lisa's bloeddruk gevaarlijk hoog was.

Ze wisten allemaal waar dat toe kon leiden.

Toms stilte zegt alles. Geen van beiden heeft zin om het weer over Sören Isaksson te hebben.

De auto hobbelt over de spoorwegovergang. Het is rustig op straat. In sommige huizen brandt nog licht, in andere is het al donker en rustig. Wanneer ze door de Parkvägen rijden, ziet ze de imposante villa van de familie Borgen. Ze kijkt omhoog naar het grote raam in de woonkamer. Daar was het feest had Ebba gezegd. Bij Steffe thuis.

Maar het huis en de hele buurt zijn donker.

Is Ebba echt daarbinnen? Of heeft ze gelogen over waar het feest is?

Ze pakt haar telefoon, aarzelt even, maar belt toch haar dochters nummer. Ze stelt zich haar gezicht voor wanneer ze op het scherm ziet wie er belt. Ze zijn nog niet zo lang weg en toch belt haar moeder al.

Wat moet ze zeggen wanneer Ebba opneemt? Dat er geen licht brandt in de woonkamer van de familie Borgen? Het is zo'n groot huis dat het feest heel goed in de kelder kan worden gehouden.

Het is hun avond. Ze verbreekt de verbinding voordat Ebba kan opnemen.

Er staat een bestelwagen voor het hospice. De chauffeur rookt een sigaret terwijl hij op hen wacht. Wanneer hij hen ziet aankomen, gooit hij de peuk in de sneeuw en reikt in de auto naar de papieren die getekend moeten worden. Nadat ze allebei hun handtekening hebben gezet neemt Tom het pakje onder zijn arm en lopen ze naar binnen.

Slechts twee futiele handtekeningen zijn er vereist, verder geen veiligheidsmaatregelen. Hoe gemakkelijk kun je medicijnen die onder de Opiumwet vallen bij zo'n levering wel niet stelen? Het lijkt een stuk eenvoudiger dan eerst haar sporttas stelen, de code van haar pasje achterhalen, en dan Maria Regina binnensluipen en het pasje gebruiken.

Waarom koos de dief ervoor haar persoonlijke bezittingen

te stelen om aan medicijnen te komen?

Ze gaan naar het magazijn, openen de medicijnkast, zetten de nieuwe medicijnen op de lege planken en vullen zo de voorraad aan. Deze vervangende middelen werken minder goed dan die verdwenen zijn. Maar het is tenminste iets, en ze zullen de hevigste pijnen verminderen.

Wanneer ze klaar zijn lopen ze naar Toms kantoor. Het hospice wordt omhuld door de stilte van de nacht. Maar het is hier nooit helemaal stil. Er is altijd iemand aanwezig, klaar om in te grijpen als er een alarm afgaat in een van de kamers.

Tom pakt wat spullen van zijn bureau.

'Ik denk dat ik het voor vandaag voor gezien houd,' zegt hij.

Hij ziet er moe uit. Het is voor hem ook een lange dag geweest.

'Wil je dat ik je naar huis breng?' vraagt hij.

Lisa's telefoon gaat over. Ze hoopt dat het Ebba is die terugbelt, maar het is een onbekend nummer, alweer. Ze neemt op.

'Met Lisa,' zegt ze.

'U spreekt met Jessica Möller,' zegt een vrouwenstem. 'Ik ben arts op de spoedeisende hulp van het Söderziekenhuis. Bent u de moeder van Ebba Kjellvander?'

Ze voelt het bloed uit haar hoofd wegtrekken.

'Ja?'

'Uw dochter is hier met een ambulance binnengebracht, uit Nacka. U kunt maar beter zo snel mogelijk komen.'

'Ambulance?'

Ze sluit haar ogen en schudt haar hoofd.

'Uw dochter verkeert in kritieke toestand,' zegt de vrouw. 'Bel me op dit nummer wanneer u er bent. En kom zo snel als u kunt.'

'Maar wat is er dan gebeurd?'

'Ebba heeft een overdosis genomen.'

38

Heeft Ebba geprobeerd zelfmoord te plegen? Of hebben ze haar iets gegeven op het feest?

Ebba's hoop voor de avond was de bodem ingeslagen. Haar reactie toen ze zich realiseerde wie Marlons ouders waren en haar teleurstelling over het verloop van de avond waren overduidelijk. Maar wat er werkelijk in haar hoofd omging kon niemand weten.

Wat heeft ze gedaan?

Lisa probeert diep adem te halen om zichzelf niet volledig te verliezen. Ebba is haar vlees en bloed. Ze voelen dezelfde pijn, hebben dezelfde littekens.

Er moet sprake zijn van een vergissing.

En Marlon? Is hij bij Ebba in het ziekenhuis? Ze weet eigenlijk niets over hem.

Tom rijdt zo snel als hij kan van de Skanstullbrug naar de Ringvägen. Sneeuw stuift opzij wanneer hij een scherpe bocht maakt bij het ziekenhuis en de auto verliest heel even zijn grip voordat hij de heuvel op accelereert tot aan de hoofdingang.

'Ga maar gauw,' zegt hij. 'Ik zit in de wachtkamer.'

Lisa springt uit de auto en pakt haar telefoon terwijl ze naar binnen stormt. Ze blijft staan bij de receptie, klikt op de laatst binnengekomen oproep op haar telefoon.

'Met Lisa Kjellvander. Ik ben nu hier. Is Ebba oké?'

'Ik kom eraan,' zegt Jessica.

De wachtkamer zit vol met mensen die op oudejaarsavond

gewond zijn geraakt of ziek zijn geworden. Lisa zou er alles voor overhebben om nu daar te zitten naast een dochter met hoge koorts of een bijholteontsteking, of wat dan ook. Als ze Ebba maar terugkrijgt.

Jessica komt naar haar toe.

'Waar is Ebba?'

'We gaan hier naar binnen om even te praten.'

Ze leidt Lisa naar een gang, opent een deur naar een vergaderruimte en gebaart Lisa naar binnen te gaan.

'Nee, breng me naar Ebba!' schreeuwt Lisa. 'Ik moet haar zien!'

'Ebba vecht voor haar leven.'

Lisa begrijpt er niets van, kan niet geloven dat het waar is. Jessica komt achter haar staan, pakt een stoel en duwt haar erop.

'We doen wat we kunnen.'

Haar gezichtsuitdrukking is even ernstig als haar toon.

Langzaam dringt het tot Lisa door. Natuurlijk hebben ze gecheckt wie het meisje is. Ebba ligt daar ergens. In zo'n kritieke toestand dat haar moeder haar niet mag zien.

Het is geen vergissing.

'Komt het goed met haar?'

'Dat weten we nog niet.'

'Waar kwam de ambulance vandaan?'

'Uit Storängen, in Nacka. Daar woont u toch?'

'Ze ging naar een feestje met haar vriendje. Hebt u hem niet gesproken?'

'Ik weet alleen dat er een meisje bij haar is gebleven.'

Lisa sluit haar ogen. Ze wil wakker worden. Ze wil dat het een droom is, een vreselijke, nare droom. Als het maar niet waar is.

'Het meisje vertelde me dat Ebba strompelend de dansvloer op was gekomen. Ze was naakt en ademde bijna niet meer.'

'O, mijn god.'

Lisa kan haar tranen niet bedwingen. Haar lichaam begint te schokken. Ze probeert tevergeefs het beeld van Ebba weg te duwen. Naakt en koud. Met nauwelijks zuurstof in haar longen.

'De ambulance was er binnen een paar minuten. Als we erin slagen haar leven te redden, is het daaraan te danken. Er werd meteen met de reanimatie begonnen. Ze was er slecht aan toe, verkeert in kritieke toestand. Al vrij snel werd duidelijk dat het om een overdosis gaat.'

'Ebba heeft nog nooit drugs gebruikt.'

'Ik begrijp dat dit schokkend voor u is. Maar helaas is het de realiteit. We zien het elke week. Vooral op feestdagen als deze. Eén keer kan al genoeg zijn. Je komt gemakkelijk aan drugs en jongeren hebben geen idee wat ze gebruiken.'

'Wat heeft ze genomen?'

'De werkzame stof is fentanyl. Ebba lijkt de drug te hebben geïnhaleerd. Hebt u enig idee hoe ze eraan gekomen is?'

Lisa kijkt de vrouw aan.

Het besef slaat in als de bliksem.

Marlon. Hij sluipt 's nachts hun huis in en uit, kan met niet al te veel moeite achter haar persoonlijke code zijn gekomen en waar ze haar pasje had gelaten.

Ze grijpt het tafelblad vast, de kamer draait alsof ze in een centrifuge zit. Ze sluit haar ogen tot het stopt.

'Gaat het, Lisa?' vraagt Jessica.

Ze knikt, slikt.

'Je zei "bijna niet meer ademde"?' zegt ze.

'Ebba's centrale zenuwstelsel was verlamd toen de ambulance arriveerde, maar ze heeft onmiddellijk naloxon toegediend gekregen, dus we hopen dat we haar kunnen redden zonder blijvende schade.'

Ze wil daar in haar dochters plaats liggen. Zij wil zelf vechten tegen het gif dat Ebba's jonge lichaam kapotmaakt.

'Ik moet even bellen,' zegt ze. 'Ik moet mijn man te pakken zien te krijgen.'

Ze kan dit niet alleen. Ze moet met Mikael praten. Ze moeten hier samen doorheen.

'Dat begrijp ik,' zegt Jessica. 'Je kunt hier blijven zitten. Ik ga nu naar Ebba en kom straks weer terug.'

Jessica verlaat de kamer en sluit de deur achter zich.

Was Ebba betrokken bij de inbraak? Het maakt niet uit, zolang ze het maar overleeft. Lisa zal Ebba alles vergeven. Ze zou graag de schuld op zich nemen, dat de politie háár levenslang opsluit.

Haar hand trilt wanneer ze haar telefoon pakt. Ze kiest Mikaels nummer. De telefoon gaat meerdere keren over maar er wordt niet opgenomen.

39

Jessica komt terug en gaat aan de andere kant van de tafel zitten.

'Heb je je man te pakken gekregen?' vraagt ze.

Lisa veegt de tranen van haar wangen en schudt haar hoofd.

'Is er iemand anders die je kunt bellen?'

'Ik ben met een vriend gekomen. Hij zit in de wachtkamer.'

'Dan stel ik voor dat je bij hem gaat zitten. Zodra ik meer weet, kom ik bij je.'

'Ik had een traumatische bevalling,' zegt Lisa. 'Toen Ebba geboren werd. Ik heb toen een verkeerde behandeling gekregen, met alle gevolgen van dien.'

'Wil je hier in het ziekenhuis met iemand praten?'

'Ik moet weten wat jullie met Ebba doen, ik moet het gevoel hebben dat ik de controle heb. Ik ben gediplomeerd verpleegkundige, werkzaam als leidinggevende van een team verpleegkundigen. Mijn vriend in de wachtkamer is arts.'

'Ik kan je niet naar Ebba laten gaan, als dat is wat je wilt. Ik hoop dat je dat begrijpt.'

'Ik wil gewoon weten wat jullie behandelplan is.'

Jessica knikt.

'Ik kan je een uitdraai geven van het medisch dossier, met daarin haar waarden en hoe we haar behandelen. Is dat een idee?'

'Dank je,' zegt Lisa. 'Maar ik moet haar ook zien. Ik ga niet weg voordat ik mijn dochter heb gezien.'

Door het kleine raampje in de deur ziet ze een ziekenhuisbed met witte lakens. In het bed ligt een jonge vrouw. Haar borstkas en schouders zijn gewikkeld in lichtblauw behandeltafelpapier, dat naar beneden is gevouwen om plaats te maken voor een plastic kraag die onder haar kin is geplaatst om haar hoofd te fixeren. Vanuit haar mond loopt een slang naar de beademingsmachine. Er zijn nog meer slangetjes verbonden met haar lichaam. Door haar halfgesloten oogleden zijn haar ogen zichtbaar. Het is onmogelijk te zeggen of ze wakker is of slaapt. Of ze dood is of nog leeft.

Ze ziet eruit als een engel die van een wolk is gevallen.

Het lijdt geen twijfel dat het meisje daar in het bed Ebba is.

Tom kijkt op wanneer Lisa de wachtkamer in komt.

'Hoe gaat het met Ebba?' vraagt hij.

'Ze ligt aan de beademing.'

'Mijn god, wat heeft ze ingenomen?'

'Fentanyl,' zegt Lisa. 'De arts zei dat ze het heeft geïnhaleerd. Ze is strompelend en naakt de dansvloer op gekomen en ademde bijna niet meer.'

Tom kijkt haar indringend aan. Zijn opengesperde ogen zeggen alles. Fentanyl dat geïnhaleerd wordt heet Instanyl en dat is een van de opiaten die de avond ervoor bij Maria Regina zijn gestolen. Dat kan geen toeval zijn. Tom weet net zo goed als Lisa hoe krachtig het middel is. Hoe levensgevaarlijk het is in de verkeerde handen.

'Heb je Mikael gebeld?'

'Hij neemt niet op.'

'En de gasten? Je hebt Sörens nummer toch?'

'Ik heb de nummers van Sören en Camilla lang geleden verwijderd. Ik kan nu toch niet met ze praten.'

'En Marlon?' vraagt Tom. 'Heb je zijn nummer dan?'

'Nee.'

'Misschien kan ik hem vinden. Heet hij Marlon Isaksson? Waar woont hij?'

'In Enskede.'

Als Marlon opneemt weet Lisa niet hoe ze zal reageren. Wat heeft hij met Ebba gedaan? Als iemand weet wat er gebeurd is is hij het wel.

Misschien houdt hij zich ergens schuil in de nieuwjaarsnacht. Durft hij niet in te zien wat hij gedaan heeft.

'Hier, ik denk dat ik hem gevonden heb,' zegt Tom.

Hij toetst het nummer in en geeft haar de telefoon. Lisa schudt haar hoofd.

'Ik kan nu niet met hem praten.'

Tom houdt de telefoon bij zijn oor en staart naar de vloer. Lisa hoort hem overgaan. Ze pakt de envelop met de uitdraai van het dossier, die Jessica haar heeft gegeven. Door de jaren heen heeft ze duizenden dossiers gezien, nu lijkt het wel Chinees voor haar. Ze is te overstuur, kan niet focussen. Ze springt van de ene regel naar de andere, kan geen wijs worden uit de letters en cijfers.

'Hij neemt niet op.'

Tom stopt de telefoon weg.

'Wat is dat?'

'Ebba's medisch dossier. Ik heb erom gevraagd, om er zeker van te zijn dat alles volgens het protocol gaat.'

Haar blik blijft ergens bij hangen. Iets wat niet lijkt te kloppen.

De twijfel komt terug, de twijfel die ze al voelt sinds het telefoontje van de spoedeisende hulp. Dat het Ebba niet kan zijn, dat het haar dochter niet is die daar ligt met slangetjes verbonden aan allerlei apparaten.

Maar ze heeft haar met eigen ogen gezien.

'Wat is er?' vraagt Tom.

'Het klopt niet,' zegt ze. 'Ze hebben een fout gemaakt.'

Ze springt op van haar stoel en rent naar de afdeling. Aangekomen bij de dubbele deuren die naar de gang leiden waar Ebba ligt, duwt ze die al rennend open. Ze ziet een eindje verderop de kamer waar Ebba ligt, maar ze wordt tegengehouden door een mannelijke verpleegkundige.

'Het kan Ebba niet zijn die daar ligt.'

Jessica komt uit Ebba's kamer.

'Wat is er aan de hand?' vraagt ze.

'Ze kwam hier net binnenrennen,' zegt de verpleegkundige.

'Mijn excuses,' zegt Tom. 'Ik zorg wel voor Lisa.'

'Bent u de arts over wie ze het had?' vraagt Jessica. 'Zeg haar dan dat als ze niet onmiddellijk vertrekt, ik de beveiliging moet bellen.'

'Het is Ebba niet,' zegt Lisa. 'Het kan Ebba niet zijn.'

Tom slaat zijn arm om Lisa heen en trekt haar naar zich toe.

Jessica doet een paar stappen in hun richting.

'Waar heb je het over?' vraagt ze.

'Ik zag het in het dossier,' zegt Lisa. 'Het slaat nergens op. Er moet een fout gemaakt zijn.'

'Wat klopt er dan niet?'

Lisa houdt Jessica de uitdraai van het dossier voor.

'De bloedgroep. Ebba heeft niet bloedgroep B.'

'We hebben voor de zekerheid een bloedtest gedaan, voor het geval ze een transfusie nodig heeft. Puur routine.'

Lisa houdt Jessica's blik vast, probeert te begrijpen wat er gebeurt. Jessica lijkt onverbiddelijk. Puur routine, zoals ze zegt. Bovendien is een bloedtest waarschijnlijk het minst ingewikkelde wat ze met het meisje dat daarbinnen ligt hebben gedaan. Het is vrijwel onmogelijk dat zo'n test mislukt.

'Jullie moeten het nog een keer doen, voor de zekerheid.'

'Lisa, je dochter verkeert in kritieke toestand. Er zijn nu belangrijkere dingen die we voor haar moeten doen. Ik kan iemand van de beveiliging bellen die jullie naar buiten begeleidt. Misschien is het beter dat je naar huis gaat, dan kun je over een paar uur terugkomen om Ebba te zien.'

‘Ik kan mijn dochter hier niet achterlaten,’ zegt Lisa.

‘Je hoeft niemand van de beveiliging te bellen,’ zegt Tom. ‘We gaan weer in de wachtkamer zitten.’

Lisa laat zich door hem door de gang leiden. Ze heeft geen energie meer in haar lichaam. Het voelt alsof ze slaapwandelt. In de wachtkamer blijft ze staan.

‘Kom,’ zegt Tom. ‘Laten we weer gaan zitten.’

‘Nee,’ zegt ze. ‘We moeten hier weg.’

‘Je wilde toch bij Ebba blijven, of niet?’

Ze wil niets liever, echt niet, natuurlijk wil ze hier blijven, zo dicht mogelijk bij haar dochter. Maar met de informatie die ze net van de arts heeft gekregen beseft ze dat ze één ding moet doen, zowel voor Ebba als voor haarzelf. Iets wat zo belangrijk is dat ze geen keuze heeft.

‘Zal ik je naar huis rijden?’ vraagt Tom.

Dat had Jessica ook voorgesteld. Maar ze kan niet naar huis, nog niet.

‘Nee,’ zegt Lisa. ‘We moeten terug naar Maria Regina.’

40

Storängen, Nacka,
de nacht van oudejaarsavond op nieuwjaarsdag

Ze weet dat ze in shock is, maar ze is niet gek. De fout die ze ontdekt heeft in het dossier is verontrustend, schokkend.

Wanneer ze bij het hospice aankomen draait Tom zich naar haar toe en kijkt haar aan.

'Weet je zeker dat je niet naar huis wilt?'

Lisa schudt haar hoofd.

Ze wil het liefst met Mikael praten. Ze hebben elkaar immers ooit beloofd om over alles te praten. Ze wil schreeuwen en huilen, hem vertellen wat er is gebeurd en dat ze opnieuw zijn steun nodig heeft. Maar er is thuis geen hulp te verwachten. Niet nu. Zoveel is duidelijk.

Ze zou moeten huilen, ze zou moeten instorten. Maar dat doet ze niet.

Langzaam groeit er iets in haar, een innerlijke kracht die haar voortdrijft. Waar is ze toe in staat in deze toestand? Wanneer haar onderbewustzijn het overneemt. Wanneer haar diepgewortelde emoties haar beheersen. Ze ziet op haar horloge dat ze niet langer dan vijftig minuten van huis is geweest. Nog geen uur. In zo'n korte tijd kan je wereld instorten. Zo snel kan een mens veranderen.

In Toms kantoor vertelt ze hem alles. Over de avond, over Sören en Camilla, en over Ebba en Marlons relatie, hoe ze elkaar hebben gevonden. Ze drinkt van de koffie die hij uit de keuken heeft gehaald. Ze redeneert in cirkels. Ze beseft dat wat ze zegt misschien nergens toe leidt, maar ze moet het met iemand delen.

Met regelmatige tussenpozen pakt Tom zijn telefoon om Marlon te bellen. Met altijd hetzelfde resultaat: er wordt niet opgenomen. Om naar hem op zoek te gaan in de straten van Nacka heeft geen zin. Als het waar is dat alle jongeren in paniek zijn gevlucht toen Ebba op de dansvloer onderuitging, kan hij overal zijn. Als Marlon de drugs heeft gestolen en weet wat er met Ebba is gebeurd, is hij doodsbang en op de vlucht, ergens in de nacht. Te bang om zijn telefoon op te nemen.

Marlon is Ebba's eerste vriendje. Als kind was ze verliefd op de zomer en de dieren op het platteland. Ze heeft een groot deel van haar puberteit doorgebracht met luisterboeken, zittend achter haar computerscherm in haar slaapkamer, die ze had omgetoverd tot haar eigen kleine fort. Lisa kan en wil niet geloven dat Marlon en Ebba achter de medicijnendiefstal zitten. Ze zijn jong en verliefd, dat is overduidelijk. En jonge mensen maken fouten, halen soms de meest krankzinnige dingen uit. Dat is de nachtmerrie van elke ouder. Maar wat er met Ebba is gebeurd, is de ergste van alle nachtmerries. De hele avond had ze medelijden met Marlon gehad, was ze hem bijna aardig gaan vinden. Nu haat ze hem, durft ze er niet aan te denken wat ze met hem gaat doen als Tom hem op de een of andere manier te pakken krijgt.

De gedachte aan de verkeerde bloedgroep dreigt haar op het randje van een inzinking te brengen. Als ze niet snel duidelijkheid krijgt wordt ze gek.

'Ik heb bloedgroep A en Mikael heeft bloedgroep O,' zegt ze. 'Kinderen van ouders met die bloedgroepen kunnen geen bloedgroep B hebben, toch?'

'Ben je absoluut zeker van jullie bloedgroepen?' vraagt Tom.

'Kijk maar na,' zegt Lisa. 'Je kunt inloggen in ons medisch dossier.'

Tom start zijn computer op.

'Ik heb Mikaels persoonsnummer nodig.'

Lisa geeft het hem. Het duurt een paar seconden voordat het systeem hem vindt.

'Wat staat er?' vraagt Lisa.

'Mikael heeft bloedgroep O. Precies zoals je zei.'

'Check die van mij dan ook nog even.'

'Lisa,' zegt hij.

Ze verbijt zich, sluit haar ogen. Ze weet wat hij denkt. Ze is verpleegkundige. Natuurlijk weet ze wat haar bloedgroep is. Het feit dat ze niet op de hoogte is van Ebba's afwijking is misschien vreemd, maar het is niet onverklaarbaar. De meeste ouders weten de bloedgroep van hun kinderen niet. Toen Ebba werd geboren, hadden ze heel andere problemen om zich druk over te maken. Ebba heeft nooit een ongeluk gehad, of een ernstige ziekte, en ze is niet in een ziekenhuis opgenomen geweest. Mikael en zij hebben nooit enige reden gehad om te vermoeden dat ze een bloedgroep heeft die niet overeenkomt met die van hen.

Tom voert Lisa's persoonsnummer in en bevestigt wat ze eigenlijk al weten. Hij staart naar het scherm. Het is te absurd om hardop te zeggen, de gedachte is zo schokkend dat je haar niet kunt delen.

Mikael kan Ebba's vader niet zijn. Niet in biologische zin.

Toen ze een second opinion vroeg aan Tom over de zwangerschapsvergiftiging was ze in de war, in een staat van ontkenning. Wat ze toen niet echt kon begrijpen was dat ze überhaupt zwanger was. Volgens het vruchtbaarheidsonderzoek was de kans minimaal, vanwege Mikaels problemen.

Toen ze te horen kreeg dat ze toch zwanger was, kwam de gedachte bij haar op die ze nooit hardop had durven uitspreken. Dat Tom misschien de vader van haar kind was. Nu kan ze die onzekerheid niet langer voor zich uit schuiven, en Tom heeft geen overredingskracht nodig. Hij typt verder.

Het meisje dat in het ziekenhuis vecht voor haar leven heeft het recht om het te weten.

Hij schuift zijn stoel weg van de computer en schudt zijn hoofd.

'Ik ben het niet, Lisa,' zegt hij. 'Ik kan niet Ebba's vader zijn.'

Lisa knikt bevestigend. Tom heeft ook bloedgroep O, net als Mikael en meer dan een derde van de Zweedse bevolking.

Dan blijft er maar één mogelijkheid over. Het zaad waarmee ze werd geïnsemineerd tijdens de ivf-behandeling moet afkomstig zijn geweest van een andere man.

Lisa sluit haar ogen, ze voelt het bloed in haar slapen kloppen. Op de vragen die haar naar de rand van de waanzin drijven, zijn antwoorden te vinden. Dat weet ze. Een antwoord op hoe Ebba het opiaat te pakken kreeg en hoe het kan dat ze een afwijkende bloedgroep heeft. Ze moet ze nu vinden, voor de nacht voorbij is, ongeacht wat de uitkomst is.

'Hoe gebruikelijk is bloedgroep B in Zweden?' vraagt ze.

'Het is vrij ongewoon. Ze komt bij ongeveer acht tot tien procent van onze bevolking voor.'

Een lage waarschijnlijkheid, die geen antwoorden geeft, geen troost, geen verklaring. Maar een zeldzame bloedgroep heb je niet toevallig.

Alles leidt naar dezelfde mensen en dezelfde plaats. Naar daar waar haar pasje verdween. Waar haar man en de arts die bij haar bevalling was zich momenteel bevinden. Haar eigen huis.

Ze ziet zijn zelfvoldane glimlach voor zich.

Waar is je mooie dochter?

Sören wilde niet dat Ebba en Marlon naar het feest gingen. Hij gedroeg zich vreemd en vertelde haar hoe ze met de politie moest omgaan. Hij goot zich vol met rode wijn, om iets te bedwingen, te onderdrukken, te verbergen.

Iets wat hij wist.

Tijdens de meditatieoefening met Camilla kwamen er

beelden bij haar naar boven. Nu voelen ze als verhulde waarschuwingen. Kleine puzzelstukjes van een mysterie waarvan ze de omvang nog niet kent, maar waarvan ze weet dat ze dicht bij de oplossing is.

Aan het begin van de avond had Camilla iets gezegd over Marlon, over zijn karakter.

Het heeft te maken met zijn bloedgroep.

Hij heeft bloedgroep B.

'Ik wil dat je nog iemand checkt,' zegt Lisa.

'Wie?'

'Sören Isaksson.'

Tom kijkt haar aan.

'Wil je zeggen dat Sören...'

'Doe het nou maar,' zegt Lisa. 'Het kan niet moeilijk zijn om zijn persoonsnummer te achterhalen.'

Tom voert letter voor letter Sörens naam in en dan zijn persoonsnummer, cijfer voor cijfer. De computer verwerkt de gegevens, legt verbindingen tussen processor, printplaten en lichtdiodes. Wanneer de informatie die ze zoeken eindelijk het scherm vult, draait Tom het computerscherm naar haar toe.

Ze is totaal in de war. Haar hoofd tolt.

Ze staat op en legt een hand op haar litteken, dat over haar hele buik loopt.

'De bloedgroep is niet het antwoord op al je vragen,' zegt Tom. 'Maar ik heb al je medische informatie verzameld in een map die bij mij thuis staat.'

Ze steekt een hand op om hem te laten ophouden met praten.

Niet nu.

Ze rent de gang op en haalt net het toilet voordat de hele inhoud van haar maag eruit komt. Haar armen grijpen de toiletbril vast, haar keel brandt. Ze ademt diep in, zodat het haar niet zwart voor de ogen wordt.

Tom knielt achter haar neer en legt zachtjes zijn handen op haar schouders.

'Ga maar even liggen in mijn kamer,' zegt hij. 'Ik ga er meteen mee aan de slag.'

Ze loopt als een zombie door de stille gang, blijft bij de deur van Toms kantoor staan, hoort hem de wc schoonmaken, en richt zich dan op de buitendeur.

Waarom heeft Tom een map met haar medische gegevens bij hem thuis?

Alles wat ze heeft gevoeld, alles wat ze niet onder ogen heeft durven zien, komt als een wilde, kolkende maalstroom op haar af.

Heeft Tom dit al die jaren al vermoed?

Ze kan nu niet stoppen. Ze kan hier niet blijven.

Ze rent naar de voordeur, trekt hem open en loopt naar buiten, de donkere, koude nacht in.

Achter haar, vanuit de deuropening van de hoofdingang van Maria Regina, hoort ze Tom roepen dat ze terug moet komen, dat ze op hem moet wachten.

Maar ze loopt verder zonder achterom te kijken.

41

Stockholm,
augustus, zeventien jaar eerder

Ze ademt. Dat is het eerste wat ze merkt. Dat ze weer leeft, net als daarvoor. Maar alles voelt anders. Ze neemt alleen licht waar, meer niet, een gloed die door de dunne huid van haar oogleden heen dringt, die haar probeert wakker te maken.

Uiteindelijk opent ze haar ogen. Haar mond is droog en haar keel brandt van het maagzuur. Ze tilt haar haar hoofd op om om zich heen te kunnen kijken.

Ze is alleen in een ziekenhuiskamer. Ze herinnert zich dat ze in slaap viel in een operatiekamer, maar daar is ze nu niet. Ze moeten haar op een bepaald moment hebben verplaatst, toen ze nog onder narcose was. Hoelang is ze weg geweest? Minuten, uren?

Waarom is het hier zo stil?

Zou ze niet iets moeten horen? Verre geluiden uit de gang, voetstappen, bedden die door de gang worden gereden, Mikaels geruststellende stem?

Huilende baby's?

Ze probeert te gaan zitten, maar de hoofdpijn en de misselijkheid maken dat onmogelijk. Als 's werelds ergste kater.

Haar buik.

Ze gaat weer liggen. Ze ademt zwaar maar lijkt nog steeds niet genoeg zuurstof in haar longen te krijgen. Alsof haar eigen adem haar verstikt.

Ze is lekgeprikt, geleegd. De buik die ze zo lang gedragen heeft is er niet meer. Hij is niet zo plat als voor de zwangerschap. Hij is los, slap, alsof hij met een draadje vastzit aan de rest van haar lichaam.

Ze hebben haar opengesneden. Haar poging om rechtop te gaan zitten heeft de pijn veroorzaakt. Haar hele buik staat in brand, van heup tot heup. Alsof ze doormidden is gesneden, tijdens een goocheltruc die verkeerd afgelopen is.

Voor haar ziet ze de goochelaar en zijn assistente.

Sören en Camilla.

Heeft ze het gedroomd? Waarom zou Camilla bij de operatie aanwezig zijn geweest? De verdoving moet haar parten hebben gespeeld.

Ze voelt voorzichtig aan haar buik. Dan komt het besef.

Ze schreeuwt het uit.

De schreeuw weerkaatst tegen de kale, harde muren van de kamer. Ze bedekt haar oren om het geluid buiten te sluiten. Ze blijft schreeuwen totdat haar keel schor is. Ze sluit haar ogen om het niet te zien.

Plotseling gaat iemand op de rand van het bed zitten en haalt haar handen van haar oren, houdt ze vast in de zijne.

Ze opent haar ogen en ziet het gezicht van Sören. Hij is kalm, maar hij is duidelijk aangeslagen.

'Je hebt het gehaald,' zegt hij.

De tijd staat stil. Ze kijkt alleen maar naar hem. Ze weet niet hoelang. Het maakt niet uit. Zelfs als ze uren naar hem zou kijken, zou ze nog niet begrijpen wat hij zegt.

'Wat bedoel je?' fluistert ze.

'We waren je bijna kwijt, Lisa.'

'De kinderen?' zegt ze.

'We hoorden geen hartslag meer. We hebben je bloeddruk naar beneden gebracht voordat je blijvende schade zou oplopen. Maar door de plotselinge daling werd de zuurstoftoevoer door je placenta afgesneden. Je had een gedeeltelijke placentaloslating en dat is zeer ernstig. We moesten een spoedkeizersnede doen.'

'Waar zijn ze?'

Sören pakt haar beide handen.

'Je hebt een dochter, Lisa. Een fantastische, prachtige dochter. Ze is sterk en ze is met Mikael in de kamer hiernaast. Je kunt ze straks zien.'

'Een dochter? Maar...'

'Er was slechts voldoende zuurstof voor een van hen.'

'Dus de jongen is gestorven?'

'Ja,' zegt Sören. 'Het spijt me heel erg, Lisa.'

Haar hart gaat tekeer in haar borstkas. Ze moet een paar keer slikken om zijn woorden tot zich door te laten dringen. Ze voelt geen verdriet, voelt geen bekende emoties. Ze voelt zich geen mens meer. Ze voelt zich net een dier.

'Het is jouw schuld!' schreeuwt ze. 'Je had naar me moeten luisteren. De bloeddruk zou weer gedaald zijn als je me gewoon met rust had gelaten, als ik weer naar huis had mogen gaan. Jullie hebben me te veel medicijnen gegeven. Je hebt mijn zoon vermoord!'

Sören zwijgt en wacht.

'Ik begrijp wat je doormaakt, Lisa,' zegt hij. 'Het was een spoedgeval en dan volgen we het protocol. We hebben alles gedaan wat we konden om jou en je kinderen te redden.'

'Nee, je dacht gewoon aan mij en mijn bloeddruk! Door jullie zijn de hartjes gestopt.'

En dan komen plotseling de tranen, zonder waarschuwing. Ze wil nog meer zeggen, over de haat die ze voelt, over hoe onvergeeflijk het is wat er is gebeurd, maar ze kan niets meer uitbrengen. Ze rukt haar handen weg uit die van Sören.

'We zullen hulp voor je regelen,' zegt Sören. 'Je kunt met een psychiater en de maatschappelijk werkster van het ziekenhuis praten. Als je denkt dat we iets verkeerd hebben gedaan, kun je een klacht indienen. Ik heb dat ook tegen Mikael gezegd.'

'Ik wil geen fucking maatschappelijk werkster of psycholoog zien. Ik wil mijn zoon zien! Je kunt me dat recht niet ontzeggen.'

Ze sluit haar ogen, houdt haar handen op haar buik. Haar hele lichaam schokt terwijl ze huilt. Ze valt door de vloer, door de grond, in een lift die recht naar beneden gaat, naar de onderwereld, naar de hel.

De deur gaat open en Mikael komt binnen.

'Waar is onze zoon?' fluistert ze.

Mikael gaat op de rand van het bed zitten, waar Sören net zat.

'Weet je zeker dat dit een goed idee is?'

'Ik moet hem zien, Mikael.'

Mikael staat op en wenkt iemand in de gang.

Sören komt binnen met een karretje. Het is een couveuse. Sören zet het naast het bed. Hij steekt zijn handen door de openingen en haalt een deken weg.

Het jongetje ziet eruit als een pop. Hij is klein maar helemaal gaaf. Gladde huid, goed ontwikkelde gelaatstrekken. De kleur van zijn wangen verraadt echter dat er iets niet goed is. Het gezicht van een pasgeborene zou rood moeten zijn, maar dit gezicht is koud blauw, bijna grijs.

Mikael zit met zijn ellebogen op zijn knieën en met zijn hoofd in zijn handen. Hij kijkt in de couveuse, naar de dode baby die daar ligt. Zijn jongen, zijn zoon. Die er niet meer is. Lisa ziet hoe hij eraan kapotgaat. Hoe zijn hart in duizend stukjes breekt.

Ze kijkt nog eens naar het kind. Op zijn bovenlip heeft de jongen een bloeduitstorting die eruitziet als een grote bosbes.

'Wat is dat?' vraagt ze. 'Wat heeft hij daar op zijn lip?'

'Het is een moedervlek,' zegt Sören. 'Het spijt me zeer. Maar we hebben alles gedaan wat we konden.'

DIGESTIEF

42

Lillängen, Nacka,
de nacht tussen oudejaarsavond en nieuwjaarsdag

Ze hoort de muziek al voordat ze halverwege de heuvel is. Voordat ze vertrok, voordat ze hoorde wat er met Ebba was gebeurd, was ze in de keuken in een soort machtsstrijd verwikkeld geweest met Sören. Zijn poging tot verzoening, zijn geforceerde drinken, Mikael en Camilla samen lachend bij de stereo-installatie in de woonkamer.

Het lijkt erop dat ze in het nieuwe jaar doorgegaan zijn met feestvieren.

Net als in *the good old days.*

Hun wereld staat niet op zijn kop.

Nog niet.

Ze doet voorzichtig de deur open om geen aandacht te trekken. Wanneer ze binnenkomt trilt haar telefoon weer. Ze kijkt naar het scherm en hoopt dat het ziekenhuis belt. Maar het is Tom.

'Tom?' zegt ze.

'Ik zit nog steeds achter de computer. Met Mikaels medisch dossier.'

Ze is zo bezig geweest met het oplossen van het raadsel van de bloedgroep dat ze geen moment heeft stilgestaan bij de gevolgen, bij welke andere informatie ze daarmee met Tom heeft gedeeld. Nu zijn alle geheimen van Mikael blootgelegd.

Maar het maakt niet meer uit. Het maakt niet uit hoe goed ze heeft geprobeerd de schijn op te houden. Haar inspanningen om Mikael te beschermen en het beeld van een normaal gezin op te houden, zijn verleden tijd. Ebba's overdosis heeft alles veranderd.

'Ik had geen idee dat het zo slecht met hem ging. De nacht voor oud en nieuw, sliepen jij en Mikael toen bij elkaar?'

'Mikael heeft zijn eigen huisje achter in de tuin,' zegt Lisa. 'Het is lang geleden dat we bij elkaar sliepen.'

'Ik heb dit zo vaak gezien en gehoord, te vaak,' zegt Tom. 'Veel mensen denken dat iedere verslaafde op straat leeft. Maar veel verslaafden worden niet geregistreerd, blijven onder de radar. Je vindt ze waar je ze het minst verwacht.'

'Ik kan nu niet praten.'

'Lisa, luister naar me! Jij bent ook verslaafd. Je kunt niet helder denken. Een verslaving laat mensen liegen en bedriegen. Verslaafden bedriegen de mensen die het dichtst bij hen staan. Wees voorzichtig. Je kunt hem niet vertrouwen.'

Ze verbreekt de verbinding en loopt langzaam de trap op. Ze ziet Mikaels sleutelbos aan het haakje waar zijn doorweekte broek heeft gehangen voordat Ebba die opruimde. Ze moet die uit de broek hebben gehaald toen ze in de wasruimte was.

Opeens beseft ze dat er nog een andere verklaring mogelijk is. Misschien heeft ze het mis en zit Marlon niet achter de inbraak bij Maria Regina. Er is nog een andere manier waarop Ebba aan die drugs kon komen.

Ze pakt Mikaels sleutels. Dan loopt ze voorzichtig de trap af en gaat weer naar buiten. Om er zeker van te zijn dat niemand haar ziet, loopt ze met een grote boog om het huis heen. Het pad op de helling naar het meer is glad en nat van de grote sneeuwvlokken die uit de lucht vallen. Het is aardedonker. Ze moet oppassen dat ze niet uitglijdt.

Voor haar in het donker doemt Mikaels huisje op. Ze is hier al heel lang niet meer geweest. Toen Mikael het begon te verbouwen, dacht ze dat het een soort therapie voor hem was, iets om de tijd mee te doden. Ze had geaccepteerd dat hij tijd en ruimte voor zichzelf nodig had.

Op een ochtend, iets meer dan een jaar geleden, was Ebba hun slaapkamer binnengekomen met een doosje Citodon dat ze onder Mikaels kussen had gevonden. Ze had Lisa ermee geconfronteerd, gezegd dat ze had gelezen wat er op het doosje stond, dat haar vader niet mocht autorijden, dat het volslagen krankzinnig was dat het al zover met zijn pillengebruik was gekomen dat hij niet eens meer uit bed kwam zonder eerst iets te slikken. Lisa had alleen maar naar het doosje gestaard. Ze kon haar ogen niet geloven. De strip was leeg, op een pil na. Hoelang sliep Mikael daar al mee onder zijn kussen? Hoe had ze kunnen missen wat er gaande was terwijl ze in hetzelfde bed lagen? Lisa had er met Mikael over gesproken toen ze die middag thuiskwam van haar werk. Die nacht sliepen ze voor het laatst in hetzelfde bed. Daarna was hij verhuisd naar het huisje achter op hun perceel. Sindsdien sliep hij daar.

Ze kijkt achterom. De helling blokkeert het zicht vanuit het huis. Het huisje is verborgen voor de buitenwereld.

Ze opent de deur, doet het licht aan en gaat naar binnen. Fietsen verdringen zich, op de werkbank liggen handschoenen, reserve-onderdelen en diverse gereedschappen. Aan de muur, naast een gele leiderstrui hangt een poster van een of andere wielerronde in Frankrijk.

Een trap leidt naar een slaapzolder. Meteen rechts is een doucheruimte met toilet. Iets meer naar links bevindt zich een kleine werkkamer.

In de hoek achter de fietsen ziet ze iets wat ze niet herkent. Het lijkt op een bundel, een groot pakket, gewikkeld in blauw bouwzeil, met spanriemen eromheen. Ze verplaatst de fietsen om erbij te kunnen, maakt de riemen los en wikkelt het zeil af.

Daaronder liggen de onderdelen van de wieg en de dubbele kinderwagen, ingeklapt. In de bak van de wagen staat een maxicosi. Alles in de originele verpakking, met de prijskaartjes er nog aan.

Mikael droeg Ebba naar huis in precies zo'n autostoeltje toen ze bijna achttien jaar geleden de afdeling neonatologie van het Söderziekenhuis verlieten. Ze had een sonde in één neusgat. Hierdoor voedde Mikael haar de eerste periode.

Een envelop steekt onder de wagen uit. Lisa trekt hem eronder vandaan, maakt hem open en ziet de klacht die ze voor de klachtencommissie opstelden. Ze leest wat ze door Mikael heeft laten invullen. Hun versie van de gang van zaken, de eerste hormoonbehandelingen, de misselijkheid en de schommelende bloeddruk, het gesprek met Sören toen hij zei dat hij goed en slecht nieuws had, de echo die bevestigde dat ze zwanger was van een tweeling, de controles met telkens andere verpleegkundigen die niet naar Lisa luisterden. De laatste sterke intraveneuze dosis bloedverlagende middel die ervoor zorgde dat haar bloeddruk zo snel daalde dat haar placenta niet langer in staat was om de baby's van voldoende zuurstof te voorzien, het wegvallen van de foetale harttonen en tot slot de spoedkeizersnede.

Ze ziet hun handtekeningen, hun namen zijn nauwelijks leesbaar.

Ze hebben de klacht niet ingediend omdat ze het niet meer aankonden. Ze konden het niet aan om nog meer vragen te beantwoorden, getuigenverklaringen af te leggen, er voortdurend aan herinnerd te worden. Het ging alleen nog maar om overleven, dingen afsluiten, achter zich te laten en doorgaan. Maar bovenal ging het om Ebba. Ze moesten ze de kracht opbrengen om voor het kind te zorgen dat het had overleefd.

Er liggen nog meer spullen onder de kinderwagen. Ze stopt de envelop terug en trekt een knuffel en een rol behang eronder vandaan.

Ze hadden afgesproken dit allemaal weg te gooien. Lisa

had door het slaapkamerraam gekeken hoe Mikael alles in de kofferbak van de auto laadde. Hij moet onderweg van gedachten zijn veranderd. Hij moet een rondje door de buurt hebben gereden, bij het meer hebben geparkeerd en alles weer de heuvel naar het huisje op hebben gedragen. Waar hij het in een hoek onder bouwzeil verborg.

Ze verwijdert een klein stukje tape en rolt het behang uit. Blauw behang met ballonnetjes erop. Ballonnen met touwtjes die naar de hemel opstijgen.

Haar handen trillen wanneer ze alles weer teruglegt en met het bouwzeil bedekt.

De deur van Mikaels werkkamer staat op een kier. Haar lichaam beweegt er uit zichzelf naartoe, geleid door haar emoties. Ze loopt naar binnen, gaat in het midden van de kamer staan en kijkt om zich heen.

Als ze omhoogkijkt naar het plafond ziet ze dat een van de plafondpanelen scheef ligt.

43

Storängen, Nacka,
de nacht van oudejaarsavond op nieuwjaarsdag

Lisa neemt niet op.

Tom stopt zijn telefoon in zijn broekzak en opent de deur van zijn appartement. Purple komt hem tegemoet in de hal, maar hij is niet zijn gebruikelijke vrolijke zelf. Zijn kop hangt, zijn bewegingen zijn angstig, zijn blik is onrustig.

Tom gaat op de grond zitten en omhelst de hond. Hij had hem nooit alleen moeten laten.

Ze lopen naar de woonkamer, waar de tv nog aan staat. Door de ramen ziet hij dat er nog steeds vuurpijlen de lucht in worden geschoten, die de hemel met felle kleuren verlichten. Hij sluit de gordijnen en vervloekt zichzelf dat hij daar niet aan gedacht heeft voordat hij vertrok. Het wordt pikdonker in de kamer. Hij doet de staande lamp bij de boekenplank aan, daarna de stereo-installatie, en selecteert opnieuw Springsteen op zijn telefoon, een stem die Purple net zo vertrouwd en geruststellend vindt als de zijne.

Hij neemt het pakje dat ze bij de supermarkt hebben opgehaald, trekt het plakband los, scheurt het inpakpapier eraf dat hij op de grond gooit en maakt het open. Met de kleine gebreide hoody in zijn hand loopt hij naar Purple en trekt hem die aan. Bij de kennel had hij gehoord over een zogenaamd thundershirt, een soort vest dat je je hond aantrekt om hem te helpen zich beter bewust te worden van de grenzen van zijn lichaam, wat zorgt voor een groter gevoel van veiligheid. De hoody, een zeldzame tweedehands vondst die hij tegen een schandalig hoog bedrag heeft gekocht van een andere verzamelaar, voldoet misschien niet helemaal aan de eisen voor een veiligheidsgevoel op oudejaarsavond, maar het heeft wel unieke voordelen.

Purple houdt zijn kop schuin en kijkt met iets meer mojo en gezag naar hem op.

'Ik weet dat je eigenlijk geen wilde kat wilt zijn,' zegt Tom terwijl hij de hond achter de oren krabt. 'Maar je hebt er nog nooit zo knap uitgezien, kerel.'

Hij trekt hem naar zich toe en tilt hem op om hem te knuffelen. Purple reageert door zijn poten op zijn schouders te leggen en zijn wang te likken.

'Kom, dan gaan we wat lekkers voor je halen.'

Ze lopen de keuken in. Purple jankt mee op de maat van de muziek die uit de muziekinstallatie klinkt wanneer de hondenchocolade tevoorschijn komt. Tom vult een grote bak en neemt hem mee naar de woonkamer.

Meer kan hij vanavond niet doen voor de hond. Er is iets belangrijkers tussen gekomen. Hij kijkt weer op zijn telefoon, maar Lisa heeft niet teruggebeld. Hij zal nooit vergeten hoe ze keek toen hij het persoonsnummer van Sören Isaksson intypte en de informatie over diens bloedgroep op het scherm verscheen.

Van de boekenplank pakt hij de naamloze map, loopt de keuken weer in en gaat aan de keukentafel zitten. Hij moet nu geen overhaaste conclusies trekken, geen wilde theorieën bedenken, zich niet laten leiden door zijn gevoelens. Het is niet met zekerheid te zeggen dat Sören Isaksson Ebba's biologische vader is. Het enige wat ze weten is dat het theoretisch mogelijk is, omdat hun bloedgroep overeenkomt.

Hij is ervan overtuigd dat Lisa geen zwangerschapsvergiftiging heeft gehad. Hij had de test een tweede keer laten doen, als een second opinion voor zijn eigen gemoedsrust, maar de uitslag was hetzelfde geweest. Er zat geen eiwit in haar bloed, dus er kon geen sprake zijn van zwangerschapsvergiftiging. Lisa had gewoon een schommelende bloeddruk. Precies zoals ze de hele tijd had beweerd.

Waarom Sören was blijven volhouden dat het wel een zwangerschapsvergiftiging was en haar daarvoor was blijven behandelen, had Tom nooit begrepen. Misschien had hij gedacht dat het beter was om het zekere voor het onzekere te nemen, om liever onnodige medicatie voor te schrijven dan ook maar het kleinste risico te nemen. Tom wilde graag denken dat dat het geval was. Maar nu lijkt het er toch duidelijk op dat er iets niet klopt.

Het is waar dat Lisa zich niet goed voelde toen ze zwanger was. Maar Sören wist dat er een andere, eenvoudiger en volstrekt natuurlijke verklaring was. Wat Sören in het gesprek met Lisa en Mikael het goede nieuws had genoemd, was dat ze zwanger was van een tweeling. In die tijd was dat niet bijzonder vreemd of ongewoon bij ivf.

Toen bleek dat Tom met zijn standpunt lijnrecht tegenover Sören stond, had Lisa ervoor gekozen Sören te geloven. Hij kon haar dat niet kwalijk nemen. Waarschijnlijk had hij in haar geval hetzelfde gedaan. Sören was de enige persoon die haar en Mikael het kind kon geven dat ze al zo lang probeerden te krijgen.

Toen Tom met zijn vermoedens naar Mikael was gegaan, was de afwijzing nog harder geweest, die grensde aan bedreiging. Mikael had gezegd dat als hij niet ophield zich met Lisa's gezondheid te bemoeien, met een storend element in hun relatie te zijn, er weleens heel nare dingen konden gebeuren.

In dit huwelijk is maar plaats voor één man.

Mikael had hem het gevoel gegeven dat hij een idioot was, iemand die zout in de wond wrijft, die een huwelijk kapot probeert te maken.

Sören had Lisa verkeerd behandeld. De intraveneuze dosis

bloeddrukverlagende medicatie was veel te hoog geweest waardoor haar bloeddruk kelderde. Dat beschadigde de ongeboren baby's en leidde ertoe dat hun hartjes stopten met kloppen.

Achter in de map zit de overlijdensakte. De baby vertoonde geen tekenen van leven buiten de baarmoeder. Volgens de verklaring van de arts waren er geen redenen voor een autopsie. Het kind had nooit een naam gekregen, alleen een persoonsnummer, dat echter nooit gebruikt zou worden, behalve als gegeven voor de belastingdienst en het bevolkingsregister. De ouders hadden nooit een vaderschapstest laten uitvoeren.

De overlijdensdatum was vastgesteld op 8 augustus 2002.

Dezelfde dag dat Ebba werd geboren.

Dit alles was ondertekend door Sören Isaksson.

De statistieken van de Zweedse Nationale Raad voor Gezondheid en Welzijn zitten in een apart plastic hoesje in de map. Tom trekt de aan elkaar geniete pagina's eruit en laat zijn wijsvinger langs de regels gaan.

In Zweden sterven ongeveer vier op de duizend pasgeborenen tijdens de bevalling. In 2002 was dat cijfer 5,2. Er zijn twee overzichten van het aantal doodgeboortes, een van het Zweedse Centraal Bureau voor de Statistiek, en een van het medisch geboorteregister. De eerste vermeldt een aantal van 352, de tweede 348. 348, een verschil van vier.

Tom had een medewerker van de Nationale Raad voor Gezondheid en Welzijn gevraagd hoe het kon dat het aantal sterfgevallen verschillend was in de twee overzichten. Het antwoord dat hij kreeg was dat er verschillend werd omgegaan met in het buitenland geboren kinderen en met niet in Zweden geregistreerd staande moeders. Dit was niet ongewoon, honderd procent overeenstemming was eigenlijk onmogelijk. Er werden ook weleens fouten gemaakt bij het invullen van de medische dossiers of bij het overbrengen van gegevens van het ene register naar het andere.

Het was misschien verklaarbaar, maar het was niet echt begrijpelijk. Vier doodgeboren baby's kwijtgeraakt in het administratieve proces.

Veel pasgeborenen waren overleden voordat ze voldragen waren, vaak als gevolg van ernstige gezondheidsproblemen bij de moeder; sommige thuis en sommige in de wat kleinere zorginstellingen, waarnaar in spoedgevallen werd uitgeweken als men niet over de juiste expertise en apparatuur beschikte.

Het overlijden van een voldragen baby tijdens een bevalling in een gespecialiseerde kliniek in Stockholm is uiterst zeldzaam. Eerder op de avond had Sören Lisa verteld over een andere vrouw, die dezelfde dag met dezelfde symptomen in het ziekenhuis was opgenomen.

Een buitenlandse vrouw zonder vangnet, die niet bekend was bij de Zweedse gezondheidszorg. Een vrouw die stuipen had gekregen en die niet alleen haar kind had verloren, maar ook zelf het leven had gelaten.

Als het waar is zouden er op een en dezelfde dag twee baby's tijdens de bevalling zijn gestorven op een van Europa's meest prestigieuze afdelingen verloskunde. De kranten zouden er vol van hebben gestaan en er zou een uitgebreid intern onderzoek naar de procedures op de afdeling zijn gestart. Tom had hier niets over gehoord. Kon hij dit echt gemist hebben?

Hij zoekt op Ebba's geboortedatum in de officiële statistieken van het Söderziekenhuis. Die dag is er slechts één vermelding geregistreerd: een doodgeboren baby, een jongen.

Statistiek is maar statistiek en zegt niets over de omstandigheden of de ouders. Dat soort dingen wordt goed beschermd door de Europese privacywet. Maar als het waar is wat Sören afgelopen nacht heeft verteld, had er moeten staan dat er op die dag achttien jaar geleden twee kinderen zijn gestorven, en niet één. Hoe is dat te verklaren? Het Söderziekenhuis maakte in een geval als dit geen fout. Zou er met de registratie gerommeld zijn? Hoe machtig en hooggeplaatst Sören Isaksson ook is, het is redelijkerwijs toch niet aannemelijk dat hij knoeide met de officiële statistieken?

Hij liegt, dat kan niet anders.

Want Lisa's zoontje stierf. Ze had hem zelfs verteld dat ze hem had gezien, ze had beschreven hoe het kind eruitzag.

Sören verbergt iets, dat is duidelijk.

Maar wat?

Hij stopt de papieren terug, slaat de map dicht en zet hem weer terug op de boekenplank. Purple is in slaap gevallen en op de televisie strijden de footballteams tegen elkaar. Maar Tom kan het niet eens opbrengen om naar de tussenstand te kijken.

In plaats daarvan tuurt hij weer naar de nachtelijke hemel.

Lisa had verteld dat het dode jongetje een moedervlek op zijn lip had, dat die leek op een bosbes.

Zoiets kan veroorzaakt worden door hormonale veranderingen. Maar het kan ook erfelijk zijn. Voor zover hij wist had Lisa daar geen aanleg voor. Hij had nog nooit iets van een moedervlek op haar lichaam gezien.

Maar misschien was die vlek volkomen irrelevant en kon hij door iets anders veroorzaakt zijn. Het was wellicht een vorm van kanker. Volgens de overlijdensakte was er geen onderzoek naar de doodsoorzaak gedaan.

Tom haalt zijn handen door zijn haar, sluit zijn ogen en beseft dat hij vastloopt in een labyrint van gedachten waar hij niet meer uitkomt.

Marlon.

Hij is het puzzelstukje waar Tom geen wijs uit wordt. Dat Sören en Camilla een kind kregen in dezelfde zomer dat Lisa en Mikael Ebba kregen. Dat de twee elkaar vonden op een datingsite. Dat al deze ellende weer opgerakeld wordt. Is het echt toeval?

Uit de stukjes van de puzzel die Liza hem heeft gegeven, ontvouwt zich bij hem een gedachte.

Hij wordt er beroerd van. Het is onmogelijk. Te absurd. Niet voor te stellen. Het is niet eens mogelijk om dat in deze tijd, in de huidige maatschappij, voor elkaar te krijgen.

Als hij weer naar zijn telefoon grijpt trilt zijn hand. Nog steeds niets van Lisa. Als ze zichzelf maar niet in gevaar brengt.

Lisa heeft hem gevraagd of hij wil blijven proberen Marlon te vinden. Maar het blijft nog steeds helemaal stil, ondanks de verschillende berichten die Tom op Marlons telefoon heeft achtergelaten.

Zielsverwanten.

Hij hoort het Lisa nog zeggen. Hij beseft dat hij dit niet kan loslaten, niet nu, niet gedurende de rest van de nacht, misschien wel niet gedurende de rest van zijn leven.

Waar ben je nu in godsnaam, Marlon, denkt hij. Als het meisje van wie je houdt vecht voor haar leven?

Hij zet de muziek iets harder om de sporadische vuurwerkknallen buiten te overstemmen.

Dan sluipt hij terug naar de hal, trekt zijn oude, dikke hoody en zijn laarzen aan en verlaat de flat. Terwijl hij de trap af loopt, denkt hij terug aan wat de spoedeisende hulp arts in het Söderziekenhuis vertelde, iets waar hij en Lisa veel te aangeslagen voor waren om er aandacht aan te schenken.

Het meisje dat bij Ebba was gebleven tot de ambulance arriveerde, had verteld dat Ebba strompelend de dansvloer was opgekomen. Ze was naakt geweest en had nauwelijks nog geademd. Het was ergens in Storängen.

Als ze naakt was, was ze waarschijnlijk ergens alleen geweest met haar vriendje.

Wanneer Tom bij de portiekdeur komt, pakt hij zijn telefoon.

Jessica Möller neemt op.

'Met dokter Tom Abrahamsson. We hebben elkaar ontmoet in het ziekenhuis toen ik daar was met Lisa Kjellvander. Ik heb een vraag over de ambulance waarmee Ebba, Lisa's dochter, werd binnengebracht.'

44

Lillängen, Nacka,
de nacht van oudejaarsavond op nieuwjaarsdag

Alles wat Lisa uit het verlaagde plafond heeft gehaald, ligt verspreid over de vloer van Mikaels werkkamer. Haar sporttas en haar pasje, doosjes met verschillende soorten oxycodon, methadon en de neusspray Instanyl. Op elke verpakking staan de letters MR gevolgd door een nummer.

MR voor Maria Regina en de nummers om een ordening aan te brengen, een systeem dat ze zelf heeft ingevoerd, om de inventarisatie te vergemakkelijken, en om te voldoen aan de voorschriften en veiligheidsprocedures die voor deze medicijnen gelden.

Ze pakt een doosje Instanyl, opent het en haalt het kleine bruine glazen flesje met doseerpompje eruit. Het is een snelwerkende pijnstiller en wordt alleen gegeven aan patiënten met acute pijn, nadat ze al morfine hebben gekregen. Wanneer dit medicijn aan patiënten wordt gegeven die nog geen andere pijnstillende middelen gebruiken, bestaat het risico dat de ademhaling gevaarlijk traag wordt. Voor een persoon die bijvoorbeeld regelmatig Citodon neemt, kan het een goed effect hebben, mits je voorzichtig bent. Fentanyl blokkeert dan effectief alle pijn, zowel lichamelijk als geestelijk. De stress van de patiënt vermindert, waardoor die rustiger wordt.

Om te beginnen krijgt de patiënt een pufje in één neusgat, elke keer dat hij of zij doorbraakpijn voelt. Als de pijn niet binnen tien minuten verdwijnt, kan hij of zij nog een pufje in het andere neusgat krijgen. Daarna moet er minstens vier uur tussen elk pufje zitten.

Als een patiënt per ongeluk een te hoge dosis binnenkrijgt, zijn de eerste symptomen slaperigheid, een verlaagde lichaamstemperatuur, een trage hartslag en moeite om de armen en benen onder controle te houden. In ernstige gevallen wordt ademen moeilijk of stopt de ademhaling zelfs helemaal, wat vervolgens leidt tot een coma, wat levensbedreigend is. In het hospice luisteren ze goed naar de ademhaling van ernstig zieke patiënten. Zodra ze een reutelend geluid horen, wordt er onmiddellijk met de behandeling gestopt.

Fentanyl mag niet aan kinderen en jongeren onder de achttien worden gegeven.

Ze denkt terug aan de avond en het diner. Mikaels aanvankelijk beheerste kalmte toen hij online aangifte deed, de gesprekken rond de eettafel en in de slaapkamer, het moment van oprechtheid om middernacht, toen ze met z'n tweeën naar het vuurwerk stonden te kijken en elkaars hand vasthielden.

Het spijt me, Lisa. Alles.

Hoelang is ze al blind? Heeft ze haar zintuigen uitgeschakeld om zichzelf en haar gezin te beschermen en omdat ze zich schuldig voelt?

Mikael heeft de opiatenladder beklommen. Het is begonnen met Ebba's geboorte en toen ze zelf zo ziek was dat ze niet eens uit bed kon komen. Nu heeft hij de laatste trede bereikt. Fentanyl is het enige wat hem nog kan kalmeren. Op de een of andere manier heeft Mikael toch nog enige controle over zijn leven. Dat is wat er zo misleidend is. Dat hij sterke pijnstillers gebruikt, verklaart waarom hij gestopt is met autorijden. Daarom leek hij zo afwezig, sliep hij overdag en miste hij de dingen om hem heen. Het is niet waar iedereen aan denkt bij verslaafden, dat ze in de schaduw leven en onder bruggen slapen. Mikael functioneert nog steeds binnen de grenzen van het leven dat hij voor zichzelf heeft gecreëerd. Hij doet zijn werk zelfstandig, zonder aan iemand verantwoording af te hoeven leggen of verslag uit te brengen. Zijn verslaving heeft hem steeds manipulatiever gemaakt. Hij heeft geen controle over de drugs, de drugs hebben controle over hem.

Je kunt hem niet vertrouwen.

Mikael heeft hetzelfde verlies geleden als zij. Maar hij is er niet van hersteld. Hij leeft 's nachts. Starend in de duisternis.

Lisa is daar zelf geweest, in die duisternis. Ze weet hoe eindeloos ze is. Een kind verliezen is niet iets waar iedereen mee om kan gaan. Iedereen reageert anders. Haar liefde voor Ebba heeft haar er uiteindelijk weer bovenop geholpen. Maar dat was niet genoeg om Mikael te redden.

Waarom? Hoe kon hij voor die duisternis kiezen?

De fysieke problemen met zijn rug, de burn-out, de diagnose ADHD, de rusteloosheid, die tintelende benen, dat alles bij elkaar was wel genoeg, iedereen had daardoor verslaafd kunnen raken.

Dat Mikael haar heeft bedrogen is een feit. Hij heeft tegen haar gelogen, van haar gestolen, op haar werk ingebroken. Dat alles zou ze hem kunnen vergeven. Maar nu vecht Ebba voor haar leven door wat hij heeft gedaan. En dat is onvergeeflijk.

Als ze de politie belt en alles vertelt, wordt Mikael gearresteerd. Hij zal waarschijnlijk veroordeeld worden, zal zich verplicht moeten laten behandelen, en wordt misschien opgenomen in een kliniek.

En dan?

Als ze een scheiding aanvraagt, hoe zal het leven er daarna uitzien? Als Ebba het overleeft. Als ze sterft. Als ze er blijvend hersenletsel aan overhoudt.

Maar Mikael is niet de enige die schuldig is. Sören was verantwoordelijk voor de inseminatie. Hij is de enige die weet met wiens zaad haar eitjes werden bevrucht. Mikael en Sören hadden vertrouwelijke gesprekken gevoerd, maar wat er was besproken, daar had ze geen weet van. Hadden ze afgesproken dat Sören zijn eigen sperma zou gebruiken?

Het wordt haar zwart voor de ogen. Ze moet ze sluiten en diep ademhalen, om niet weer over te geven.

Eerst de ivf. Dan de spoedkeizersnede. Ze was niet het slachtoffer van één medische misser, maar van twee.

Wat Sören haar heeft aangedaan is de walgelijkste vorm van verkrachting. Op klaarlichte dag, beschermd door zijn witte jas, door de medische wereld.

Ze herinnert zich wat Tom zei. Dat de bloedgroep niet het antwoord is op alle vragen. Zonder een DNA-test kan het vaderschap niet worden vastgesteld. Zo'n test zou juridische gevolgen kunnen hebben. Maar Lisa betwijfelt of het hele verhaal van Ebba's geboorte, van hoe haar leven is ingestort en haar huwelijk op de klippen is gelopen, enige invloed zal hebben op een eventuele straf.

Sören kan nooit genoeg gestraft worden voor wat hij heeft gedaan.

Ze hoeft niet te wachten op de resultaten van een vaderschapstest. Het is geen toeval dat Ebba dezelfde bloedgroep heeft als Marlon en Sören. De manier waarop Sören naar haar dochter kijkt, de manier waarop hij over haar praat. Hij weet dat ze van hem is.

En omdat Sören het weet moet Camilla het ook weten. Omdat ze daar was. Want zij was erbij. Ze was er de hele tijd bij.

Als Ebba de nacht door komt, in wat voor situatie komt ze dan terecht?

Lisa kan dit alles niet aan de politie vertellen, aan niemand. Het zou Ebba's leven verwoesten. En ze heeft al een kind verloren.

De waarheid zal niet bevrijdend zijn, zal geen van hun problemen oplossen. Integendeel, deze waarheid kan juist alles kapotmaken, dat kleine beetje wat ze nog heeft.

Ze herinnert zich hoe ze was toen zij zo oud was als Ebba, wanneer ze iets stoms had gedaan in een situatie waarin anderen haar hadden gebracht, hoe haar vader zijn handen op haar schouders legde en haar door elkaar schudde. Tegen haar zei dat ze haar sluwheid moest gebruiken wanneer ze door jongens in moeilijkheden kwam.

Ze kan niet langer haar kop in het zand steken.

Ze pakt doordrukstrip van de stapel. Breekt een paar donkerroze capsules doormidden en doet het poeder in een leeg doosje, dat ze in haar zak stopt.

Dan staat ze op en loopt naar buiten.

45

Door de ramen van de woonkamer op de bovenverdieping ziet ze hen. Mikael en Camilla staan met elkaar te praten, elk met een glas in de hand.

Ze loopt naar het zwembad en maakt het dekzeil los. Het wappert in de wind wanneer ze het wegtrekt. Er druppelt een beetje water op de nieuwe doorzichtige glazen plaat die het lege zwembad afdekt. Daaronder zitten de zwembadlampen. De illusie zal compleet zijn zodra ze die aandoet.

Ze kijkt weer op naar de woonkamer. Mikael en Camilla staan nog steeds te praten, ze reageren niet op haar.

Ze loopt de trap aan de buitenkant van het huis op naar het terras en gaat voor de schuifdeur staan die naar de woonkamer leidt. In de glazen ruit ziet ze zichzelf dubbel belicht, ziet ze de vrouw die ze is geworden. Zij is de enige die weet wat er allemaal gebeurd is. De enige die weet wat er nu gaat gebeuren.

Ze ziet de vastberadenheid in haar blik, een kracht waarvan ze nooit had gedacht dat ze die bezat. Ze weet nu waartoe ze in staat is.

Ze weigert nog langer slachtoffer te zijn.

Wanneer Camilla haar voor het raam ziet staan, maakt ze van schrik een sprongetje. Mikael deinst terug en draait zich om. Hij kijkt lang naar haar, alsof hij haar niet kent, alsof hij niet begrijpt waarom ze er is. Hij loopt naar de stereo-installatie en zet hem uit. Dan komt hij weer naar het raam en opent de schuifdeur.

'Waarom kom je via deze kant?' vraagt hij.

Ze schudt de sneeuw van haar jas en stapt naar binnen. Mikael blijft haar aankijken, zijn blik laat haar niet los.

'Ik ben even naar het water gelopen,' zegt ze. 'Ik moest mijn hoofd leegmaken.'

'Je bent lang weggeweest,' zegt Camilla. 'Is alles weer in orde bij Maria Regina?'

'Ja,' zegt Lisa. 'Ik denk dat we het nu even kunnen laten rusten. In elk geval tot morgen.'

'Mooi,' zegt Mikael. 'Wil je iets drinken?'

Hij is zwaar beschonken. Maar de meeste mensen zouden dat niet aan hem merken. Of het nu is omdat hij de alcohol met iets anders compenseert of omdat zijn lichaam er gewoon aan gewend is, weet ze niet. Het maakt ook niet uit. Hij heeft geen fentanyl genomen. Vanavond niet, nog niet.

'Hebben we niet wat van die perencognac staan die ik zo lekker vind?' vraagt Lisa. 'Wil jij ook, Camilla?'

'Ja, waarom niet?'

'Blijf hier,' zegt Mikael.

'Nee, laat mij maar,' zegt ze. 'Je hebt de muziek uitgezet, dat had je niet hoeven doen. Waarom zet je niet iets op wat ik leuk vind?'

'Ja, natuurlijk,' zegt Mikael.

In de keuken ziet Lisa een leeg wijnglas op het aanrecht staan, daar waar Sören eerder stond. Ze ziet zijn mondafdruk op de rand van het glas. Sporen van zijn DNA.

Ze gaat naar de drankkast, haalt de cognacfles eruit en pakt nieuwe glazen.

Uit de muziekinstallatie klinkt weer muziek. Mikael en Camilla komen ook naar de keuken.

'Waar is Sören?' vraagt Lisa.

'Hij was moe en is even op de bank beneden in de tv-kamer gaan liggen,' zegt Camilla. 'Er was geen enkele taxi te krijgen.'

'Dan is er meer voor ons,' zegt ze.

Ze draait hun de rug toe terwijl ze inschenkt, zodat ze het snelwerkende middel uit de capsules niet in de cognac zien vallen.

Ze geeft de glazen aan Mikael en Camilla en schenkt voor zichzelf een glas water in.

'Weet je zeker dat alles in orde is?' vraagt Mikael opnieuw.

'Natuurlijk, waarom zou dat niet zo zijn?' antwoordt Lisa. 'Heb je wat van Marlon gehoord, Camilla?'

'Nee, maar dat had ik ook niet verwacht.'

Camilla neemt een slok.

'Dus wat doen we nu?' vraagt Mikael.

'Ik bedacht dat we een duik in het zwembad kunnen nemen,' zegt Lisa.

Mikael neemt een slok van de perencognac. Hij lacht.

'Het zwembad is gesloten,' zegt hij.

'Dat is het toevallig niet.'

'Wat?' zegt Mikael. 'Maar het dekzeil ligt er al een paar weken overheen. Al maanden zelfs.'

Lisa haalt haar schouders op.

'Meen je dat?' Mikael gaat verder. 'Bedoel je dat het zwembad nog steeds vol water en verwarmd is?'

'Ik heb het dekzeil eroverheen gedaan, maar voor de rest heb ik nog geen tijd gehad,' zegt ze. 'Ik wilde het niet eerder zeggen, want dan zou je alleen maar boos worden.'

'Allemachtig, ik kan niet wachten op de volgende energierekening!' zegt Mikael.

'Maar misschien komt het nu wel goed uit? Jullie wilden toch zwemmen?'

Ze loopt naar de muur waar de afstandsbediening voor de zwembadverlichting hangt. Met een druk op de knop licht de hele donkere achterkant van het perceel op. Het zwembad glinstert felblauw. Stomverbaasd kijkt Mikael naar buiten.

'Dus dat heb je daarbuiten net gedaan,' zegt hij. 'Je hebt het zeil verwijderd.'

'Ja,' zegt Lisa.

'Nu wil ik die zweefduik vanaf het terras zien, Mikael!' zegt Camilla. 'Vergeet niet waar we om gewed hebben.'

'Maar jij hebt vast geen zwemkleding bij je?'

Mikael lacht terwijl hij naar Camilla kijkt.

'Heeft ze die nodig?' vraagt Lisa.

'O, dit wordt heel leuk!' zegt Camilla.

'Het is ijskoud buiten, Camilla,' zegt Mikael. 'En jij bent van plan om uit de kleren te gaan?'

'Dan moeten wij ook naakt zwemmen, toch Mikael?' zegt Lisa. 'We moeten er toch zijn voor onze gast?'

'Kun je je Sörens reactie al voorstellen wanneer hij wakker wordt en ons naakt in het zwembad ziet liggen?'

Camilla lacht en neemt weer een slok van haar drankje. Ze kijkt naar het glas, en wanneer ze beseft hoe weinig drank er nog over is slaat ze het restje achterover.

Naar Sörens reactie kijkt Lisa het meest uit.

'O, mijn god,' zegt Camilla. 'Die komt hard aan.'

'Ik kan de sauna ook aanzetten. Dan kunnen we ons daarna laten opwarmen,' zegt Lisa.

Mikael kijkt haar aan en gelooft zijn oren niet.

'Je krabbelt nu toch niet terug, Mikael?' zegt Camilla. 'Vergeet niet dat we een weddenschap hebben afgesloten.'

Ze praat met dubbele tong.

'Was jij niet degene die wilde dat we vanavond een beetje wild en crazy zouden doen, Mikael?' vraagt Lisa. 'Dat ik weer het meisje zou zijn met wie je trouwde?'

Hij trekt zijn wenkbrauwen op.

Lisa houdt zijn blik vast en weet wat hij denkt. Mikael kan nooit nee zeggen tegen een uitdaging.

'Prima wat mij betreft,' zegt hij.

Hij drinkt zijn glas leeg. Nadat hij het heeft neergezet, kijkt hij er lang naar en trekt een gezicht. Dan kijkt hij naar Lisa.

'Wat is er?' vraagt ze.

'Het smaakte een beetje vreemd.'

'Ach,' zegt Camilla. 'Kom op, laten we gaan zwemmen!'

Ze pakt zijn arm en trekt hem mee naar de woonkamer.

'Het is allemaal chemie,' zegt Lisa.

Mikael blijft halverwege staan en draait zich om naar Lisa.

'Wat zei je?'

Hij houdt zijn hoofd schuin en probeert te begrijpen wat er gebeurt. Waarom zijn lichaam plotseling verdoofd aanvoelt. Hij zou de smaak van oxycodon moeten herkennen. Net zoals dat slaperige, euforische gevoel hem bekend zou moeten voorkomen. Het medicijn mag niet met alcohol vermengd worden.

'Waarom drink je niet?' vraagt hij.

Nu praat hij met dubbele tong.

'Ik had zin in wat water.'

'En waarom citeer je mijn huwelijkstoespraak?'

'Toen ik aan het wandelen was schoot die me te binnen,' zegt Lisa. 'Mikael gelooft niet in god, Camilla. Op de bruiloft heeft hij dat aan iedereen duidelijk gemaakt. Hij gelooft niet in het hiernamaals. Wanneer we sterven, zullen onze lichamen ontbinden en rotten in de grond, en voedsel worden voor kleine kruipende beestjes. Zo is het geregeld, niet door een god, niet door de mens, maar door de wetten van de natuur. Elke trilling, elke eenheid van energie, de honderden triljoenen deeltjes waaruit wij bestaan, alles zal transformeren en in een nieuwe vorm voortleven.'

'Alleen de liefde kan niet verklaard worden,' zegt Mikael. 'Die kan niet gecreëerd of vernietigd worden.'

Hij glimlacht. Een traan glijdt uit zijn ooghoek en biggelt over zijn wang.

Lisa hoort hun voetstappen en stemmen boven op het terras, dan gaat ze zo staan dat ze elkaar kunnen zien. Mikael en Camilla staan daarboven zonder kleren, de kou en hun naaktheid deren hen niet. Ze zijn beschermd door de oxycodon, volledig ontspannen.

De muziek uit de installatie begint met tromgeroffel dat klinkt als een salvo uit een machinegeweer. Gevolgd door de gitaarriff en de pompende bas.

'Ga op de reling staan,' roept Lisa. 'Ik wil een mooie tandemsprong zien!'

Mikael staat als eerste op de reling van het balkon.

'En jij dan, Lisa?' roept Camilla. 'Waarom ben je nog niet uitgekleed?'

'Ga op de reling staan, Camilla. Dat was toch jullie weddenschap,' roept Lisa terug. 'Ik kom achter jullie aan.'

Mikael strekt zijn hand uit naar Camilla en trekt haar op de reling, terwijl hij moeite heeft om zijn evenwicht te bewaren.

Lisa neuriet de tekst zachtjes in zichzelf mee. Ze kent elk woord. Elke zin spreekt tot haar, elke beat drijft haar voort.

'Jullie springen op drie.'

'Oké, oké!' roept Mikael.

'Een.'

'Twee.'

'Drie. Spring!'

Ze houden elkaars hand vast terwijl ze door de lucht vallen. Lisa ziet elke beweging in hun lichaam, hun krampachtige, verstrengelde handen, het gewapper met hun vrije arm, de rennende bewegingen van hun voeten, de verwrongen grimas op hun gezicht. Ze vliegen langzaam vooruit.

De glazen plaat breekt door het gewicht van hun lichamen en verandert in scherven die hun buik en keel doorsnijden. Een fontein van bloed spuit de lucht in. Hun lichamen glijden langzaam door de scheur en landen met een plof op de bodem van het zwembad. Dan stort wat er over is van de glazen plaat in een schervenregen op hen.

Lisa loopt erheen en gaat aan de rand van het zwembad staan.

Mikael en Camilla liggen op de bodem, half in elkaar verstrengeld, doodstil en bewegingloos. Het bloed blijft uit hun lichamen stromen en kleurt de kleine plas water om hen heen roze.

46

'Camilla!'

Sören is wakker geworden van het geluid van brekend glas. Hij is de tv-kamer uit komen rennen en staat met zijn handen op zijn hoofd naar het zwembad te kijken. Met ogen vol afschuw.

Hij valt op zijn knieën, zijn blik is gefixeerd op de levenloze lichamen op de bodem van het zwembad, bedekt met glasscherven en bloed.

Dan staat hij op, rent naar de andere kant van het zwembad, klimt het zwemladdertje af, springt van de laatste sport en haast zich naar de lichamen. Het versplinterde glas knerpt onder zijn voeten, hij glibbert rond in de met bloed vermengde plas water rond hun lichamen. Wanneer hij Camilla's schouders vastpakt om haar op haar rug te draaien, gutst er bloed uit haar mond. Haar ogen zijn wijd open, leeg.

Sören rukt zijn manchetknopen los en rolt haastig de mouwen van zijn overhemd op. Hij legt één hand op Camilla's borst en twee vingers tegen haar halsslagader en begint te reanimeren. Het bloed blijft uit haar mond stromen. Hij kruipt over Camilla heen en probeert Mikael te reanimeren. Maar Mikaels lichaam reageert ook niet op zijn aanraking.

Sören schreeuwt wanhopig de nacht in, een vreselijk geluid. Hij staat op, draait zich om en staart naar Lisa. Zijn borst gaat hevig op en neer. Zijn overhemd zit onder het bloed. Zijn bretels bungelen langs zijn heupen.

'Wat heb je gedaan?'

Lisa komt dichterbij en blijft een paar meter van de rand staan.

'Je hebt het zelf gezegd,' zegt ze. 'Camilla pakt elke gelegenheid aan om te zwemmen. Ze is niet bang om van grote hoogtes te springen.'

'Maar hoe konden ze...'

'Je hebt het me tegen hen horen zeggen, toch? Dat het zwembad gesloten was voor de winter. Helaas hebben ze niet naar me geluisterd.'

Sören zoekt naar woorden. Hij staart haar aan alsof ze een geest is, een verschijning uit zijn ergste nachtmerrie.

'Mikael heeft de opiaten uit het hospice gestolen. Ebba heeft de fentanyl meegenomen naar het feest. Ze ligt nu op de ic en vecht voor haar leven.'

'Wat bedoel je?'

Zijn stem breekt bijna.

'Ligt Ebba op de ic?'

'Ja,' zegt Lisa. 'En dat is allemaal jouw schuld.'

Sörens ogen schieten nerveus heen en weer. Ze gaan van de lichamen op de bodem van het zwembad naar Lisa en weer terug. Hij ademt moeizaam, het lijkt of hij een beroerte krijgt.

'Je bent gek, Lisa!' schreeuwt hij. 'Je hebt ze in de val gelokt! Je hebt ze vermoord!'

'Ebba's medisch dossier heeft het mysterie opgelost. Ebba's bloedgroep. Mikael kon onmogelijk haar biologische vader zijn. Jij hebt het al die tijd geweten. Maar je hebt nooit iets gezegd.'

Hij probeert te bevatten wat er is gebeurd, probeert te begrijpen wat de gevolgen zijn.

'Je hebt een paniekaanval, je moet kalmeren! We moeten een ambulance bellen. We moeten Camilla en Mikael uit het zwembad halen!'

Hij haast zich naar het zwembadladdertje, klimt weer omhoog.

'Mijn telefoon,' zegt hij. 'Die moet daarbinnen bij de bank liggen.'

'Ze zijn dood, Sören,' zegt Lisa. 'Net als mijn zoon.'

Sören blijft abrupt in de deuropening staan.

'Jouw zoon?' zegt hij. 'Waar heb je het over?'

'Ik heb het over mijn bevalling, de jongen die stierf en het meisje dat overleefde. Afgelopen nacht kwam ik er, in het ziekenhuis waar Ebba ligt, achter dat de kinderen die ik droeg onmogelijk van Mikael konden zijn. Maar dat het heel goed mogelijk is dat ze van jou zijn.'

'Dit is waanzin.'

'Mikael moet erachter zijn gekomen dat Ebba niet zijn kind is. Jouw bedrog heeft hem gebroken. Door jou is de man van wie ik hield in een hulpeloze junk veranderd. Jouw verraad en zijn verslaving hebben ertoe geleid dat Ebba een overdosis nam.'

Sören loopt langzaam naar haar toe.

Lisa pakt haar telefoon en houdt die voor zich omhoog.

'Ik ga nu de politie bellen. Je zult veel uit te leggen hebben.'

Sören steekt zijn handen op, in een verdedigend gebaar.

'Lisa, ik smeek je. Verman je!'

Ze schudt haar hoofd, wil niet naar hem luisteren, wil niet horen wat hij ter verdediging te zeggen heeft.

'Je hebt me geïnsemineerd met je eigen sperma.'

Sören staart haar aan terwijl hij zijn broek ophijst en de bretels losmaakt.

Lisa slikt een paar keer, probeert het verdriet en de angst te onderdrukken die met elke seconde dat Sören haar met zijn ijskoude blik aankijkt toenemen. Ze kijkt naar het schermpje van haar telefoon en tikt het nummer van de politie in.

Sören doet een snelle stap in haar richting en ze heeft geen tijd om daarop te reageren. Hij legt de bretels om haar nek en trekt. De elastische stof drukt op haar slagader, snijdt in haar huid en spieren en drukt haar luchtwegen dicht.

De telefoon glijdt langzaam uit haar hand. Ze probeert de strop om haar nek los te maken, maar Sören is zoveel groter, zoveel sterker. Ze kan niet ademen. Ze kan zich niet verzetten wanneer hij haar het huis in trekt.

Het wordt haar zwart voor de ogen. Ze voelt alleen nog maar hoe haar hielen over de vloerbedekking slepen.

Dan klinkt er een vreemd geluid. Iets ramt op hen in, zodat Sören zijn ijzeren greep om haar nek moet loslaten. Happend naar lucht valt ze op de grond, ergens naast haar ontstaat tumult. Ze opent moeizaam haar ogen en ziet de plafondlampen in de tv-kamer. Ze voelt de ijskoude wind door de open schuifdeuren naar binnen stromen en legt een hand op haar pijnlijke, brandende keel, hoest en haalt een paar keer diep adem.

Ze ligt nog steeds op de grond en draait zich om.

Een man zit met zijn knieën op Sörens schouders en timmert met gebalde vuisten op zijn gezicht. Sören vecht terug, probeert de aanvaller met zijn benen weg te schoppen en hem van zich af te gooien. Maar de man blijft stevig op hem zitten. Geeft de ene na de andere woedende dreun in Sörens gezicht.

Zijn rug en capuchon zijn bedekt met sneeuw. Zijn bewegingen zijn heftig, woest, terwijl hij vecht met Sören, vecht voor haar. Zijn hoody is versleten en paars. Die kenmerkende paarse kleur herkent ze als de kleur van zijn geliefde American footballclub.

Sören pakt het snoer van de staande lamp en trekt die daarmee naar zich toe. Wanneer hij de zwarte marmeren voet van de lamp te pakken krijgt, schreeuwt Lisa: 'Tom, kijk uit!'

Maar de waarschuwing komt te laat. De zware stenen voet raakt Tom aan de zijkant van zijn hoofd en hij wordt door de enorme kracht op de grond geslingerd. Hij draait zich een halve slag en legt een hand op zijn hoofd, vlak boven zijn oor, waar hij geraakt is.

Sören kruipt weg van Tom, probeert rechtop te gaan zitten met zijn rug tegen de bank. Zijn wangen zijn rood, zijn lip is gebarsten en er stroomt bloed uit zijn neusgaten. Maar de blik in zijn ogen is dezelfde als daarnet bij het zwembad, toen hij haar bijna hypnotiseerde, vervuld met vastberadenheid en haat.

'Je snapt er nog steeds helemaal niets van,' zegt hij.

Sören kijkt om zich heen, op zoek naar een uitweg. Het sneeuwt hevig. Buiten is het aardedonker, stil.

'Nu heb je er een puinhoop van gemaakt. Twee doden, Lisa. Je zult voor de rest van je leven opgesloten worden in een gesticht. Geloof me. Daar zal ik voor zorgen.'

Lisa staat op en probeert de weg naar buiten te blokkeren zodat Sören niet weg kan. Geen sprake van dat ze hem zal laten ontsnappen. Over haar lijk.

'Wat snap ik niet?' vraagt ze.

'De enige die hier schuldig is ben jij Lisa. Maar dan ook echt aan alles.'

Ze knippert een traan weg. Schudt haar hoofd, slikt. Ze mag zich niet opnieuw door hem laten manipuleren.

Sören komt wankelend overeind en doet een stap naar voren.

'Camilla was je vriendin. Ze vroeg je om één gunst. Als je niet zo egoïstisch was geweest, was dit allemaal niet gebeurd.'

Ze hoort Camilla's woorden tijdens de wandeling op Djurgården weer. Niet voor het eerst, en zeker niet voor het laatst.

'Camilla heeft geprobeerd een einde aan haar leven te maken, wist je dat? Ik kon het maar ternauwernood voorkomen.'

'Je hebt een draagmoeder gevonden,' zegt Lisa. 'Je hebt Marlon.'

Sören lacht en schudt zijn hoofd.

'Je denkt dat je weet hoe het zit,' zegt hij. 'Maar ik merk

dat je er nog steeds niets van begrepen hebt.'

Hij loopt naar haar toe, de grote, zware lamp in zijn rechterhand.

'Waar is Marlon?'

Lisa deinst achteruit en schudt haar hoofd.

'Ik vraag het nog één keer.'

Sören pakt de lamp met beide handen vast.

'Het is in jouw belang om me te vertellen waar hij is, Lisa. Nu meteen.'

'Als je die daar wegzet,' zegt Tom plotseling.

Hij staat op en loopt naar hen toe, nog steeds met een hand aan zijn hoofd.

'Dan vertel ik je waar hij is.'

'Hoe weet je dat?' vraagt Sören. 'Heb je hem gesproken?'

Nee, ik heb met de arts van de spoedeisende hulp gesproken, heb haar gevraagd waar de ambulance Ebba heeft gehaald. Toen ze de dansvloer op strompelde, was ze naakt en ademde ze nauwelijks nog. Herinner je je nog dat ze ons dat vertelden, Lisa? Ik bedacht dat als ze naakt was, ze waarschijnlijk ergens alleen moet zijn geweest met haar vriendje. Als Marlon zo verliefd op haar was, zou hij haar toch niet in de steek laten? En als Ebba fentanyl heeft genomen, zou ik denken dat Marlon dat ook heeft gedaan. Dat betekent dat je niet veel tijd te verliezen hebt.'

'Waar is hij?' zegt Sören.

'Eerst de lamp weg.'

Sören laat de lamp los die met een dreun op de vloer valt. Hij draait zich om naar Tom en spreidt zijn armen.

'Nu ga je Lisa precies vertellen wat je hebt gedaan,' zegt Tom.

Sören perst zijn lippen op elkaar en schudt zijn hoofd.

'Vertel me waar Marlon is,' zegt hij. 'Zoals je al zei heb ik geen tijd te verliezen.'

'Leg Lisa uit wat ze niet begrijpt.'

'Ik waarschuw je, Tom. Je hebt vijf seconden.'

'Lisa weet niet waar Marlon is. Als je me weer met die lamp slaat, zul je het nooit weten.'

Niets lijkt hem te kunnen overhalen alles te vertellen. Nog liever lijkt hij de waarheid en zijn gezin mee het graf in te nemen.

'Contact opnemen met een willekeurige vrouw in een vreemd land was nooit echt het plan, toch Sören?' zegt Tom. 'Niet goed genoeg voor jou en Camilla.'

'Tom, stop!' Lisa schreeuwt. 'Zeg gewoon waar Marlon is!'

'Denk eens goed na, Lisa. Je kwam voor een routinecontrole. Er was niets mis met je. Sören veroorzaakte je klachten. Op die manier forceerde hij een vroegtijdige bevalling. Want die nacht was zijn enige kans.'

'Heb je mijn klachten veroorzaakt?'

Lisa staart hem aan. Jarenlang heeft ze dit steeds weer doorleefd. De medicijnen die hij haar gaf, waardoor ze zo moe werd dat ze niet uit bed kon komen. De veel te hoge intraveneuze dosis bloeddrukverlagers.

'Wat bedoel je, Tom?' roept ze. 'Dat dit Sörens enige kans was?'

'Hij heeft het je gisteravond verteld,' zegt Tom. 'Dat hij diezelfde dag een vrouw en een kind verloor, een jongen. Weet je nog hoe hij eruitzag? De jongen die Sören je heeft laten zien? De vlek op zijn lip.'

De map in Toms flat. Alle informatie die hij heeft verzameld. Lisa weet dat hij Sören er destijds mee heeft geconfronteerd. De rest moet hij hebben uitgevogeld nadat ze vannacht is weggerend.

Ze klemt haar kaken op elkaar, schudt haar hoofd en laat haar tranen de vrije loop.

'Niet zeggen,' zegt ze.

'De jongen met de vlek op zijn lip was niet jouw zoon, Lisa,' zegt Tom. 'Hij was het kind van die andere vrouw.'

Tom komt naar haar toe en pakt haar hand. Lisa kijkt naar

hem, ziet dat de hele zijkant van zijn hoofd en haar met bloed besmeurd is.

'Je zoon is die nacht niet gestorven.'

'Wat bedoel je?'

'Dat ze als magneten tot elkaar aangetrokken worden is geen toeval. Dat is volkomen logisch.'

Haar gedachten gaan terug naar Ebba's slaapkamer, het bureau, de laptop. De site die ze open had staan, de screenshot. Hun perfect op elkaar afgestemde profielen. De combinatie van hun sterrenbeelden die tot het beste koppel kon leiden of hen in duizend stukjes kon breken.

Sören staart nu recht voor zich uit, leeg, berustend.

'Er is veel onderzoek naar gedaan, naar hoe broers en zussen die bij de geboorte gescheiden zijn hun hele leven blijven zoeken tot ze elkaar vinden. Wanneer Ebba en Marlon zeggen dat ze zielsverwanten zijn, hebben ze geen idee hoezeer ze gelijk hebben.'

Haar ogen vullen zich met tranen. Ze kan bijna niet meer op haar benen staan.

Ze denkt aan de foto van haar vader Erland als jonge man, toen hij met zijn fiets voor het hek van hun huis in Lyckeby stond. De foto waar Camilla zo lang naar heeft zitten kijken. Dat ze zei dat Ebba en Marlon voor elkaar bestemd zijn.

Tom neemt haar hoofd tussen zijn handen en zorgt ervoor dat zij hem recht in de ogen kijkt.

'Ze zijn een tweeling, Lisa,' zegt hij. 'Marlon is jouw zoon.'

47

Storängen, Nacka,
de nacht van oudejaarsavond op nieuwjaarsdag

Het gebied rondom station Storängen wordt verlicht door de lantaarnpalen op het perron en door de helder witte volle maan in het opengebroken wolkendek. De houthandel is omgeven met een hoog hek. Eén gevel van het hoofdgebouw staat slechts enkele meters van het spoor. In het midden van de binnenplaats staat een rek met afgeschoten vuurwerk. Verspreid over het terrein liggen lege flessen, sigarettenpeuken en plastic bekertjes. De deur van het hoofdgebouw staat wagenwijd open. Er is geen mens te bekennen.

'Weet je zeker dat het hier was?' vraagt Sören.

'Ja,' zegt Tom. 'Hier heeft de ambulance Ebba opgepikt.'

Ze volgen de sporen in de sneeuw, naar een gat in het hek dat de jongeren gebruikten om het terrein op en af te komen. Ze rennen de binnenplaats over naar het hoofdgebouw, waar de vloer eveneens bezaaid is met lege flessen en plastic bekertjes. Een ruimte is bedekt met gesmolten sneeuw en grind, en er ligt nog meer afval dat door de jongeren is achtergelaten. Er staat een verlaten tafel met drank. Er is een geïmproviseerde dj-booth. Lisa probeert zich voor te stellen hoe het eruitzag toen het hier vol was met feestende jongeren en Ebba naakt de dansvloer op kwam, op het randje van de dood balancerend door een overdosis fentanyl.

Ze wordt weer misselijk. Ze wil gaan zitten om rustig adem

te halen, zodat de misselijkheid zakt. Maar ze mag nu niet stoppen, niet opgeven. Ze moet verder. Ze moet Marlon vinden, al is dat het laatste wat ze doet.

Tom wijst naar een deur die verder het gebouw in leidt.

'Kom,' zegt hij. 'Deze kant op.'

Lisa rent de mannen voorbij, opent de deur en komt in een stoffige gang. Ze blijft abrupt staan bij een ladder die naar een zolderverdieping leidt. Sören en Tom volgen haar op de hielen. Ze begint naar boven te klimmen.

De ladder eindigt bij een luik dat openstaat. Terwijl Lisa naar boven klimt, begrijpt ze niet hoe Ebba in haar toestand naar beneden heeft kunnen komen. Maar ze moet hiervandaan zijn gekomen, dat kan niet anders. Ze moet hierboven zijn geweest. Maar waarom is ze naar beneden gegaan? Ze kan nauwelijks bij bewustzijn zijn geweest.

Wanneer ze boven is doet ze een stap de zolder op. Ze voelt de wind door de kieren in de muren en het dak waaien. En toch is het hier warm, er hangt een verstikkende, droge warmte. Met een bedompte geur.

Verderop in de ruimte valt het licht van de stationslampen door het dak naar binnen en lijken iets te verlichten. Het lijkt een rekwisiet, een reproductie, een wassen etalagepop die roerloos op een matras ligt. Het licht geeft de bleke huid een blauwe glans. De etalagepop is een naakte jongeman. Zijn onderlichaam is gedraaid, alsof het midden in een spasme bevroren is. Zijn lippen zijn paars, zijn mond en nek zijn bedekt met opgedroogd braaksel.

Lisa schreeuwt het uit.

Tom loopt naar haar toe, slaat zijn armen om haar heen en houdt haar dicht tegen zich aan.

Sören holt langs hen heen en laat zich naast de matras vallen. Hij legt een vinger op Marlons halsslagader en brengt zijn hoofd dicht naar zijn gezicht om te kijken of hij nog ademt. Hij pakt zijn bovenlichaam en stompt op de borstkas.

Steekt een paar vingers in Marlons mond, maakt die leeg en begint te reanimeren.

Marlons arm glijdt van de matras. Hij draagt een armband om zijn pols. Ebba's armband.

Ze ziet het nu, het is een bevestiging van het onbegrijpelijke, van alles wat ze geleidelijk aan is gaan beseffen. Zijn uiterlijk en zijn gedrag.

De jongen die op de matras ligt is haar zoon.

Sören doet er alles aan om hem te redden, maar het is te laat.

Hij stopt. Hij slaakt een diepe zucht, die overgaat in een brul. Zijn bovenlichaam schokt. Hij slaat zijn handen voor zijn gezicht, kantelt zijn hoofd achterover en schreeuwt het uit, naar het plafond en de hemel daarboven.

Naast de matras ligt de neusspray.

Wie buiten Lisa zelf kent het hele verhaal? Nog twee personen. En alle drie zijn ze hier, op deze zolder.

Sören draait zich om en kijkt haar aan. Zijn gezicht is nat van de tranen. Zijn ogen zijn leeg. Hij kijkt naar de neusspray, het lijkt alsof hij hetzelfde denkt als Lisa.

Die bukt zich en raapt de neusspray op.

Sören staat op.

'Nee, Lisa,' fluistert Tom in haar oor. 'Hij is het niet waard.'

Sören loopt naar het raam en zet het wijd open. Koude frisse lucht stroomt naar binnen. Hij haalt diep adem, veegt de tranen van zijn gezicht en kijkt uit over het perron vlak onder het raam.

Naast het raam staat een oude werkbank. Er liggen wat roestig oud gereedschap, blikjes en plastic flessen op. Een koevoet staat tegen de muur. Wanneer Sören ernaar reikt realiseert Lisa zich dat hij niet naar het raam liep om wat frisse lucht binnen te laten. Zijn grote hand grijpt het breekijzer.

Tom duwt haar opzij en rent met zijn ene schouder naar voren op Sören af. Net voordat die zich kan omdraaien, werpt hij zich met volle kracht tegen hem aan.

Sören wordt van de vloer opgetild door de tackle en het breekijzer valt met veel herrie op de grond. Op het laatste moment grijpt hij het raamkozijn beet om niet uit het raam te vallen. Hij zet zich schrap en geeft Tom met beide benen een flinke trap, waardoor die op de grond valt. Hij komt hard neer en grijpt kronkelend van de pijn naar zijn hoofd.

Lisa rent naar voren en pakt het breekijzer voordat Sören overeind kan komen en zijn evenwicht hervindt. Ze zwaait het gereedschap boven haar hoofd en slaat met volle kracht. Het uiteinde van het breekijzer raakt hem midden op zijn hoofd en splijt zijn schedel. Wanneer ze loslaat blijft het breekijzer in zijn hoofd vastzitten.

Sören zakt ineen en valt neer als een omgehakte boom.

Lisa gaat bij Marlons blote voeten zitten en neemt ze in haar handen. Haar lichaam schokt terwijl ze de koude voeten stevig vasthoudt. Ze reikt naar zijn handen, raakt ze aan, ziet de armband weer.

Ze hebben Marlon zeventien jaar geleden van haar weggenomen. Afgelopen avond mocht ze hem even bij zich hebben, in haar huis, gedurende een paar uur. Dat was alles wat ze kreeg. Behalve dit, het laatste moment.

Nu is ze hem weer kwijt. Net als de vorige keer, maar deze keer voorgoed.

Tom probeert iets te zeggen, probeert haar te laten reageren. Maar ze zit in haar bubbel met Marlon. De wereld daarbuiten, alle geluiden en indrukken, alles wat er deze avond is gebeurd, verdwijnt achter een ondoordringbaar vlies.

Hij is de jongen die ze heeft gedragen, om wie ze heeft gerouwd en die ze heeft gemist. Ze had er zo naar uitgekeken om hem voor het eerst te zien staan, om hem zijn eerste stapjes te zien zetten, om hem te horen huilen, om hem haar naam te horen roepen, om hem tegen haar borst te drukken.

Er is geen onzekerheid meer, geen twijfel, geen reden tot zorg. Alles is opgehelderd, al haar angsten zijn bewaarheid.

Plotseling spat de bubbel uit elkaar en komt de werkelijkheid hard binnen.

Buiten, aan de andere kant van de slagbomen, nadert een trein. De eerste op de ochtend van het nieuwe jaar.

De vloer begint te schudden en de muren trillen wanneer de trein het station nadert.

Tom staat in de koude wind bij het raam. Hij pakt Sören onder zijn armen vast en hijst hem op de vensterbank.

Het breekijzer zit niet meer in zijn hoofd.

Dan verdwijnt Sörens lichaam in de duisternis. Het volgende moment horen ze een doffe plof aan de achterkant van het gebouw en de fluit van de trein die de stilte van de nieuwjaarsmorgen verbreekt. Alles wordt overstemd door het piepende geluid van remmen op rails.

48

Lisa rent door het zwarte bos, over het pad dat haar steeds verder in de diepere duisternis van natuurreservaat Nacka brengt, weg van de verlichte straten van Storängen, weg van de geluidloze werkelijkheid. Terwijl ze rent denkt ze aan wat Ebba deed toen ze naakt en strompelend de dansvloer op kwam, waarom ze Marlon achterliet.

Ebba hield van hem, ze probeerde hulp te krijgen, probeerde hem te redden.

De liefde tussen hen was sterker dan de vergiftiging.

Wanneer ze de loopbrug over het Järlasjönmeer bereikt, blijft ze staan. Haar hart gaat als een gek tekeer. Ze moet op adem komen en laat zich op haar knieën vallen.

Door de besneeuwde takken van de sparren ziet ze aan de andere kant van het meer het grote bakstenen gebouw opdoemen. Alle lichten in de appartementen zijn gedoofd, niemand is wakker op deze vroege nieuwjaarsochtend.

Ze hoort rennende voetstappen dichterbij komen, over hetzelfde pad. Zware, krachtige stappen. Iemand die veel sneller is dan zij.

Ze pakt de reling van de brug met beide handen vast, leunt met haar bovenlichaam naar het water, ziet een glinsterende, golvende weerspiegeling van zichzelf. Ze geeft over, krijgt niet genoeg lucht in haar longen, slikt en slikt, moet bijna weer overgeven. Ze wil zich optrekken aan de reling, maar ze heeft niet voldoende kracht in haar armen. Ze probeert houvast te vinden voor haar voeten, zodat ze over de reling kan komen. Ze gilt wanneer haar voeten wegglijden en ze laat zich weer op de brug zakken.

'Lisa!'

Tom rent de brug op en slaat zijn armen om haar middel, trekt haar naar beneden.

'Denk aan Ebba,' zegt hij. 'Ze heeft je nu nodig.'

Zijn handen zijn helemaal wit. Hij ruikt sterk naar chemicaliën.

'De politie is naar de houthandel gekomen. Er moet vanuit de trein gebeld zijn. Ik was net op tijd weg.'

'Wat gaan ze met ons doen?' vraagt ze.

Haar stem klinkt raar, als die van een vreemde, iemand die zij niet is, die zij nooit geweest is.

'Blijf hier,' zegt Tom. 'Beloof me dat je je niet verroert.'

Hij rent naar de oever van het meer. Wanneer hij het water bereikt, trekt hij een lang voorwerp uit de mouw van zijn hoody.

Het metaal glanst in het maanlicht. Lisa herinnert zich hoe het in haar handen voelde, hoe haar vingers zich rond de achthoekige, koude handgreep sloten. Hoe de stilte onder het dak van de houthandel werd verbroken door de windvlaag toen ze het tegen zijn hoofd slingerde. Ze voelt haar verstuikte pols weer kloppen. Ze begrijpt niet waar ze de kracht vandaan haalde.

Er klinkt een plons wanneer Tom het breekijzer in het water gooit. Het verdwijnt onmiddellijk in de pikzwarte diepte. Tom spoelt zijn handen en de mouwen van zijn hoody schoon in het water. Hij veegt zijn handen af aan zijn broekspijpen, haalt een handflesje ontsmettingsmiddel tevoorschijn en wrijft zijn handen ermee in.

Hij kijkt op en ziet dat ze naar hem zit te kijken, roerloos.

Dan rent hij snel de brug weer op en knielt naast haar neer.

'Vroeg of laat zal de politie het verband zien tussen wat er in de houthandel is gebeurd en wat bij jou thuis plaatsvond.

Ik zal ze een volledig verslag van de gebeurtenissen geven, als een externe getuige, als een collega die er niet bij was maar die contact met je moest opnemen vanwege de vervangende medicatie.'

Je zult de rest van je leven opgesloten worden in een gesticht.

Sörens stem. Zijn ijskoude zwarte blik.

Lisa sluit haar ogen en probeert het beeld weg te duwen.

'Ik heb hem vermoord, Tom,' zegt ze. 'Ik heb Mikael vermoord en Camilla ook.'

'Maar dat gaan we de politie niet vertellen, toch, Lisa? Als je met ze praat, ga je niets zeggen over waar we gisteravond achter zijn gekomen. Niets over je bevalling, over je zoon of over wat Sören en Camilla je hebben aangedaan, begrijp je me?'

Hij grijpt haar schouders en schudt haar door elkaar.

'Het is belangrijk, Lisa. Kom op, zeg dat je begrijpt wat ik zeg!'

Tom ademt zwaar en probeert te kalmeren.

'Lisa, luister,' gaat hij verder. 'We mogen ze niets geven.'

'Ik kan dit niet, Tom.'

Hij pakt haar weer bij de schouders en schudt haar zo hard door elkaar dat haar borstkas meebeweegt.

'Je moet aan Ebba denken!'

Ze kijkt hem aan, ziet zijn ernstige blik, zijn droevige ogen. Ziet het gestolde bloed op de zijkant van zijn hoofd.

Door de tranen die over haar wangen biggelen wordt het beeld van hem wazig. Langzaam en met tegenzin wordt ze teruggetrokken naar het heden, naar de werkelijkheid. Ze beseft dat het nog niet voorbij is, wat ze moet doen en waarom.

Zelfs als Ebba het overleeft, is ze nog niet gered. Als de politie de hele reeks gebeurtenissen ontrafelt, dat wat de inbraak en de slachtoffers met elkaar verbindt, zullen alle geheimen van de gezinnen Kjellvander en Isaksson onthuld worden. Hoe zal Ebba met die waarheid kunnen leven?

Tom heeft gelijk, de waarheid mag nooit aan het licht komen.

Ze ziet nog iets anders in zijn ogen. Het antwoord op de vraag die haar al zoveel jaren bezighoudt: waarom hij voor zijn zelfopgelegde eenzaamheid koos.

Het is plotseling zo voor de hand liggend, maar op de een of andere manier is het haar in al die jaren van bedrog ontgaan. Hier op de brug, in de duisternis, in het meest hopeloze moment van haar leven, is er licht en dat ziet ze in Toms ogen.

49

Nacka Strand,
nieuwjaarsochtend

Er lijkt geen zuurstof te zijn in de raamloze kamer. Lisa zit aan een lege tafel, friemelt aan haar trouwring, concentreert zich op haar ademhaling en op het verstrijken van de minuten.

Ze voelt met haar handen aan de striemen in haar nek, een aandenken aan Sörens bretels en sterke armen. De politieagenten hebben haar gevraagd naar die plekken, hebben haar gevraagd om het verhaal van Tom te verifiëren, dat hij net op tijd was gekomen om te voorkomen dat ze een einde aan haar leven maakte.

Wat zou er gebeuren als ze nu al haar emoties liet gaan? Niemand zou denken dat haar gedrag ingestudeerd of haar verdriet geveinsd is. Ze begrijpt wat er gebeurd is. Wat van haar is afgepakt en nooit meer terugkomt.

Ze had in het verhoor uitgelegd dat ze blind was geweest voor hoe haar man steeds verder afgleed. Dat het geleidelijk was gebeurd, gedurende een lange periode. Dat ze kwetsbaar en afhankelijk was geweest en zich had laten misleiden door zijn leugenachtige gedrag. Als een vrouw tegen zichzelf begint te liegen om haar gezin te beschermen en te overleven, is het moeilijk voor haar om daarmee te stoppen.

De politie had de gestolen medicijnen gevonden in Toms huisjes, samen met Lisa's tas die uit de auto was gestolen.

Dat Mikael haar code wist was niet moeilijk uit te leggen. En daarmee was alle informatie geverifieerd en was het vooronderzoek naar de inbraak bij Maria Regina afgesloten. De dader behoorde tot Lisa's inner circle, iemand die gemakkelijk toegang had tot de gestolen goederen en tot wat hij daarvoor nodig had.

Marlon stierf aan een overdosis. De jongeren hadden nauwelijks kunnen overzien wat ze deden. De fatale vergissing zou nooit hebben plaatsgevonden als Mikael de gestolen spullen niet in zijn huisje had verborgen.

Er werd aangenomen dat Sören zichzelf van het leven had beroofd nadat hij de dood van zijn zoon had vastgesteld. Sörens stoffelijk overschot - althans, delen ervan - lag langs het spoor. De politie zou nog wel even bezig zijn met het forensisch medisch onderzoek.

Ze hadden vragen gesteld waarop Lisa geen antwoord had. Waarom de zolder in de houtzagerij op sommige plaatsen met chloor was schoongemaakt. Waarom ze zelfs op Marlons lichaam sporen van chloor hadden gevonden, op zijn handen en op zijn voeten.

Lisa wist ook niet waarom Mikael en Camilla van het terras in het lege zwembad waren gesprongen. Ze had iedereen verteld dat het leeg was en afgedekt voor de winter. Misschien dachten ze in hun roes dat er nog water in zat. Misschien waren ze zo stoned als een garnaal geweest.

Ze had Toms advies opgevolgd. Ze vertelde hun niets over een doodgeboren kind dat in geen enkel officieel dossier voorkwam. Niets over een zoon die onder haar neus van haar was weggenomen. Alle feiten die Tom had verzameld en jarenlang in een map had bewaard. De dingen die hem al die tijd naar de rand van haar leven hadden verbannen. Hij was bereid alles voor haar op te offeren. Hij eiste geen genoegdoening, geen definitieve bevestiging dat hij gelijk had.

Want dat zou voor Lisa voldoende motief zijn om ze allemaal te vermoorden.

De deur van de verhoorkamer gaat open en Jakob, de politieassistent, komt binnen met haar telefoon in zijn hand.

'Je hebt een oproep van de ic van het Söderziekenhuis,' zegt hij.

Lisa pakt de telefoon aan en wacht tot hij de kamer weer heeft verlaten.

Ze kijkt naar de camera in het plafond, die al haar bewegingen nauwlettend volgt.

Als Ebba het overleeft komt het ook wel weer goed met haarzelf, dat weet ze. Maar als Ebba het niet heeft gehaald of is veranderd in een kasplantje, weet ze niet of ze het zal aankunnen.

De hand die de telefoon naar haar oor brengt, trilt. Ze zegt haar naam en luistert naar de stem aan de andere kant. Ze huilt onbedaarlijk terwijl Jessica Möller haar vertelt hoe het met Ebba gaat.

Wanneer ze heeft opgehangen, zakt Lisa in een hoekje op de grond in elkaar. Ze pakt de armband die ze van Marlons pols heeft gehaald. Ze voelt aan de drie cijfers.

De warmte in haar lichaam komt terug, een ander soort tranen stroomt over haar wangen, tranen van blijdschap.

Ze sluit haar ogen, ziet Ebba voor zich: hoe ze uit het ziekenhuisbed komt, het blauwe papier van zich af gooit, de slangen uit haar armen trekt en terugkeert naar het leven als een volwassen vrouw; naar de bloeiende zomerweide waar ze zo van houdt, naar het gezang en gelach uit haar studietijd, op weg naar betere dagen en naar momenten waarop de gebeurtenissen boven op de zolder van de houthandel achter haar liggen, zo ver achter haar dat het lijkt alsof ze bijna niet gebeurd zijn, alsof ze in een andere dimensie thuishoren, een verborgen dimensie, een opslagplaats in haar computer, die ze met het internet moet verbinden om het op te halen.

Hier komen we ook uit.

Lisa kust de armband.

Je bent geliefd.

Meer dan je ooit kunt begrijpen.

50

Storängen, Nacka,
de nacht van oudejaarsavond op nieuwjaarsdag

Het is zoals ze hadden afgesproken.

Een geheim liefdesnestje, zonder toeschouwers en zonder storende ouders, onder de nachtelijke hemel, met alleen de sterren als getuigen.

'En wat had je precies in gedachten om hier te gaan doen?' vraagt Ebba. 'Misschien dacht je dat ik dit zou doen.'

Ze trekt haar jurk uit, duwt haar borsten naar hem toe en maakt haar beha aan de achterkant los. Wanneer haar bovenlichaam ontbloot is legt ze haar handen over haar borsten.

'Doe je mee?' vraagt ze.

Marlon knikt.

'Doe dan.'

Hij laat zijn spijkerbroek op de grond vallen.

Ebba trekt haar panty uit. Als ze alleen nog maar haar slipje aanheeft, bukt ze zich en raapt ze op wat ze in het huisje van haar vader achter in de tuin heeft gevonden.

Ze duwde met haar hand zachtjes tegen een plafondpaneel in zijn werkkamer, tot het loskwam en ze het opzij kon schuiven. Toen ze naar hand naar binnen stak voelde ze een klein pakje, dat ze nu aan Marlon laat zien.

Het is een klein wit doosje. Ze opent het en haalt er iets uit wat lijkt op gewone neusspray, het soort dat ze van haar moeder krijgt wanneer haar neus verstopt is. Maar dit is een heel ander soort spray.

Ze heeft over het medicijn gehoord. Haar moeder had het erover. Maar ze heeft er ook over gehoord op het nieuws, in films, en in teksten van liedjes waar ze naar geluisterd heeft. Ze weet hoe effectief het is. De beste trip die je kunt krijgen. Totale ontspanning.

'Weet je het zeker?' vraagt Marlon.

Ze houdt zijn blik vast en knikt. Ze is nog nooit zo zeker van iets geweest.

'Maar wat is het?' vraagt Marlon.

Ebba doet een stap naar hem toe en houdt haar mond zo dicht bij de zijne dat ze elkaars adem voelen.

'Wil je met me naar bed of niet?'

Ze haalt de doorzichtige dop van de spray en steekt het tuitje in een neusgat. Ze drukt het pompje één keer in en snuift het vrijgekomen vocht op.

Ze slikt. Haar hartslag vertraagt onmiddellijk. Het bonzen in haar lichaam neemt af. Een warm gevoel dat haar lijkt op te lossen vervult haar.

'Holy shit,' zegt ze.

'Gaat het?' vraagt Marlon.

'Ja,' zegt Ebba. 'Het is geweldig. Nog een beetje.'

Ze brengt de spray naar het andere neusgat en pompt er nog een pufje uit. Haar hoofd schiet naar achteren als ze de stof opsnuift. Het is sterk spul. Het wordt haar zwart voor de ogen en haar benen beginnen te trillen. Heel even maar. Dan is alles weer in orde.

'Ik wil ook,' zegt Marlon.

Ze geeft hem de spray. De vloer voelt niet langer hard en ruw aan onder haar voeten. Het golft in haar lichaam. Ze trekt haar slipje uit. Het gevoel in haar vingertoppen is verdwenen, ze voelt de stof van haar onderbroekje nauwelijks.

Marlon neemt de spray aan en kijkt naar haar terwijl ze naakt voor hem staat. Hij leest wat er op het flesje staat, lijkt te aarzelen.

Even lijkt ze in slaap te vallen. Maar ze schrikt op wanneer ze zijn stem hoort.

'Denk je dat ik iets meer moet nemen dan jij?'

Hij steekt het tuitje in zijn neusgat en drukt het pompje één keer in. Twee keer.

Ebba gaat op de matras liggen, ze zweeft nu. Marlon staat over haar heen gebogen. Hij pompt een dubbele dosis in zijn andere neusgat.

'Trek je kleren uit,' fluistert ze.

De stem komt ergens anders vandaan. Ze is verdoofd, stil. Er zijn geen dingen die moeten, geen beperkingen. Ze kan doen wat ze wil, ze kan alles doen. Haar longen hebben geen zuurstof nodig. Ze hoeft niet eens te ademen.

'Voel je het, Marlon?'

'Ik weet het niet, misschien heb ik meer nodig?'

Hij drukt nog twee keer.

Plotseling schokt hij alsof hij een stomp in zijn maag heeft gekregen.

'Fuck,' zegt hij. 'Shit.'

Hij trekt onhandig aan zijn broek en shirt. Zijn knieën knikken een paar keer en hij valt bijna om. Ebba sluit haar ogen en wacht op hem.

Als hij op de matras gaat liggen, komt ze in een droom terecht. Marlon legt zijn hoofd op haar borst, zijn hand zoekt de hare. Dan valt zijn hoofd opzij. Hij gaat op zijn rug naast haar liggen, zijn armen langs zijn lichaam. Hij trilt en hoest.

Ebba heeft moeite om haar ogen open te houden wanneer alles zwart wordt.

'Marlon, kom bij me.'

Epiloog

Nacka Norra-begraafplaats,
8 augustus, zeven maanden later

Het is het laatste wat ze zich herinnert. Dat Marlons naakte lichaam haar aanraakte op de matras. Hoe ze haar vingers om de zijne sloot. Dat ze hem hoorde hoesten.

Toen werd alles zwart.

In het ziekenhuis, veel later, werd haar de rest verteld, over hoe ze had geprobeerd om hulp te halen, ook al ademde ze bijna niet meer.

Marlon is er niet.

Hij ligt op een andere begraafplaats begraven. Samen met zijn ouders.

Haar moeder heeft verteld wat er allemaal is gebeurd toen Marlon en zij waren vertrokken naar het nieuwjaarsfeest. De politie heeft hun vragen gesteld.

Het is normaal dat wat zich op de zolder van de houthandel heeft afgespeeld steeds opnieuw in haar hoofd wordt afgedraaid. 's Nachts en overdag. Ze moet zichzelf niet de schuld geven, maar de tijd en ruimte nemen voor het verdriet, er niet tegen vechten, haar gevoelens niet opkroppen. Eén dag per keer. Een uur. Een minuut. Uiteindelijk zullen de pijn en de spijt overgaan in iets anders.

Dat is wat iedereen haar vertelt. Maar ze snappen het niet.

Ze stopt haar airpods in haar oren, gaat naar de muziekapp op haar mobiele telefoon en selecteert de afspeellijst die Marlon en zij hebben gemaakt.

Ze vouwt haar handen en sluit haar ogen. Ze beeldt zich in dat haar ene hand die van Marlon is, de hand die ze vasthield onder de nachtelijke hemel die ze door het dakraam zagen. Terwijl het vuurwerk explodeerde op de maat van hun hart, tot alles stil en rustig werd.

Het maakt niet uit hoe haar moeder, iemand anders of de hele wereld erover denkt.

Het zal voor altijd het mooiste moment in haar leven zijn.

Het knerpt onder haar schoenen wanneer Lisa over het aangeharkte grindpad langs de kerk loopt. De middagzon brandt op de roestbruine bakstenen gevel en in een van de hoge boomtoppen tjilpt een vogeltje.

Ze loopt naar een van de drie gedenkplaatsen waar de minste bezoekers zijn en legt haar boeket op de daarvoor bestemde plek. Ze kijkt naar de hemel en voelt de warmte van de zon op haar zonnebril. Zegt rustig tegen zichzelf de woorden die ze heeft voorbereid.

Op enige afstand hoort ze een stem een nummer zingen met een Engelse tekst. Het is een lied dat ze thuis vaak door de slaapkamerdeur heeft gehoord. Een somber maar troostend lied, over het wegduwen van de hemel wanneer die naar beneden komt.

Ebba staat daar bij de molensteen en het kabbelende water te zingen, in het midden van de gedenkplaats, als een fata morgana in het zonlicht. De draadloze oordopjes in haar oren, haar handen om haar middel geklemd. Zoals tegenwoordig gebruikelijk is, is ze gekleed in het zwart.

Lisa wil haar nu niet storen. Ebba heeft dit moment voor zichzelf nodig. Ooit zullen ze weer samen zijn.

Lisa loopt de kerk binnen, over de lange rode loper in het middenpad, langs de turkooizen kerkbanken en onder de donkerbruine houten balken van het gewelfde plafond, tot ze bij de legger komt met de namen van degenen die op de herdenkingsplaats zijn verstrooid. Op het omslag van het boek staat gegraveerd: *U omringt mij aan alle kanten en uw hand rust op mij.*

Ze bladert naar de pagina die de dag van afgelopen winter markeert, waarop het personeel de bijzetting van Mikaels as heeft genoteerd. Op dezelfde plaats waar achttien jaar geleden de as van een onbekend jongetje werd uitgestrooid.

Ze leest de naam die volgens haar wens is ingevuld. Die staat voor de twee mensen die haar hebben verlaten en die nu samen in dezelfde grond zouden moeten liggen, als de omstandigheden anders waren geweest.

M. Kjellvander.

Ze steekt twee dunne, witte kaarsen aan en zet ze in de kaarsenhouders.

Dan draait ze zich om en loopt dezelfde weg terug.

Als ze op het grindpleintje voor de kerk komt, ziet ze op de gedenkplaats iemand die ze herkent.

Tom hurkt neer en zet bloemen in een lege vaas achter de rij ontstoken lantaarns. Het zijn paarse campanula's, geplukt in een wilde zomerweide.

Hij staat op en ontmoet haar blik.

'Ik moest een tijdje weg,' zegt hij. 'Ik dacht al dat ik je hier vandaag zou aantreffen.'

'Je weet dat ik hier altijd ben op deze dag,' zegt ze.

'Ebba en haar broer zijn jarig.'

Lisa knikt.

'Wanneer ben je teruggekomen?' vraagt ze.

'Vanmorgen,' zegt Tom. 'Er lag een brief op me te wachten.'

Hij opent zijn jasje en haalt een envelop uit zijn binnenzak, geeft die aan Lisa.

Ze ziet *Openbaar Ministerie* op de envelop staan, opent hem en begint te lezen, maar ze komt niet verder dan de onderwerpregel.

Kennisgeving van besluit. Het vooronderzoek is afgesloten.

Ze stopt met lezen en geeft hem de brief terug. Wat er verder in staat weet ze al.

'Ik dacht dat je het wel wilde weten,' zegt Tom.

'Dus wat gebeurt er nu?' vraagt Lisa.

'Wanneer kom je terug?'

Ze kijkt hem van opzij aan en probeert erachter te komen of hij naar haar werk bedoelt of naar iets anders.

'Het duurt waarschijnlijk nog wel even,' zegt ze.

Hij legt zijn hand voorzichtig op haar arm en volgt haar blik naar de molensteen.

'Is dat Ebba die daar staat?' vraagt hij.

'Ja,' zegt Lisa. 'Achttien jaar oud vandaag.'

Ebba kijkt in hun richting, houdt haar hoofd schuin, plukt de oortjes uit haar oren en strekt haar rug.

'Wil je gedag zeggen?'

Lisa beweegt voorzichtig haar arm zodat haar hand in die van Tom glijdt. 'We wilden iets gaan eten in Sickla en daarna misschien een film kijken,' gaat ze verder. 'Je bent welkom om met ons mee te gaan als je geen belangrijkere dingen te doen hebt.'

Hij glimlacht eindelijk weer.

'Ik heb niets belangrijkers te doen.'